당구공은
없다

당구공은 없다

초판 1쇄 발행 2024년 5월 8일

지은이 정영운
펴낸이 이기봉
편집 좋은땅 편집팀
펴낸곳 도서출판 좋은땅
주소 서울특별시 마포구 양화로12길 26 지월드빌딩 (서교동 395-7)
전화 02)374-8616~7
팩스 02)374-8614
이메일 gworldbook@naver.com
홈페이지 www.g-world.co.kr

ISBN 979-11-388-3091-1 (03810)

쓰리쿠션 에세이

당구공은 없다

다이몬에 관한 단상

정영운 지음

좋은땅

하늘에 계신 나의 영원한 다이몬,

영희님께 바칩니다.

들어가며

당구에 대해 이야기를 한다고 하면 대부분 먼저 당구 교본에서 알려 주는 공 잘 치는 방법을 떠올릴 것이다. '뒤돌려치기(우라)'가 서면 두께 몇 분에 몇에 당점 어디, 그리고 큐 속도가 얼마나 되어야 하고, 큐가 어디서 출발해서 어디까지 나아가야 하는지 등등을 그림을 첨부해서 알려 주는 식. 그게 보통 당구 책을 펼치면서 기대하게 되는 지평이다. 왜 당구 책을 보겠는가? 당연히 당구를 잘 치고 싶어서 그런다. 그러나 이 책은 그런 기대지평을 배반한다. 아니, 배반까지는 아니더라도 그저 당구를 잘 치는 기술에 방점이 찍혀 있지는 않다. 기술적인 면을 넘어서, '정신적인 면', '다이몬적인 부분'에 많은 양이 할애될 것이다. 사실 난 당구 교본을 쓸 정도의 실력을 갖추지 못했다. 32점을 놓고 치기 때문에 당구 교본에 있는 건 거의 다 알지만 그것만으로 책을 쓸 정도는 아니다. 대신 내가 아는 당구 이야기를 할 예정이다. 우리가 별 부담을 느끼지 않고 일상적으로 행하는 '당구 치는 행위'에 대한 '철학적 의미'를 전혀 '철학적이지 않은 어조'로 이야기하려 한다. 따라서 일상적으로 당구를 치듯이 부담 없이 보면 된다. 당구 치는 일만이 아니라 어떤 행동이든지 그걸 자세히 들여다보면 언제나 사람들, 그 사람들의 내면들, 그리고 사람들이 모인 사회들, 거기서 벌어지는 갖가지 사건들과 그와 관련된 의견들이 연쇄적으로 따라 나온다. 이 글은 그런 것들을 이야기한다. '어떠한 시공간에서든 우리에게 닥치는 모든 일, 우리가 하는 모든 일을 통하여 일상의 삶이 철학의 기회를 제공한다는 것을 보여 준 최초의 인물'인 소크라테스, 이 글은 감히 그의 정신을 따른다.[1]

사실, 난 훨씬 커다란 목적을 가지고 있다. 너무 커서 허황되게 보이는 목적이기도 하다. 그건 바로 당구 치는 놀이를 통해서 삶을 고양시키고자 하는 일이다. 뭐라고? 삶을 고양이 시키겠다고? 맞다. 인간의 삶을 고양이의 삶에 근접시키고자 하는 게 나의 목적이다. 『하찮은 인간, 호모 라피엔스』로 유명한 존 그레이는 『고양이의 철학』에서 다음과 같이 말한다. "고양이가 행동하는 한결같은 방식으로 판단하면, 사심 없는 고양이의 상태는 선불교의 '무심' 상태와 공통점을 가진다. '무심'은 번뇌 없는 집중을 -다시 말해 자신이 하고 있는 일에 완전히 빠져든 것- 의미한다. 인간에게 이런 상태는 좀처럼 자연스럽지 않다. 최고의 사수는 생각하지 않고 화살을 쏘는 사람이지만, 이것은 오직 일평생 연습한 후에만 도달할 수 있는 것이다. 고양이는 무심의 상태를 타고난다."

모든 생명체는 각각의 '움벨트Umwelt' 안에서 자신의 감각과 사유를 통해 세상(벨트Welt)을 이해하기 때문에, 우리는 고양이가

1 『고대철학이란 무엇인가』, 피에르 아도 지음, 이세진 옮김, 열린책들, 2017

된다는 것을 상상하거나 추측할 수는 있지만 결코 그 느낌을 알 수가 없다. 이와 관련된 비트겐슈타인의 일화가 있다. 어느 날 친한 지인이 그에게 이렇게 하소연을 했다. "오늘은 아침부터 정말 힘들었소. 아침부터 저녁까지. 그래서 지금 마치 먹이를 찾아 돌아다니다 먹이는 못 찾고 비만 쫄딱 맞은 개가 된 느낌이라오."[2] 그러자 그가 냉정하게 말했다. "당신은 비에 쫄딱 젖은 개의 느낌을 알 수가 없소." 예전에 크게 히트한 백지영의 노래 〈총 맞은 것처럼〉에 대해서도 같은 말을 할 수 있다. "너 총 맞아 봤어? 안 맞아 봤으면 총 맞은 느낌이 뭔지 알 수가 없어." 맞다. 우리는 몸을 가진 개체로서 다른 이의 느낌을 알 수 없다. 하지만 유추할 수 있다. 유추를 통해 머리로는 알 수가 있다. 정확히 말하면 안다고 추측하고 어쩔 수 없이 착각하고 그냥 그렇게 여기는 거지만.

만약 고양이가 말을 할 수 있다면 지금 내가 하고자 하는 작업은 훨씬 수월할 수 있겠다. '말 좀 하는' 고양이와 인터뷰를 하게 되면. '당신은 어떻게 무심의 경지에 이르렀나요? 또한 어떻게 하면 잡념을 제거하고 집중할 수 있나요? 몰입을 위해서 짬짬이 명상 같은 걸 하나요? 당신의 뛰어난 운동감각은 집중과 몰입의 결과인가요? 부럽습니다. 만약 우리가 당신과 같은 상태에 도달한다면 야스퍼스나 쿠드롱을 능가하는 에버리지를 기록할 수 있을 것 같은데, 특별한 비결이나 비법 같은 게 없을까요?' 등등. 하지

---

2 『비트겐슈타인 평전』, 레이 몽크 지음, 남기창 옮김, 필로소픽, 2019

만 정말로 말을 할 줄 아는 고양이라도 이 같은 질문엔 잘 대답을 못 할 것이다. 고양이는 아니지만 고양이처럼 탁월한 감각을 타고난 인간 운동선수들에게 똑같은 질문을 해도 마찬가지다. 예컨대, 테니스의 황제 페더러에게 '어떻게 그 짧은 시간에 관성의 법칙을 거스른 듯한 리턴을 성공할 수 있었나요?' 하고 묻는다면, 어깨를 한 번 으쓱거릴 뿐 별 다른 대답을 하지 못할 것이다. 왜냐하면 고양이나 패더러에게 요구하는 대답은 느끼거나 행동할 수 있도록 하는 '암묵지'에 해당하는 것으로 말이나 글로 잘 표현이 안 되는 앎이기 때문이다. 결국 되든 안 되든 말로 잘 표현할 수 없는 걸 최대한 표현하고자 하는 게 이 글의 목적이다.

암묵지란 알다시피 '체화된 지식'으로 경험과 학습을 통해 몸에 익은 지식을 말한다. 예컨대 예전 어머니들의 손맛은 아주 세심한 그램 단위의 레시피로 환원될 수 없다. 어머니들은 아무런 레시피도 모르지만 그것보다 훨씬 더 많은 것을 안다. 모든 운동도 마찬가지다. 당구도 운동이다. 가끔 당구 레슨을 할 때면, 1시간 동안 내 입에서 몸에 힘 빼시라, 어깨에 힘 빼시라, 느리게 나가라, 천천히 나가라는 말이 몇 번이나 나오는지 모른다. 당구의 배치에 따라 그걸 맞출 수 있는 레시피를 짤 수도 있다. 두께, 당점, 속도, 길이. 그 외 브릿지, 그립법, 큐 무게 등등을 티스푼을 가지고 정량화하는 것이다. 하지만 두께와 당점은 그래도 낫지만 도대체 속도와 길이를 어떻게 정량화할 것인가? 설사 어거지로 정량화했다고 해도, 정신적인 부분은 또 어떻게 할 것인가? 자식이나 남편이 꼴 보기 싫은 날이면 아무래도 어머니의 손맛이 좀 떨어질 가능성이 있다. 손맛이라는 지식은 일단 정성이라는 태도에 의해 규정되니까. 정성을 들인다는 것, 나는 감히 이렇게 주장하고 싶다. 인생에서 정성을 들이는 일만큼 소중한 건 없다고. 정성을 들일 만한 대상이 있으면 행복하다고.

내가 어린 시절만 해도 많은 어머니들은 손수 뜨개질을 해서 털스웨터를 짜 주시곤 했다. 그걸 입는 걸 굉장히 싫어했겠지만 말이다. 뜨개질만이 아니다. 옆집에서 솜 틀고, 이불홑청 빨고, 다듬이질하고 다림질하고, 메주 만들고, 간장 담그고, 어이가 있는 맷돌 돌리고, 물론 김치 이백 포기씩 담그고 등등 어떻게 말하면 정성을 기울여 일을 하지 않으면 삶이 유지되기 힘든 시절이었다. 다른 말로 하면 삶을 유지하기 위해 정성을 쏟지 않을 수 없는 시스템이었다. 그 이전에는 더했다. 동서양을 막론하고 근대 이전엔 모든 분야에 장인들이 있었다. "수레바퀴 장인은 나무의 쓰임새라든지, 성질 등 의미 있는 차이를 나무 속에서 발견하지 자기 자신에게서 발견하지 않는다."[3]

지금은? 이 말엔 작금의 현실을 비춰 주는 많은 의미가 내포되어 있다. 먼저 몸과 정신의 분리, 외부 세계와 내면의 분리, 공

---

3 『모든 것은 빛난다』 허버트 드레이퍼스, 숀 도런스 켈리 지음, 김동규 옮김, 사월의 책, 2023

동체와 분리된 개인의 출현, 개인의 자의식 속에 자리 잡은 '자유'(라는 착각), 더불어, 놀이에 대한 노동의 승리, '리추얼의 종말'과 신속한 편이성의 증대, 또다시 그 편의성에 기댄 자유의 확장이라는 착각 등등. 근대성을 설명하는 또 다른 말들이 많겠지만, 그 중앙을 관통하는 핵심어는 분리다. 온통 분리, 분리, 분리다. 아, 그 분리의 하이라이트. 자연에 대한 인간의 확실한 분리. 근대인들은 이러한 분리를 통해서 '위대한 자본주의 세상'을 만들어 냈다. 그래서 이 '위대한 세상'이 진짜 개인의 자유를 확장시켰는가? 그렇다고 치고, 그럼 행복을 만들어 냈는가? 이건 도저히 그렇다고 칠 수 없다. 그렇다면 행복을 불러오지 못하는 자유는 도대체 어떻게 생겨 먹은 자유인가? 뭐라고? 개념상 자유와 행복은 군대에서 벌어지는 군기와 감기의 관계와 같다고? 어디 이런 '시장 전체주의 사회'에서 '아쌀하고 화끈한 자유' 대신 '들쩍지근한 행복'을 논하냐고? 불현듯 예전에 유행했던 표현이 생각난다. "수술은 아주 훌륭했고 성공적입니다. 다만 환자가 죽었을 뿐." '인간, 그 자유의 드라마'는 일단 성공했다. 수술대 위에 눕혀 놓고 자연과 분리하고 공동체와 분리하고 몸뚱어리와 분리하고 세상과 분리해서 독자적인 자유의 세계를 구축했다. 데카르트의 '통 속의 뇌'가 드디어 실현된 것이다.

얼마 전 출근하다가 집 근처 어느 높은 건물 앞에서 커다란 로봇 전시품을 본 적이 있다. 철로 만든 그 로봇들은 남녀 한 쌍으로 아주 다정하게 손을 잡고 서 있었다. 일단 풋 하고 웃음이 나왔다. 그리고 이내 약간 혼란스러웠다. 그냥 건물 앞에 세워진 전시물인데, 이렇게 진지하게 접근해도 되는지 모르겠지만, 신경과 혈관이 지나가는 근육으로 된 살이 아닌 철로 된 몸을 가졌는데 도대체 왜 '뭐 땜시' 손을 잡고 있는가 말이다. 쾌감과 고통을 모르는 몸으로는 어떠한 욕구, 욕망, 감정, 사유도 가당치 않다는 당연한 말을 해야 하는가. 유일하게 그 전시물이 그런 포즈를 취할 수 있는 건 프로그램에서 그들에게 '인간을 흉내 낼 것'이라는 명령을 내렸을 때다. 그 명령에 따라 왜 그런 포즈를 취하는지도 모르고 그냥 취한 것이다. '영혼이 없는 것'이다. 이건 '통 속의 뇌'가 자신의 존재를 틀림없이 확신하는 '영혼만 있는 경우'와 짝패다. 육체가 없는 것이다. 육체를 잃어버린 것이다. 맞다. 모든 게 분리된 세상에서 육체의 소중함을 잃어버린 것이다. 아, 문득 돌이켜보니, 그 전시품은 이런 생각을 촉발시키기 위해 제작된 작품이었구나, 하는 생각이 든다.

'주의를 기울이지 않으면 세상은 열리지 않는다.' 당구 치는 일이 세간의 인식처럼 아주 사소하고 시시한 일이라 하더라도 그 일에 정성을 다하고 주의를 기울이면 세상이 열릴 수도 있다. 새로운 세상이. 난 지금 열릴 수도 있다고 했지 열린다고 하지 않았다. 어렵다는 말이다. 그건 다시 고양이가 되진 못할지라도 고양이의 덕목을 배워야 함을 의미한다. 그 덕목들은 일종의 '이념

형'이다. 어떻게 '선적 무심'을 완벽하게 체득한단 말인가! 달마나 혜능도 아니고. 하지만 그쪽 방향으로 나아갈 수는 있다. 그게 중요하다. 우리가 당구를 칠 때 누구나 브롬달처럼 치는 걸 목표로 하지는 않는다. 그 방향으로 나아갈 뿐이다. 몸을 통한 놀이로, 놀이를 통한 몰입으로, 몰입을 통한 학습으로, 학습을 통한 즐거움으로, 즐거움을 통한 삶의 고양으로. 그렇게, 그렇게 될 수 있다면.

여기까지 읽고 나서 혹시라도 이런 반응이 있을 수 있겠다. "무슨, 당구 한 게임 치면서 이렇게 많은 의미를 부여하는가?" 맞다. 그런 반응이면 능히 인생을 살아가는 데 있어서도 시답잖은 의미부여 없이 훨씬 더 '현실에 충실하게' 살아갈 수 있을지도 모르겠다. 삶이 뭐 별건가? 주어진 시간 최대한 재밌게 죽이면서 살다가 가면 되는 거지. 안 그런가? 삶 자체가 그럴진대 당구 한 번 치는 거야 그냥 잠시 시간 때우는 것 이상의 의미가 있겠는가? 다시 맞다. 의미란 일부러 부여하는 것이고 조작하는 것이고 만들어 내는 것이다. 그런데 문제는 의미를 부여하는 건 인간의 '본성'이라는 점이다. 지젝의 말대로 '의미란 인생이라는 근본적인 무의미성으로부터 도망가기 위한 방어수단이며, 인간의 조건에서 나온 가장 기초적인 기만'이지만, 바로 그렇기 때문에 우린 의미의 포로가 될 수밖에 없다. 그러니까 주어진 시간을 최대한 제대로 죽이려면 거기에 근사한 의미를 부여해야 한다는 말이다. 이 글이 그런 '근사한 구라'가 되기를 원한다.

구성은 크게 다섯 부분으로 나뉜다. 처음 Ⅰ장은, 현대 사회에서 놀이가 처한 '엄중한 상황'에 대한 푸념, 인식, 경고 등을 다룬다. 그다음 Ⅱ장은 그리스의 아레테라는 개념을 중심으로 뭔가를 배우는 행위, 곧 학습과 연습, 그리고 그것을 통한 '즐거움'에 대해 말한다. 그 와중에 이 책의 핵심어라고 할 수 있는 다이몬에 대해 이야기하며, 그 후에도 다시 여러 다이몬들이 '출몰할 것이다'. 그다음 Ⅲ장은 당구의 기술적인 부분을 기술했다. 초보자분들이 보고 조금이라도 실질적인 도움이 되고자 의도했지만, 글을 통해서 그런 효과가 발생할지는 의문이고 또한 전달하는 기술 부족으로 기대하는 효과를 오히려 방해하지나 않았는지 걱정이다. 그리고 Ⅳ장은 태도에 대해서 구장에서 벌어지는 여러 사람들의 행태에 대한 '뒷다마'를 통해(반면교사로 삼기 위한) 당구를 통한 내면의 성숙이랄까, 지혜의 장착이랄까, 아니면 좀 더 '세련된 아비투스'에 관해 이야기한다. 마지막 Ⅴ장엔 게임이란 제목을 붙였다. 당구 '한 게임' 치는 걸 넘어서 인생이라는 '무한 게임'을 하는 도중에 마주칠 수밖에 없지만 많은 사람들이 뭐가 뭔지 어려워하는 여러 생각들, 예컨대 자아, 본성, 행운, 지위, 중독 등등에 관해 '이야기하는 동물'로서의 인간을 중심에 놓고 풀어 봤다. 내가 직접 말하긴 좀 그렇지만, 내가 글을 쓰면서 읽어 봤는데, 유익하다. 유익할 것이다.

이 책은 그동안 내가 읽어 온 책들과 그 책들이 유발한 생각들을 이리저리 둘쳐서 엉성하게 엮어 짠 것이다.(특히 요즘 앞다투어 출간되는 뇌과학, 인지심리학, 진화생물학 분야의 책들을 많이 참고했다. 해서 특별히 당구에 관심이 없더라도 다른 관심거리가 있을 수 있으니 제목만 보고 책을 열어 보지도 않는 '불상사'가 없었으면 좋겠다.) 내 딴에는 여러 분야의 책들을 '종횡무진' 하며 '융합적인 생각'을 보여 주려 애썼는데 결과는? 결과는 너무도 어설프게 짜여 있어 하나의 텍스트라기보다는 차라리 밤하늘의 별들 같다는 게 어울릴 것 같다. 그것도 은하수가 흐르는 예전의 밤하늘이 아니라 요즘 밤하늘의 빈약한 별들. 그런데 이게 나의 노림수라면? '인접성 원칙'에 따라 짧은 내러티브를 연속으로 이어 붙인 꿈을 드러낸 것이라면?[4] 아니, 뻔뻔하게 무슨 노림수겠는가. 노림수가 아니라 나의 바람이다. 눈 밝은 독자분들이, 예전 밤하늘에서 별을 보고 길을 찾은 선원들처럼, 밤하늘에 펼쳐진 별들을 이어 붙여 별자리 이야기를 만든 것처럼, 어지럽게 흩어진 글 조각들을 상상력으로 엮어 촘촘한 텍스트로 탈바꿈시켜 주리라는 걸.

---

4 『당신의 꿈은 우연이 아니다』, 안토니오 자드라, 로버트 스틱골드 지음, 장혜인 옮김, 청림출판, 2023

차례

Ⅳ 아비투스

Ⅴ 게임

I 아곤

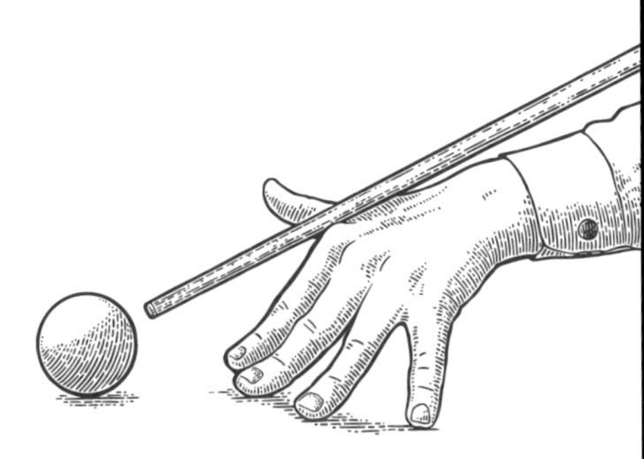

01 허슬러

난 어렸을 때 폴 뉴먼을 좋아했다. 그의 각진 부드러움이 좋았고, 넉살은 좋은데 신사적인 면모를 잃지 않는 여유가 좋았다. 그리고 사실 내가 그를 좋아했던 이유는 나의 아버지와 비슷한 이미지를 가지고 있기 때문이었다. 난 어릴 때 나의 아버지는 그래도 다른 아버지들과는 다르게 멋을 아는 분이라는 생각을 가지고 있었다. 맞다. 나의 아버지는 기질적으로 멋을 추구하는 인물이었다. 비록 상황이 받쳐 주질 않았지만(이북에서 내려와 줄줄이 딸린 식구들을 먹여 살리기 위해 되도 않는 사업을 하느라 대부분의 시간을 쏟아야 하고 그 시간보다 더 많은 스트레스를 감당해야 하는 상황이었지만) 그래도 책을 가까이 두려고 노력하였고, 영화를 사랑하셨다. 영화 〈내일을 향해 쏴라〉에서 젊은 로버트 레드포드가 굉장한 스타로 떠올라서 폴 뉴먼의 인기를 능가하게 됐다는 뉴스를 접하고, 난 순전히 그가 폴 뉴먼을 앞질렀다는 그 이유 하나로 그를 좋지 않게 생각하게 되었다. 그가 아무리 멋있어도 폴 뉴먼 앞에서는 멈춰야 한다. 그게 내가 그를 좋아할 수 있는 조건이었는데, 그의 의도와는 전혀 무관하게, 그가 폴 뉴먼을, 아니 나의 아버지를 넘어섰다. 난 그걸 용납할 수 없었다. 어린 마음에 그렇게 정해 버렸다.

폴 뉴먼의 매력은 그의 눈두덩이다. 눈과 이마 사이에 툭 튀어나온 부분이 절묘한 높이를 이룰 때 사람의 인상은 부드러운 카리스마를 얻는다. 눈두덩의 선은 굵지만 얇아야 한다. 굵으면서 얇다? 중앙의 눈두덩이 눈 양옆으로 가면서 얇은 선을 이루어야 한다는 말이다. 눈 옆으로 가면서 눈꼬리를 따라 살짝 내려가는 곡선을 그리면서 온화함을 생성해야 한다. 카리스마와 더불어 직접적인 폭력을 살짝 베일로 가리는 부드러움이 함께 공존해야 한다. 여기에다가, 그러니까 눈꼬리 밑으로 이어지는 것 같은 얇은 선에다가 아주 살짝 미소 지을 때 올라가는 입꼬리가 결합되면, 그 인상은 인생 전반에 대해 상당히 여유 있는 태도를 가지고 있는 이미지를 만들어 내는 데 성공한다. 여유로움은 남자들에게 어느 정도 노련함과도 통한다. 노련함은 카리스마적인 인상에다가 '말빨'이 받쳐 줘야 한다. 폴 뉴먼의 입은 일자로 뻗어 있어 평소엔 지퍼가 닫힌 듯 과묵하게 보이지만 상대적으로 얇은 입술은 조용히 있다가 한번 입을 열면 달변으로 이어지는 이미지를 담고 있다. 브레히트의 말마따나 남자는 근본적으로 노련한 척하는 동물이라서, 노련한 척하지 않는 남자는 드물지만, 노련한 척을 해도 어울리게, 노련한 척도 노련하게 해야 하는데, 그 인상이 그런 척을 하는 데 많은 도움을 줄 수 있다. 노련한 척을 하는 게 그대로 드러날 때, 즉 노련한 척을 미숙하게 할 때, 혹은 노련한 척을 내부에 기반한 역량이 아니라 외부의 권위에 의존해 드러내고자 할 때, 우린 노련함을 보는 게 아니라 우스꽝스러움이나 저열함을 본다.(정확한 구분이라고 할 순 없지만, 외향적인 권력지향과 내재적인 역량지향을 혼동하지 말아야 한다. 권력은 보통 눈에 보이는 힘을 통해서 -물리적 힘이나, 지위, 재력 등- 지배력을 행사해 상대를 복종시키고자 하는 것이고 역량은 잘 눈에 보이지 않지만 권력보다 더 '자연스러운' 영향력을 행사하는 것이다. 즉 역량은 권력의지가 직접적인 게 아니라 간접적이다. '낭중지추'라는 말처럼 특별히 과시하려는 의지를 드러내지 않고도 발산되는 힘이라고 할 수 있다.)

사실 노련함은 그 자체로 공동체에 꼭 필요한 덕목이다. 경험을 통해 제대로 된 학습을 할 줄 아는 인간은 노련한 사람이 된다. 그런데 누구나 똑같이 경험을 통해서 제대로 된 무언가를 학습하게 되는 건 아니다.(경험을 통해 못된 것만 배우는 인간도 많다.) 노련함을 위해 요구되는 것은 경험 자체가 아니라 학습이다. 정확히 학습할 줄 아는 능력이다. 다양한 경험은 학습을 위한 필요조건으로 작용하지만 충분조건은 아니다. 물론 반대로 학습을 위해선 많은 경험이 필요하다. 실전을 거치지 않은 이론적인 학습은 허무하게, 철저하게 깨지게 되어 있다. 바로 그 깨지는 경험을 통해 뭔가를 배우고 깨우친다면 학습이 되고, 그 경험을 통해 스트레스를 받아 움츠러들거나 심각하게 트라우마를 겪으면,

그런 걸 겪더라도 그걸 다시 극복하면 학습이 되고, 그렇지 못하면 기대할 바가 없게 된다. 그렇게 되면 기대의 정도나 기대의 방향을 바꿔야 한다.

사실, 진정한 의미의 노련함은 나이가 들어 노회해지거나 '능글능글'해지는 것과는 다르다. 노련함이 사람의 성품에 따라 그렇게 표현될 수도 있겠지만, 〈허슬러〉의 새파란 폴 뉴먼이, 〈컬러 오브머니〉의 허연 폴 뉴먼이 되려면, 새파란 자신만만함이 깨지고, 실패하고, 낙담을 겪어야 한다. 흔한 말로 지는 법을 배워야 한다. 설사 내가 정말 뛰어나서 아무리 봐도 이길 수밖에 없는 경기라도, 세상일은 어처구니없는 실수에, 혹은 우연에 의해 지배된다는 것을 점점 받아들이면서 내면이 넉넉해지지 않으면 '세상이 필요로 하는 노련함'을 가질 수 없다. 난 젊을 때의 '애디'보다는 나이 든 '애디'가 더 좋다. 그의 약간의 서글픈 달관, 실패를 그냥 희석시켜 남겨 놓은 표정, 젊었을 적에도 이미 새겨져 있을 것 같았던 운명 같은 주름, 그럼에도 불구하고 아주 살며시 치켜 올라가는 입꼬리의 여유. 정리하면 무던하고 무덤덤한 태도 밑에서 스며 나오는 그의 저력이 좋다.

02 체험소비

"스펙타클하다옹." 애니메이션 〈고양이의 보은〉에서, 자신들의 성이 무너져 내리는 광경을 보면서 어느 고양이가 하는 멘트다. 역시 고양이답게 무심함을 잃지 않고 아주 건조하게, 마치 자신은 당사자가 아니라 구경꾼이라는 듯이. 이 장면은 상황에 반하는 태연함으로 웃음을 유발하지만 한편 상당히 '징후적'이다. 일명 '스펙타클 사회'에서 구경꾼으로 새롭게 재탄생한 우리의 처지를 보여 주기 때문이다. 물론 우리는 고양이처럼 무심하지 않고 아주 열심히 그 구경거리에 빠져 즐긴다. 하지만 정작 중요한 게 빠져 있다. 그건 참여다. 구경거리에 빠지긴 하지만 참여가 빠진 '강 건너 불구경'. 우리는 관객이라는 소비자로서만 참여할 수 있다. 즉 생산자가 제공하는 즐거움을 수동적으로만 즐길 수 있다. 자본주의가 더 '발전하고' 개인화가 더 진행될수록 본래 의미의 '카니발(축제)'는 사라지고 '쇼 비즈니스'가 그걸 대체한다. 이젠 각종 축제를 한다고 해도 우린 그걸 구경 갈 뿐이다. 참여자에서 구경꾼으로 재탄생한 우리는 이제 축제를 즐기는 게 아니라 축제를 소비한다. 물론 비록 구경꾼이지만 '거진' 공연자처럼 열광적으로 즐길 수도 있다. 인기스타의 대규모 공연장이나 거대한 스포츠 행사장에서 벌어지는 광경을 보라. 그건 예전 종교적 제의의 재판이고 유사 카니발이다. 하지만 아무리 즐거워도 무대나 경기장으로 들어가지 못한다. 즉 소비자의 역할을 벗어나지 못한다. 어느 사회학자가 말하기를, 어떤 민족의 가난한 정도는 화려한 축제를 보면 알 수 있다고 한다. 반대로 생활수준이 높아지면 축제는 사라지게 되고.

하지만 괜찮다. 이곳에서는 사라졌지만 아직 사라지지 않은 가난한 나라로 가면 된다. 생활수준이 높아진 우리, 후기자본주의의 수혜자들은 이제 국지적인 구경꾼에서 글로벌한 관광객으로 '바운더리'를 넓히고, 동시대의 비동시성을 유발하는 소득의 상대성 이론에 따라 시간이 아주 늦게 흘러가는 지역으로 여행을 떠날 수 있다. 가서 그 지역의 축제를 보는 것만이 아니라 몸소 체험하고 오면 된다. 인스타그램에 올리려면 이젠 에펠탑 찍고 나이아가라 찍는 것만으로는 안 된다. 오지에 가서 그곳 전통 제의 정도는 참여하고 체험하고 민족지적인 사유 정도까지는 해야, 뭘 좀 한 것 같다. 이 정도 해야 고급 소비지, 명품이나 사는 건 이젠 유치한 소비가 됐다. 이젠 외면을 치장하는 게 아니라 내면을 가꾸는 체험 소비가 '배타성'과 '차별성'을 드러낼 수 있는 사치품 목록으로 들어선 시대다. 자기를 연출하는 '미학적 소비'가 줄을 잇고 수많은 비건들이 관광 가서 더 많은 탄소를 배출하는 아이러니한 시대이기도 하고.[5] 난 지금 이런 체험 과소비를 비꼬거나 비판하는 게 아니다. 돈이 들어 못 해서 그렇지, 서양 중심주의에 빠진 의식을(우리도 포함이다.) '인류학적으로' 되돌아볼 수 있는 체험이라면 비판이 아니라 권장이다. 대신, 그 체험이 다시 되돌아와 현재 나의 '안위'를 확인하는 수순이면 안 된다. 그럼 그야말로 '구별 짓기'를 위한 행위밖에 안 되기 때문이다.

5 『우리는 모든 것의 주인이기를 원한다』 브루스 후드 지음, 최호영 옮김, 알에이치코리아, 2023

03 슈퍼스타

당신은 누구를 좋아하는가? 조사를 한 적은 없지만, 뜬금없이 던진 이 질문에 사람들은 많은 경우 각자가 좋아하는 연예인이나 스포츠 스타 이름을 댈 것이다. 지금은 누구도 반박할 수 없는 셀럽-유명인의 시대다. 어린이들에게 장래의 꿈이 뭐냐고 물으면 시대를 지나옴에 따라 유명인으로 좁혀지는 뚜렷한 경향을 발견할 수 있다. 누구나 유명인을 좋아하고 동경한다. 밤하늘의 진짜 '스타'는 요즘 잘 보이지도 않고 보여도 희미해서 장래의 꿈이 천문학도가 아닌 한 그걸 보고 꿈꿀 리 만무하지만, 사회의 '스타'들은 너무도 환하게 번쩍번쩍 빛을 발산해 보는 이로 하여금 동경을 하지 않을 수 없게 만든다. 단순히 동경만 하는 게 아니다. 동경을 넘어서 어떤 스타는 존경의 대상이기도 하고 인생 멘토가 되기도 하며 신앙의 대상이기도 하다. '지저스크라이스트 슈퍼스타'뿐만 아니라 슈퍼스타가 지저스크라이스트가 된 시대다. 이런 슈퍼스타들을 중심으로 지구촌을 하나의 시장으로 묶어 낸 '천문학적 규모'의 문화산업 전체가 대중들의 소비욕망을 토네이도처럼 빨아들이며 휘몰아쳐 돈다. 아무도 이런 움직임으로부터 자유로울 수 없다. 아침 알람 소리를 끄기 위해 휴대폰을 누르면 내가 좋아하는 스타의 동영상이 저절로 올라와 있다. 그걸 보기 위해 누르진 않지만, 난 단 하루도 그 스타와 떨어져 있는 시간이 없다.(그 스타가 누군지는 비밀이다.) 스타는 나와 같이 산다. 하지만 스타는 나와 같이 살지 않는다. 스타는 내 옆에서 사는 게 아니라 내 속에서 산다. 이미지와 환상으로. 이 말은 스타와 같이 사는 삶이 거짓이라는 의미가 아니다. 이미지와 환상은 현실의 반대가 아니고 가짜는 더더욱 아니다. 현실의 조작이긴 하지만 전혀 얼토당토않은 조작이 아니라 우리가 프로필에 올리는 '뽀샵'에 가깝다. 문제는 그 조작, 그 뽀샵질을 스타의 생산자나 스타 당사자가 하는 게 아니라 우리가 한다는 점이다. 그 조작을 생산자가 할라치면 금방 들통나고 욕먹는다. 성공한 사기는 사기가 아니며 그 사기의 성공 여부는 우리에게 달렸다. 아, 우리는 이런 식으로 참여한다.

04 닦달

우리 사회가 물질적으로 '풍요로운' 사회인 것은 분명하다.(그 풍요로움이 배분되는 방식과 결과에 대해 그리고 그 풍요로움에도 불구하고 거기에서 거의 배제된 영역에 대해서는 말하지 않겠다. 또한 그 풍요로움이 지구를 착취한 결과로 얻은 부분이라는 점에 대해서도 말하지 않겠다.) 이 풍요로움으로 인하여 우린 돈의 여유와 시간의 여유로 인한 '한가함'을 얻는다. 이 한가함을 어떻게 처리하느냐에 따라 어쩌면 행복과 긍정적인 의미의 자유를 얻을 수도 있겠다. 하지만 우린 보통 그 한가함을 얻기 이전에 그것을 얻기 위해서 일-노동이라는 것을 한다. 우린 일을 할 때 한가함을 느끼지 못한다. 지루함을 느낄 수는 있지만 말이다. 그럼 왜 일을 할 땐 한가함을 느끼지 못할까? 당연한 말을 풀어서 말하려니까 좀 이상하긴 하지만, 그건 우리가 우리의 노동력을 팔기 때문이다. 곧, 노동은 내가 하지만 그 노동 시간은 내 것이 아니고 그 노동의 결과물도 내 것이 아니다. 우린 노동에 대한 지배권을 넘긴다. 지배권이 넘어가면 어떻게 되나? 닦달을 당한다. "현대 사회의 특징은 두드러지게 도구적이거나 공리적인 형태의 닦달이다."[6]

---

6 『철학자와 달리기』, 마크 롤랜즈 지음, 강수희 옮김, 유노책주, 2022

그럼 지배권을 넘기고 닦달을 당하면 어떻게 되나? 삶이 고달파진다. 안팎으로. 보통 이럴 때 '소외된 노동'이라는 표현을 한다.

그런데 무엇으로부터 소외됐다는 말인가? 막 공부를 하려고 폼을 잡는데, 엄마가 이젠 그만 공부 좀 하라고 다그치면 할 맛이 딱 떨어진다. 왜? 난 '진짜로' 스스로 뭔가를 해 보려는 내적 동기에 의해 재밌게 공부를 해 보려 했는데, 엄마가 내 안에 있는 자율성에 찬물을 부었기 때문이다.(그래서 난 계속 공부를 안 할 것이다. 이게 내 자율성이다.) 그렇다. 우리가 무엇으로부터 소외됐다고 하는 건 단적으로 말해 내적 동기로부터 멀어진 것이다. 문제는 그 현상이 일할 때만 그런 게 아니라 일을 하지 않을 때도 그렇다는 것이다. 우리는 소외된 채 생산하고 소비할 때도 소외된다. 일할 때 재미없는 건 물론이고 놀 때도 재미없다. 내적 동기가 바닥났기 때문이다. 역사 이래, 아니 인간이라는 종이 이어져 내려온 이래, 사람들의 머릿속에서 노는 것보다 일하는 게 중요하다고 여기게 된 시대는 지금이 유일하다. 놀이에 대한 노동의 승리, 이게 근대를 특징짓는 핵심이다. "지루함을 느끼지 않으면서 한가롭다는 것은 귀족적이다. 지루함을 쫓기 위해 오락거리를 찾는 것은 대중민주주의적이다. 그러나 놀이에는 한가로움의 핵심이 남아 있다. 한가롭다는 것은 무엇인가를 생산해 내지 않는 시간을 보낸다는 뜻이기 때문이다."[7]

---

7 『놀이하는 인간』, 노르베르트 볼츠 지음, 윤종석, 나유신, 이진 옮김, 문예출판사, 2017

05 롤러코스터

영화 〈타짜〉를 보면, 고니가 밤새 노름을 하고는 아침에 하우스 밖으로 나온다. 거리는 아침 햇살로 가득하고 또한 출근하는 인파로 가득하다. 그런데 여기서 역설적으로 거리를 바쁘게 오가는 사람들은 햇살도 느끼지 못하는 기계인간처럼 보이고 오직 고니만이 햇빛의 광채를 느끼는 것 같다. 많은 도박꾼들이 그런다. 도박할 때만이 살아 있는 것 같다고. 그렇다. "허무함은 공평하게 배분되어 있다."[8] 도박은 그 순간의 살아 있음을 느끼기 위해 말도 안 되는 대가를 지불하는 '미친 짓'이다. 평소에 미치지 않고서도 살아 숨 쉬는 햇살을 느낄 수 있었다면 도박에 빠지지 않았을지도 모른다. 감각 없는 기계처럼 사느니 미친놈이 되겠다. 그걸 어떻게 말릴 수 있겠는가.

도박을 할 때, 흔히 천국과 지옥을 오간다는 표현을 하곤 한다. 뭐, 천국과 지옥? 예전 패티 김의 〈빛과 그림자〉가 생각난다. 아닌 게 아니라 사랑이 그러한 건 사랑이 도박만큼이나 '재밌기' 때문이다. 특히 초반에 그렇다. 사랑이나 도박, 공히 우리의 시작점은 지극히 불안정하다. 긴장하지 않을 수 없다. 즉 상대를, 대상

---

8 『부서지기 쉬운 삶들』, 토드 메이 지음, 변진경 옮김, 돌베개, 2018

을 통제할 수 없다. 통제할 수 있다는 환상으로 뭔가를 해 보고, 그게 성공했다는 확신이 드는 순간엔 세상을 다 가진 양 환희에 들뜨지만, 그 확신은 여지없이 어이없는 환상으로 회귀하며 제자리를 찾는다. 이건 모두 우리 뇌에서 벌어지는 미래에 대한 예측의 폭과 강도가 워낙 넓고 강해서 일어나는 일이다. 성공했을 때의 예측을 모두 의식하지는 못하지만 그동안 살면서 저장된 데이터들이 활성화되면서 강력한 몸의 반응을 일으키고, 실패를 예측할 경우도 마찬가지다. 고로 도박을 통해 얻는 것은 미래에 대한 기대의 롤러코스터를 타면서 맛보는 쾌락이다. 그 쾌락을 얻기 위해 돈을 지불하는 것이다. 행복과 불행의 낙폭과 비례해서 쾌락도 증가한다. 롤러코스터가 착착착 하고 올라갈 때는 떨어지기 위해서다. 착착착 하고 올라가서 떨어지지 않는다면 쾌락이 발생할 수 없다. 마찬가지로 운 좋게 돈을 따서 멈춘다면 쾌락이 극대화되는 게 아니라 마감된다. 이런 면에서 모든 도박은 잃기 위해 하는 것이다. 당사자가 의식을 하든 하지 못하든 말이다. 도박은 보상이라는 중독에 빠진 '삶이라는 오류'를 가장 깔끔하게 드러내는 그림이다.

06 더 글로리

다시 〈빛과 그림자〉의 첫 대목. "사랑은 나의 천국, 사랑은 나의 지옥." 어떻게 이렇게 단순하면서도 명쾌하게 '사랑의 끔찍함'을 드러내는가. 자, 여자가 묻는다. "당신, 날 사랑해?" "물론이지. 당신을 사랑하지." "왜 나를 사랑해?" 기어코 이 질문에 부딪혔다. 『연애의 불가능성에 대하여』에 의하면, 이 물음은 여자가 남자에게 자신이 '유일한가'라고 묻는 것이다. '내게 다른 사람에게는 없는 뭔가가 있나요?' 혹은 '내가 특별히 사랑스러운 존재인가요?' 등을 묻는 게 아니다. 여자가 원하는 것은 자신의 특별함이 아니라 유일함이다. 해서 다른 사람과 공유할 수 있는 어떤 속성도 정답이 될 수 없다. 아름다워서, 이해심이 깊어서, 순수해서, 엄마를 닮아서 등등은 다 다른 사람과 공유할 수 있는 것들이다. 다른 사람과 공유할 수 없는 것이 하나 있다. 당신 그 자체. 나는 당신이 당신이라서 사랑합니다. 이 동어 반복만이 정답이 될 수 있다. 즉 여자는, 당신은 다른 사람들이 온전히 배제된 나만의 세계에 들어와 있는가 하는 것을 확인하는 것이다. 유일하다고 하는 것은 외부를 상정할 수 없고 따라서 비교가 불가능하며 모든 차이가 무화되는 세계 그 자체를 지칭한다. 곧 유일한 것은 하나밖에 없는데, 그건 우주다. 여자는 그 유일한 우주가 자신이냐고 묻는 것이고, 자신이 당신의 세계 그 자체냐고 묻는 것이다. 좀 살벌한가? 모든 것을 품고 있는 대지의 어머니가 좀 살벌하다. 그렇다고 너무 겁먹지 말자. 말이 그렇다는 말이니까.

누군가가 내 세계의 전부를 차지하게 되면, 나는 그 사람의 행동 하나하나에 오락가락하며 일희일비할 수밖에 없게 된다. 아름다운 천국과 추악한 지옥을 왕복하는 롤러코스터를 타게 되는 것이다. '의처증은 설사 처가 바람을 폈다고 해도 미친 짓이다'라는 라캉의 말이 있다. 왜 미친 짓인가? 바람을 폈는데.(말이 난 김에, 앞서 언급한 그 여자가 바람을 피우다 현장에서 걸렸다. 남자가 미친 듯이 화를 내자 그녀가 말했다. "당신은 더 이상 저를 사랑하지 않는군요. 사랑한다는 내 말보다 당신의 눈을 더 믿다니.")[9]

〈더 글로리〉에서 동은이 연진에게 말한다. "이제부터 내 꿈은 너야, 연진아." 이 말이 동은이가 연진이를 동경해서 연진이처럼 되겠다는 말이 아님은 알 것이다. 이 말은 연진이 네가 내 세계의 전부가 될 것이라는 선언이다. 난 너라는 세계만을 온전히 내 세계로 삼고 거기서 내 모든 행위의 의미를 찾겠다는 선언. 다른 세계는 일체 배제하고 온 힘을 다해 너라는 존재에 집중하겠다는 의지의 표현이다. 너의 세계가 나의 세계다. 하지만 그 세계를 연

---

9 『사랑할 때 우리가 속삭이는 말들』, 대리언 리더 지음, 구계원 옮김, 문학동네, 2016

동력이 사랑이 아니라 증오이기에 (출발이 증오가 아닌 사랑이어도 우리는 너무 깊은 사랑은 증오와 등을 맞대고 있다는 걸 안다. 처음엔 사랑이지만 순식간에 증오로 뒤바뀔 수도 있다.) 동은에게는 연진의 파멸이 최고의 영광이 된다. 복수가 성공한 후 동은이 면회 가서 말한다. "연진아, 난 너의 세계가 온통 나였으면 해." 그러나 다시 '너는 나다'. 따라서 너의 파멸은 나의 영광임과 동시에 나의 파멸이다. 이건 장기적으로 기획된 동반자살이다. 그럼 여기서 한 번 물어보자. '동은은 미쳤는가?'

07 미친X

"선택된 재능 하나를 추구하기 위해 인간적 삶의 나머지 거의 모든 요소를 종속시키는 것, 어린아이의 세상처럼 매우 고지식하고 매우 작은 세상에서 살아가는 데 동의하는 것."[10]

우리는 어떤 분야에서 천부적으로 타고난 재능으로 뛰어난 업적을 세운 수많은 사람들을 알고 있다. 일일이 열거하기도 힘들 정도로 많다. 특히 예술과 스포츠분야에서 잠자는 시간 빼고 모든 시간을 자신의 재능을 활짝 꽃피우기 위해 노력을 게을리하지 않는 '천재'들을. 여기서 그 뛰어난 성과가 재능 때문이냐, 노력 때문이냐 하는 잘못된 질문은 하지 않겠다. 재능은 일차적으로 노력을 가능하게 하는 재능이다. 그들은 노력할 줄 아는 재능을 타고난 것이다. 재능이 없어 재미가 없는 걸 어떻게 노력할 것이며, 노력하지 않고 어떻게 저절로 재능이 유지될 것인가. '게으른 천재'라는 말도 있지만, 대부분 신화다. 아니면 '천재'라는 말의 남용에서 오는 착각이다. 예전 마라도나도 일요일에 경기가 끝나면 술과 마약에 절은 파티를 수요일까지 벌였다가 목요일부터는 다시 폼을 만들기 위해 강도 높은 훈련을 했다. 물론 마약

10 『끈 이론』, 데이비드 포스터 월리스 지음, 노승영 옮김, 알마, 2019

을 하지 않았으면 훨씬 좋았을 것이고, 결국 그걸 이겨 냈다고 할 수는 없지만, 훈련 없이 '천재성'을 발휘할 수는 없다. 오히려 많은 '천재'들은 그 노력을 '미친 듯이' 한다. 노력을 게을리하지 않는 정도가 아니라 말 그대로 미친 듯이. 진짜 미친 건 아니고? 미친 듯이? 그럼 미친 건 뭔가? 알다시피 미친 건 크게 두 가지 의미가 있다. 하나는 제정신을 잃고 실성한 것이다. 다른 하나는 뭔가에 지나칠 정도로 몰입하는 것이다.(요즘은 여기에서 의미가 번져 '지나칠 정도로 완벽한' 혹은 '완벽이 지나친' 상태를 모순어법으로 강조하기 위해 사용되기도 한다. '손흥민 폼 미쳤네.' '여기 음식 맛 미쳤어.')

우리는 살면서 모두 '미치기 일보 직전'까지 가는 경험이 있다. 직전에서 멈추지 않았다면 진짜 미쳤을 것이라는. 이렇게 미쳤다는 말에는 하나의 공통점이 있는데 그건 너무 지나치다는 것이다. 하난 너무 지나치게 벗어난 것이고, 나머진 너무 지나치게 몰두한 것이다. 그럼 지나쳤거나 지나치다면 그 기준이 있을 것 아닌가? 무엇을 기준으로 지나치다는 말인가? 그건 바로 '생활세계'다. 생활세계? 뭐, 어려운 말은 아니다. 그냥 우리가 일상적으로 다른 사람과 소통을 이루어 가며 만들어 내는(대충 그렇게 간주하는) 세계다. 미쳤다는 건 이런 '세계'에 못 미치거나 지나쳐서 소통이 어려운 상태다. 실성한 경우는 말할 것도 없고 뭔가에 심하게 빠져 있는 경우에도 마찬가지다. 노름에 빠졌거나, '계집'에 빠졌거나, 술독에 빠져 있는 사람과는 말이 통하지 않는다. 다른 것에 빠져도 마찬가지다. 물리학에 빠졌거나, 수학에 빠졌거나, 영화에 빠졌거나, 음악에 빠졌거나, 축구에 빠졌거나, 당구에 빠졌거나. 그런 사람들과는 잘 소통이 되질 않는다. 대신 같이 빠져 있는 사람들끼린 무지하니 소통이 잘된다. 우린 이런 사람들을 끝에 미칠 광狂 자를 붙여 말한다. 독서광이니 축구광이니 영화광이니 하면서 말이다. 이건 중독과 비슷하지만 조금 다른 탐닉이다. 이 사람들은 모두 일상적인 '생활 세계'와는 다른 세계에 있다. 좀 다른 '세상'을 산다.

그리고 여기에다가 다른 차원의 미친 상태를 하나 더 추가할 수 있다. 그건 앞에서 말한 내가 탐닉하는 그 분야에 범접하기 힘든 재능을 가진 경우다. 이 경우는 생활세계와는 다른 '세계'를 수동적으로 탐닉하거나 그 세계에 빠져 사는 걸 더 지나쳐 '다른 세계'를 열어젖힌다. 곧 세계를 창출한다. 수학에 빠진 라마누잔, 물리학에 빠진 파인만, 영화에 빠진 봉준호, 음악에 빠진 조수미, 축구에 빠진, 다시 마라도나, 당구에 빠진 '나'처럼 말이다. 이렇게 미친 것에는 세 차원이 있다. 실성, 탐닉, 창작. 우리 같은 '범인'의(금방 제자리로 돌아왔군.) 입장에서는 세 차원 모두 이해하기 힘들다. 실성한 사람은 동정하고 탐닉하는 사람은 시기하며 창작하는 사람은 동경하지만, 모두 과정은 생략한 채 결과만 놓고 그런다. 동정과 시기, 동경을 넘어 이해해야 한다. 아니, 이해해 보려고 해야 한다. 글이 전개되면서 듬성듬성 그걸 이해해 보려는 작업을 할 것이다.

08 버닝

"인간의 불행은 누구나 방에 꼼짝하지 않고 있을 수 없기 때문에 생긴다."라는 파스칼의 유명한 말이 있다.[11] 인간은 지루함과 외로움을 벗어나기 위해서라면 뭐든지 한다. 사랑과 도박 같은 '위험한' 행위도 서슴지 않고 한다. 아니, 사랑과 도박같이 위험할수록 지루함을 벗어나는 덴 오히려 효과적이다. 왜냐하면 지루함의 반대는 즐거움이 아니라 흥분이기 때문이다. 지루함은 나를 흥분시키는 사건이 일어나길 바라는 상태다. 한가함과는 완전히 다르다. 한가함이란 여유로운 상황이라는 조건이고, 지루함은 내 마음속 상태다. 보통, 한가함이라는 조건이 지루함이라는 상태를 유발하기 쉽지만 꼭 그런 것은 아니다. 한가하지 않은데도 불구하고 지루함을 느낄 수 있고, 한가한데도 지루하지 않을 수 있다. 지금 이 시대는 이러한 지루함을 대량생산하는 시대다. 지루함을 타개할 온갖 상품들을 대량생산하는데도 불구하고 그런 게 아니라 그렇게 하기 때문에 그렇다. 악순환이란 말이다.(이 악순환의 주기가 점점 짧아지고 있다. "따분하다는 것은

---

11 『인간은 언제부터 지루해 했을까』, 고쿠분 고이치로 지음, 최재혁 옮김, 한권의책, 2014

문자메시지, 유튜브, 패스트푸드 등으로 구성된 소통의 감각-자극 매트릭스에서 동떨어져 있다는 것, 언제든 달콤한 만족감을 주는 부단한 흐름에서 차단되어 있다는 것을 의미한다."[12] 사람들은 점점 감각-자극의 흐름에서 벗어나는 걸 두려워하고 있다.)

이런 악순환에 갇힌 인물 중 하나가 영화 〈버닝〉에 나오는 벤이다. 그는 한가하고 여유롭고 근사한 생활을 하는 것처럼 보이지만 내면은 지루함으로 꽉 차 있다. 여행을 가도, 여자를 만나도, 친구를 만나 맛있는 음식을 먹으며 즐겨도 하품이 끊이질 않는다. 대마초를 피워도 그때뿐이다. 흥분의 강도가 너무 낮다. 그는 말한다. 비닐하우스를 태울 때만이 희열을 느낀다고.(이건 살인을 할 때만 희열을 느낀다는 사이코패스의 말에서 멀리 떨어져 있지 않다. 즉, 그가 혜미를 죽였다는 종수의 오해를 만들어 낼 수 있을 만큼의 강도다.) 아프리카 속담에 이런 말이 있단다. "마을 사람들의 사랑을 받지 못한 아이는 온기를 느끼기 위해서 마을에 불을 지른다."[13] 사람이 온기를 느끼지 못하는 상태는 외로움이다. 외로움은 '문제가 있는 고독'이라는 말이 있는데, 고독은 내가 하는 거고 외로움은 당하는 것이기 때문에 문제가 있을 수밖에 없다. 지금은 지루함과 마찬가지로 외로움도 대량생산하는 시대다. 예전엔 이러지 않았다. 그땐 엄청난 양의 지루함과 외로

---

12 『자본주의 리얼리즘』, 마크 피셔 지음, 박진철 옮김, 리시올, 2018

13 『지위게임』, 윌 스토 지음, 문희경 옮김, 흐름출판, 2023

움을 담아낼 '인간의 내면'이 없었기 때문이다.(이 복잡하고 혼돈스런 내면은 자유의 필연적인 부작용이지만 거꾸로 그 자유의 표현을 가능하게 하는 에너지이기도 하다. 현대의 추상화가 이런 내적 표현의 대표적인 예라고 할 수 있다.)

09 고무신

남자친구를 군대에 보낼 때 주변의 친구들을 어쩔 줄 모르게 만들면서 펑펑 우는 여자 친구는 고무신을 거꾸로 신을 확률이 대폭 올라간다는 속설이 있다. 이 속설엔 '심오한' 근거가 있다. 그건 바로 여자 친구가 사랑의 대상과 사랑의 원인을 구별하지 못한 결과라는 것이다. 여자 친구가 운 이유는 사랑 때문이 아니라 외로움에 대한 두려움 때문이었다. 애초에 외로움에 대한 두려움이 그 사람을 사랑하게 만든 것이다. 곧 나의 사랑은 내가 사랑하는 그 사람으로부터 비롯된 게 아니라 나로부터 비롯되었다. 내 사랑의 원인은 바로 나다. 똑같은 말을 도박하는 사람에게도 할 수 있다. 내가 도박을 하는 근본적인 이유는 돈이라고 하는 '사랑하는 대상'을 얻기 위해서가 아니라 도무지 방구석에 틀어박혀 있을 수가 없기 때문이다. 즉, 내 욕망의 원인은 이 '원인을 알 수 없는' 지루함이다.

사실 이 지루함과 외로움은 인간이라면 누구나 처해 있는 근본적인 상태다. 이 외로움과 지루함을 처리하는 방식과 처리할 수 있는 조건이 사람마다 그리고 시대마다 조금씩 다를 뿐이다. 그럼 왜 인간은 이렇게 생겨 먹었을까? 고양이가 지루해하는 것 봤는가? 좀 심심해할지언정 지루해하지는 않는다. 난 어릴 때 『빙점』을 각색한 이현세의 '까치 만화'를 보고 가벼운 충격을 받은 적이 있다. 거기에 매미 이야기가 나온다. 매미가 한여름 한 달간 맴맴 소리를 내며 자신이 살아 있음을 과시하기 위해선 땅속에서 삼천 일을 기다려야 한다는 이야기. 난 어린 마음에, 그걸 어떻게 견딜까, 지루하지 않을까, 염려했다. 지금은 염려하지 않는다. 내가 아는 한 매미는, 죽음에 대한 표상이 없고 거기서 비롯되는 의미를 갈구하지 않으며 따라서 우리와는 다른 시간을 살기 때문이다.

10 기분전환

라캉이 말한다. “모든 말은 사랑에 대한 요구다.” 이 말을 이렇게 바꿔도 되겠다. 외로움은 그 말을 할 대상이 없는 상태고, 지루함은 이런 요구를 아무도 몰라주는 상태라고. 곧 지루함은 사랑에 대한 요구를 아무도 몰라주는 상태다. 이런 상태로부터 자유로운 사람은 아무도 없다. 인간은 누구나 자신이 충분히 사랑받고 인정받는다고 느끼지 못하게 되어 있다. 이건 엄청난 팬덤을 자랑하는 슈퍼스타라도 그렇다. 생각해 보면 인생이란 참으로 불행한 구조로 되어 있다. 시오랑의 말대로 태어나지 않는 게 가장 좋지만, ‘재수 없게’ 태어나면 얼마 지나지 않아 사랑으로부터 분리되고 또 얼마 지나지 않아 놀이로부터 멀어진다. 그다음부터는 지속적으로 뭔가가 잘려 나가는 과정이라고 할 수 있다. 그걸 되돌려 보려고 부질없는 안간힘을 쓰는 게 인생이다. 어쩌다 전철을 타게 돼서 주변의 사람들을 둘러본다. 무엇을 하고 있나? 거의 대부분의 사람들이 지루함을 지우기 위해 ‘필사적으로’ 애를 쓰고 있다! 맞다. 지루함은 먼지와 같다. 시간이 지나면 중력에 의해 차곡차곡 내려앉는다. 늑대가 나타났다고 외치는 소년은 왜 그랬겠는가? 〈브로크백 마운틴〉에서 히스 레저와 제이크 질렌할은 왜 사랑에 빠졌을까? 거짓말쟁이고 동성애자라서? 그 이전에 그들이 처한 '근무 환경' 때문이다. '사랑이란 게 지겨울 때가 있지'라고 이문세가 그랬다. 감히 사랑을. 하지만 사랑도, 도박도, 놀이도, 섹스도, 다 마찬가지다. 여기서 자유로운 건 없다. 노래 〈더스트 인 더 윈드Dust in the Wind〉에서 그러듯, 바람이 잦아들면 지루함이 세상을 덮는다. 모두 열역학 2법칙의 지배를 받는다. 여기서 잠깐, 근본적으로는 그 지배를 벗어날 순 없지만, 전환할 수는 있다. 물론 그 방법은 청소다. 인간은 청소해야 살 수 있는 동물이다. 정착생활을 한 이후로는 더하다. 청소를 하지 않으면 잠식당한다. 소매 걷어붙이고 빗자루질 한 번 하고 다시 사랑하는 것이다. 그게 뭐가 됐든. 예전 윤영수 작가의 소설 제목처럼, '사랑하라. 희망 없이'.

이 청소가 바로 디베르티스망Divertissement, 기분전환이다. 발레를 제대로 본 적이 없어서 발레의 디베르티스망은 모르겠지만, 인생은 이 디베르티스망을 어떤 모양으로 구성하는가에 따라 전체 질이 달라질 수 있다. 예전에 히트했던 리쌍의 노래가 있었다. '나가서 바람이나 좀 쐐'라는. 당구장에서 그 노래가 들리고, 어느 누가 계속해서 헤매고 있으면, 또 다른 누가 옆에 가서 친절하게 그 대목을 불러 준다. 나가서 바람이나 좀 쐐라고. 전환하라고. 전환. 국어사전 왈, 다른 방향이나 상태로 바뀌거나 바꿈. 기분전환은 언제든지 나를 잠식할 수 있는 지루함을 뭔가 다른 것으로 바꿔치기 하는 것이다. 이 다른 뭔가가 뭔가? 그걸 대표하는 게 바로 놀이다. 물론 다른 것도 부지기수다. 인간이 진화하면서 좋아하지 않을 수 없게끔 만들어진 모든 보상물이 그 대상이다. 좋아하는 음식, 좋아하는 수다, 좋아하는 휴식, 그리고 좋아하는 섹스 등등. 아, 요즘은 좋아하는 기호품을 빼놓을 수 없다. TV에서 나오는 광고를 보니, 봉지커피를 한 잔 마시니까 장소가 바뀌더라. 담배는 그야말로 전환하기 위해 피우는 것이다. 예전 당구장에서 흡연이 허용될 때 '국면 전환'을 위해서 피워 대는 담배연기가 모여 마치 지리산 운해 같았다는. 실제로 담배를 피우고 나면 당구를 잘 친다. 한 두 큐쯤? 담배가 이럴진대 마약을 하면 어떨까? 인류사가 증명하듯 마약은 전환을 일으키는 장치다. 술도 마찬가지고. 따라서 마약과 술은 기호품의 범위를 훌쩍 넘어서기 때문에 더 이상 말을 삼가겠다. 여하튼 이런 보상물들과 뒤섞이면서 다른 시간, 다른 공간으로 현실을 바꿔 내는 게 바로 놀이다. 놀이를 중심으로 한 기분전환. "기분전환은 인간이라는 동물의 결정적인 특징에 대한 반응이다."[14]

14 『고양이 철학』, 존 그레이 지음, 김희연 옮김, 이학사, 2021

11 폭소인형

예전에 이천으로 '쌀밥'을 먹으러 간 적이 있다. 밥을 많이 먹고 식당을 나오는데 식당 옆으로 기념품을 파는 가게가 보였다. 소화도 시킬 겸 거기에 들어가 이리저리 구경하던 중 남녀 두 쌍이 LOVE라는 글자를 가슴에 안고 한껏 웃고 있는 인형을 발견했다. 난 그걸 본 순간 그들을 따라서 크게 웃고 말았다. 웃음 전염이 제대로 된 것이다. 크게 따라 웃으니 기분도 아주 좋았다. 크게 웃고 나서도 계속 싱글벙글 웃음이 배어 나왔다. 그걸 보고 아내가 그랬다. "쌀밥이 그렇게 맛있었어?"

'무엇이 그들을 그렇게 웃게 만들었나?' 찬찬히 살펴보니, L을 안고 있는 소년은 O를 안고 있는 소녀와 커플 사이로 보이고 나머지 V를 든 소녀와 E를 든 소년이 또 그렇게 보인다. 얼핏 커플을 구성하기엔 좀 어린 듯이 보이지만 그들이 들고 있는 LOVE 팻말을 보면 커플로 봐도 무방할 것 같다. 가만히 보면 이 네 명의 폭소인형에서 폭소를 유발한 이는 O를 안고 있는 두 번째 소녀다. 그녀의 웃음은 웃음을 전달한 득의가 가득 담겨 있다. 다른 커플, 곧 V와 E를 들고 있는 남녀가 그야말로 자지러지고 있는데 비해 그녀의 눈은 미소에 머물고 있다. 보통 자신이 하는 말에 당사자가 자지러지진 않는다. 간혹 그런 사람도 있지만 말이다. 이미 알고 있는, 혹은 한번 들은 유머는 당연히 그 이야기가 전하는 폭발력이 반감되지 않을 수 없다. 그래도 워낙 애초의 폭발력이 매우 강했던 탓에 이야기의 화자인 O도 입을 얼굴 반만 하게 벌리고 웃고 있다. O와 커플인 L은 O의 얘기를 이미 알고 있는 듯하다. 이 역시 다른 이들과 다르게 자지러지진 않는다. 하지만 다시 들어도 웃긴 듯 입은 활짝 벌어져 있고 작아진 눈은 자신의 여자 친구가 유발한 웃음에 쾌재를 부르고 있다. 곧 L과 O는 2차적인 웃음을 짓고 있다. 웃음을 전달하고 다시 웃음을 되받아 웃는 웃음으로, '골 때리거나 깨는' 웃음이 아니라 이미 뭔가를 아는 흐뭇한 웃음이다. 반면 V와 E는 크게 터졌다. 눈물이 나올 정도로 웃긴지 둘은 눈을 질끈 감고 있고, V의 입은 뒤통수까지 벌어져 있으며, E 역시 입으로 모기가 들어가도 모를 정도로 벌어져 숨이 넘어가는 걸 간신히 막고 있다. 도대체 뭔 얘길까? 추측컨대 그들의 나이를 넘긴 사람들에겐 그렇게 웃긴 얘기는 아닐 것이다. 얘기의 내용이 아니라, 그 얘기를 수용하는 나이가 폭발적인 웃음을 만들어 내는 것이다. 숨이 넘어갈 정도로 웃을 수 있는 젊음의 힘과 육체적 능력이 부럽다. 언제 그런 웃음을 맛봤는지 가물가물하다. 지금의 내가 그렇게 웃다간 정말로 숨이 넘어갈지도 모르겠다.

12 나이키

"한때 나는 가치를 알았다. 나는 정신이 아닌 육체로 그것을 알았으며, 그랬기 때문에 내가 안다는 것을 몰랐다. 달리기는 한때 내가 알았지만 잊어버려야 했던 것을 상기시킨다."[15]

아, 그런 것이었다. 나의 어릴 적 '최대의 풍경'은 너무도 당연해서 몰랐던, 몸 쓰는 놀이를 통해서 이루어진 것이었다. 우리가 그렇게 놀 수 있었던 것은 '떨어져도 튀는 공처럼' 싱싱하고 팔팔한 몸뚱어리를 가지고 있었기 때문이었다. 몸이 싱싱하니 영혼도 싱싱하고 영혼이 싱싱하니 세상이 다 싱싱한 것 아니었겠는가. 지금 한번 몸 쓰는 놀이를 해 보라. 애들과 함께 어쩌다 한 번 놀아 주다 보면 아빠들은 거의 다 녹초가 된다. 〈대부〉에서 말론 브란도가 정원 마당에서 꽃가지를 매만지고 있을 때 어린 손주가 물총을 들고 빵야 빵야를 한다. 말론 브란도는 그때 '어어어' 하는 이상한 소리를 하는데, 그게 아이와 노느라고 그러는 건지, 아니면 실제로 힘들어서 내는 신음인지 분간이 되질 않는다. 그러다 물총을 맞고 그 천하의 대부가 쓰러진다. 대부는 손주에게 게임이 되질 않는다. 육체가 더 이상 과격한 놀이를 감당할 수 없을

---

15 『철학자와 달리기』, 마크 롤랜즈 지음, 강수희 옮김, 유노책주, 2022

때 우리는 좀 더 정신적으로 기운 놀이로 대체하는데, 사실 그건 할 수 없이 선택하는 차선책이다. 육체적으로 힘든 활동이어야 놀이의 세계로 더 깊이 트렌스할 수 있기 때문이다.

초등학교 3학년 여름방학 때 난 매일 아침 일찍 나와서 친구들을 소집한 뒤 하루 종일 뒷산을 배회하는 일을 했었다. 부러진 나뭇가지 하나 들고 여기저기 자란 풀들을 쳐 가면서, 뭐 신기한 거 없나 하고 땅바닥을 수색하고 다니곤 했다. 한번은 친구 한 명이(누군지는 잘 기억이 안 난다. 우린 세 명이었다.) 대수롭지 않게 한 마디 던졌다. "저기 남산타워까지 간다면 얼마나 걸릴까?" "글쎄, 한 한 시간, 두 시간쯤? 별로 멀어 보이진 않는데!" 우리가 있던 곳은 제1한강교 바로 건너편 노량진 본동이었다. "가 볼까?" 이 말도 누가 했는지는 모르겠다. 그 말에 눈을 살짝 치켜뜨며 재빨리 가능성을 가늠해 본 뒤 또 다른 누군가가 말했다. "그럴까?" 출발했다. 한강다리를 건너고 용산을 지나고 삼각지를 지나고 남영동을 지나고 서울역으로 가서 남대문시장으로 돌아 그 당시 우리 아버지의 사무실이 있었던 회현동 중턱까지 갔다. 그때가 대충 네 시쯤 된 것 같았다. 남산타워까지 올라가기엔 좀 빠듯하다 싶어, 아버지 사무실을 기점으로 턴을 해 다시 돌아왔다. 아버지 사무실엔 들어가지 않았다. 쑥스러워서도 그랬지만, 그것보다 거기 가는 게 목적이 아니었기 때문이었다. 집에 돌아와 엄마에게 아버지 사무실까지 갔다 왔다고 말했더니 미쳤냐는 말이 돌아왔지만 한편으로는 대견해하시는 것도 같았다. 나도 이상하게 뿌듯했다. 뭘 했다고? 정말, 뭘 했다고. 지금 다시 거기 왜 갔냐고 물어봐도, 우린 뚜렷한 대답을 할 수가 없다. 한 가지 가능한 대답은 이거다. '갈 수 있어서 갔다.'

13 신세계

카프카가 말한다. "신체적으로나 심리적으로 완전히 건강하면서 참된 정신생활을 영위하는 것. 그것은 어떤 인간도 할 수 없다." 사유는 이미 시작부터 데카당이다. 신체적으로나 심리적으로 완전히 건강한 어린아이들은 정신생활을 할 필요가 없다. 신체가 이미 모든 생활을 하기 때문이다. 난 초등학교 고학년이 되면서 점차 공을 가지고 노는 일이 잦아졌다. 주로 축구공이었다. 주말이면 공 하나 들고 공 찰 수 있는 공간을 여기저기 찾아다녔다. 그 일을 중학교 때까지 했다가, 고등학교에 올라가서부터는 하지 않았다. 그 대신 공부를 했다, 가 아니고 공을 바꿨다. 축구공에서 당구공으로. 운동장에서 당구장으로. 이 변화는 먼저 내 신체의 변화다. 나의 고등학교 생활은 시작부터 데카당스했다. 몸은 커졌지만 허약해졌고, 비염이 생겼으며, 모든 게 귀찮아지면서, 지겨워지면서, 꼴 보기 싫어지면서, 모든 것으로부터 도망치고 싶었다. 도망쳐서 당구장으로 갔다. 아, 처음 당구장을 본 장면이 기억난다. 가장 안정된 색이라는 초록색 배경에 가장 완벽한 입체라는 스피어가 돌아다니며 경쾌한 사운드와 함께 친구들의 웃음을 유발하는 신세계. '아, 재밌겠다.' 난 그 신세계에 빠져들었다. 지겨운 '구세계'를 뒤로하고.

고등학교 친구 중에 꼴뚜기라고 있었다. 우리 반 꼴등에다가 꼴초고 가끔 꼴값도 잘 떨어서 별명과 잘 맞아떨어지는 친구였다.(근데 이 애 엄마가 글쎄, 자기 아들이 나와 다녀서 물들었다며 나를 무척이나 싫어하셨다. 억울하다. 적반하장도 유분수지, 난 그래도 꼴등은 아니거니와 꼴초도 아니고 별로 꼴값도 안 떠는데 말이다. 그리고 솔직히 나와 같이 다니긴 했지만 일방적으로 그 애가 나를 따라다니는 꼴이었는데, 그것도 모르고 말이지.) 한번은 꼴뚜기가 교무실에 다녀와서는 신이 나서 이야기를 하는 것이었다. "야, 담임이 누가 당구를 제일 잘 치냐고 묻기에, 니가 제일 잘 친다고 말해 주고 왔어. 걘 벌써 삼백이에요. 아마 선생님도 이길걸요, 하고 큰소리쳐 줬지." 그러면서 이 정도면 칭찬 한 번 받아도 되지 않겠느냐는 표정을 지어 보였다. 난 기가 차서 웃었다. 그래, 잘했다. 이 웬수야. 선생님한테 많은 참고가 되겠어. 이렇게 난 1학년부터 꾸준하게, 비가 오나 눈이 오나, 학교 가고 싶은 걸 억지로 참고 당구장에 다닌 결과 삼학년 때 삼백을 치고, 재수할 때 잠깐 쉬었다가, 대학 일학년 때 사백까지 치다 끊었다. 일단락. 그 후 다른 신세계로 옮겼다. '정신이 은화처럼 맑은 보헤미안의 세계로.' 그나마 팔운동이라도 됐던 당구까지 그만두고 아주아주 건강하지 못한 정신세계로 이동했다.

14 영역

우리 뇌는 한시도 쉬지 않고 끊임없이 예측하고 대비해서 우리의 행위를 만들어 낸다. '놀란다는 것은 우리의 뇌가 예측기계라는 단적인 예다.'[16] 그럼 왜 예측을 하는가? 자신을 잘 보존하기 위해서다. 인간은 미래에 닥칠지 모르는 위험에 대비하고 그 위험을 완화해 줄 도구를 습득하기 위해 매진하게 되어 있다. 이때 위험을 완화해 줄 도구가 바로 지위다. 인간에게 지위란 동물의 '영역'과 같다. "자연이 진화시킨 모든 관습 중에서 '식량을 위한 경쟁'을 '영역을 위한 경쟁'으로 대체한 것은 참으로 절묘하다."[17] 사자가 선포한다. "이 구역에 사는 모든 영양은 다 내 꺼다. 불만 있으면 덤비든가 아니면 저쪽 가서 놀아라." 마찬가지다. 인간이 높은 지위를 추구하는 건 일차적으로 그 안에 자기보존에 필요한 가장 중요한 핵심적 요인인 음식과 안전이 보장되기 때문이고, 나아가 '짝짓기'에 대단히 유리하기 때문이다.

'카르페 디엠'은 죽은 로빈 윌리엄스의 〈죽은 시인의 사회〉로

---

16 『이토록 뜻밖의 뇌과학』, 리사 펠트먼 배럿 지음, 변지영 옮김, 더퀘스트, 2021
17 『공격성, 인간의 재능』, 앤서니 스토 지음, 이유진 옮김, 심심, 2018

아주 유명해졌다. 내용은 다 아시다시피, 법관이라는 높은 지위를 향해 쉼 없이 달려가야 할 엘리트 학생이 '무책임한' 키딩 선생을 만나 '쓰잘데기없는' 연극에 빠진 후 보수적인 아버지의 벽에 부딪혀 자살하는 이야기다. 이렇게 간단하게 정리한 뼈대에서 우리는 서로 소통이 어려운 두 개의 커다란 세계관을 확인할 수 있다. 현재의 즐거움 대 미래의 보상, 무의미한 예술 대 의미 있는 지위, 자유로운 키딩 선생 대 막혀 있는 아버지, 놀이와 예술로 버려지는 시간 대 목적을 향해 전진하는 유익한 시간. 한 마디로 지위를 중심으로 한 무의미함과 유의미함이다. 그런데 좀 이상하지 않은가? 호라티우스는 미래가 지극히 불확실하기 때문에 현재를 잡으라고 한 것인데, 이런 구도에서는 현재를 잡는 게 미래를 불확실하게 하는 '짓거리'가 되니 말이다. 아닌 게 아니라, 오스카 와일드가 말한다. "저녁시간 레스토랑을 둘러보면, 은행가들은 모여서 예술품 얘기를 하고 예술가들은 모여서 돈 얘기를 한다." 보수적인 아버지가 말한다. "네가 연극이라는 헛짓을 할 수 있는 것도 다 내가 비싼 등록금을 내줘서야!" 그럼, 그럴 능력이 되면 아들이 하고 싶은 거 할 수 있게 놔둬도 되겠네. 하지만 통하지 않는다. 왜? 인간의 지위는 동물의 영역과 같지 않기 때문이다. 동물들의 영역은 정해져 있다. 아무리 넓어도 정해져 있다. 하지만 인간의 지위는 정해져 있지 않다. 시간과 공간의 한계를 넘어서려 한다. 끝을 모른다. 그 끝을 모르는 지위에 대한 욕망이, 불확실이 대폭 줄어든 미래를 계속해서 불확실하다고 인식하면서 불안감을 증폭시킨다.

15 동막골

“봤나? 봤다야! 내 좀 빨라. 난 참 이상혀. 숨도 안 맥히고 있자녀, 이래이래 손을 빨리 막 휘저으면 다리도 빨라지미, 다리가 빨라지믄 팔은 더 빨라지미, 저 달이 뒤로 막 지나가미, 난 참 빨라.” 맞다. 동막골의 강혜정이다. 이 장면은 되풀이해서 봐도 재밌다. 늑대와 함께 달리는 철학자, 마크 롤랜즈가 말한다. “개와 아이는 아무 이유 없이 그냥 달린다.” 여기 있는 강혜정도 그렇다. 그냥 달린다. 다 큰 처녀가 왜? 꽃을 꽂았기 때문이다. 꽃을 따서 머리에 꽂는 행위는, 진정한 의미의 카르페 디엠이다. 시간의 영속성 따위는 믿지 않는, 시간의 저편에서 움트는 희망 따위는 있을 수 없다는, 욕망의 지속성 따위는 믿지 않는 현재 그 자체의 긍정이자 자신을 그대로 긍정하는 것에 다름 아니다. 곧 현재의 욕망에 그대로 밀착해서 욕망의 잔여물을 두지 않는 행위로서 말 그대로 ‘미친’ 것이다. 꽃을 따서 스스로에게 제물을 바치는 완벽하게 자족적인 순환 구조 안에서 그 사람은 충만하지 않을 수 없다. 스스로 충만하기에 그걸 의식하지는 못할지라도 말이다. 차라투스트라가 말한다. “어린아이는 천진난만이요, 망각이며, 새로운 시작, 놀이, 스스로 굴러가는 수레바퀴, 최초의 운동이자 거룩한 긍정이다." 이걸 한 마디로 정리하면 이거다. 어린아이는 노는 존재다. 왜냐하면 놀이란, 미래가 아니라 현재를 정당화하며 그 안에 목표와 보상이 함께 있는 완결된 행위이기 때문이다. 버나드 쇼가 그랬단다. "나이가 들어 놀이를 그만두는 게 아니다. 놀이를 그만둬서 나이가 드는 것이다."[18] 관광버스 탄 우리 어머니들이 말한다. "노세, 노세. 젊어서 놀아. 늙어지면 못 노나니." 절대 공감이다. 놀 줄 모르는 내가 한탄스러울 뿐이다.

---

18 『창의성을 타고나다』, 스콧 배리 카우프만, 캐롤린 그레고어 지음, 정미현 옮김, 클레마지크, 2017

16 신선놀음

한 십오육 년 전에 교통사고를 낸 적이 있다. 비가 부슬부슬 오는데, 복개천도로 양옆 주차된 차량들 사이에서 어떤 여자분 두 명이 확 뛰어 나왔다. 그걸 본 순간 브레이크를 밟았지만 빗길에 미끄러지면서 뒤쳐져 오던 여자 분의 엉덩이 부분을 쿵 하고 쳤다.(한 분은 이미 내 차를 지나갔다. 다행이다. 그분도 너무 크게 다치지는 않았다. 그것도 다행이다.) 그때 미끄러진 거리가 삼 미터쯤 되려나? 하지만 난 브레이크를 밟은 순간부터 차가 미끄러지며 그 여자분을 치는 과정까지의 시간을 거짓말 안 하고 오 초 이상으로 느꼈고 그 시간 동안 주변 사물들과 그 여자분의 모습을 또렷하게 볼 수 있었다. 죽기 직전, 인생의 장면이 파노라마처럼 눈앞을 지나간다는 말이 있는데, 그 정도는 아니지만 위급한 순간 활짝 열려진 오감이 가능한 많은 정보를 담기 위해 작업한 걸 경험한 것이다. 오 초는 그 정보 처리 과정을 내적으로 느낀 시간이다. 벼락 맞듯 이성에게 첫눈에 반할 때도 같은 일이 벌어진다. 그(녀)의 얼굴이 현미경 앞에 놓인 세포처럼 이만큼 확대되어서 보이는 동시에 다른 세계는 검정색 배경으로 물러나며 거짓말 좀 보태 그(녀)의 얼굴 세포 하나하나까지 보인다. 그리고 그걸 보는 순간은 시간이 하도 늦게 가서 정지한 것처럼 느껴진다. 이렇게 집중을 하면 내 안의 시간은 느리게 간다.

예전 영화 〈인터스텔라〉가 상대성 이론을 대중화하는 데 많은 기여를 했다. 중력이 어마어마하게 큰 곳에 가면 시간이 엄청나게 느리게 간다는 것. 그런데 이 말은 내가 중력이 큰 줄도 모르고 시간이 느리게 가는 줄도 모르는 상태에서 그곳 시간으로 하루를 보냈다가, 상대적으로 중력이 작고 시간이 빠르게 흐르는 곳으로 왔을 때나 의미가 있는 말이다. 그곳에서 하루를 보냈는데 이곳에서는 삼십 년이 흘러간 것을 그곳의 시간이 느리게 간다고 표현한 것이다. '신선놀음에 도끼자루 썩는 줄 모른다.'라는 속담이 있다. 어느 나무꾼이 깊은 산속으로 들어가 흰 수염 기다란 영감님 두 명이 바둑 두는 걸 보다가 해 질 녘이 되어 도끼를 챙기려다 보니 도끼 자루가 푸석푸석 썩어 있었고 마을로 내려와 보니 이백 년이 흘러갔다는 얘기. 곧 깊은 산속이 블랙홀 같았다는 얘기다.(굳이 따지자면, 블랙홀 비슷한 산속에 있던 도끼자루는 썩을 수 없다. 그 나무꾼의 집에 있던 도끼자루가 썩었을지는 몰라도.) 여기서 그 나무꾼은 시간이 이백 년이 지났다는 건 고사하고 해 질 때까지의 시간도 후딱 지나간 것처럼 느낀다. 재밌었다는 말이다. 맞다. 우리는 재밌는 시간은 시간이 흘러가는 것을 '몰라' 나중에 빠르게 지나갔다고 느낀다. 요즘 표현으로는 '순삭'

인가? 재밌는 영화는 시간을 순삭한다. 두 시간이 삼십 분 같다. 이건 앞서 말한 집중하면 시간이 느리게 가는 현상과 같다.

17 빛의 속도

집중하는 시간이 느린 것에 반해 시간을 빠르게 만드는 게 있다. 그건 습관이다. 습관은 시간을 빠르게 만든다. 그런데 도대체 습관이 뭔가? 우린 습관을 그냥 대수롭지 않은 습관이라고 치부해 버리는 습관이 있는데, 이는 좋지 않은 습관이다. 습관은 넓은 의미에서 학습과 같다. 다 습 자 돌림 아니냐. 습관은 학습된 내용이 자동화되어 밖으로 드러난 것이다. 그리고 학습은 익숙하게 만드는 작업이다. 어디서? 뇌에서. 왜? 뇌도 '먹고 살아야 하니까'. 감각기관을 통해 들어오는 온갖 물리적 정보들을 기존에 축적된 학습 내용에 맞춰 쓸데없다고 여겨지는 걸 재빨리 버리지 않으면 뇌는 견디지 못한다. 웬만한 건 그냥 넘기고 남겨진 건 기존 학습내용에 통합시켜 버린다. 맞다. 뇌는 기본적으로 새로운 경험을 싫어한다. 왜냐하면 에너지가 많이 드니까. 그러니까 다 효율성 때문이다. 이런 효율성이 일차적으로 습관을 만들어 낸다. 하지만 지금까지의 이야기는 뇌가 하는 이야기였다. 습관은 '편한' 습관만 있는 게 아니다. 뇌에서 일방적으로 하달된 습관만 있는 게 아니라 방향을 바꿔 새로운 걸 싫어하는 뇌를 새롭게 만드는 습관도 있다.(이게 연습이다.) 하여간 새로운 걸 싫어하고 집중하는 걸 싫어하는, 곧 효율성을 앞에 내세운 뇌의 일방적인 하달로 인한 습관은 시간을 빠르게 만든다. 예전 히트 쳤던『엘러건트 유니버스』라는 책에서 지은이가 상대성 이론을 설명하면서 이런 표현을 한다. "모든 물체는 시공간 속에서 항상 빛의 속도로 이동한다. 어떤 물체가 우리에 대하여 정지해 있다면, 이 물체는 공간 이동이 전혀 없으며, 따라서 이 물체의 모든 '운동'은 시간 차원 쪽으로만 진행된다고 볼 수 있다. 우리에 대해서 정지해 있는 모든 물체는 한결같이 동일한 '속도'를 유지한 채로 시간 차원을 따라 이동하고 있다. 즉, 이들 모두는 나이를 먹는 것이다." 이걸 생활 버전으로 바꾸면, 모든 사람은 공간 이동이 없이, 즉 앞서 말한 몰입 공간과 놀이 공간으로의 전환 없이 기존의 익숙한 습관에 빠져 있다면 빛의 속도로 이동하는 시간의 운동을 온몸으로 받아 내야 한다. 곧 빠르게 늙는 것이다.

18 빠삐용

앞서 말한 기분전환, 디베르티스망은 내가 느끼기에는 느리고 '시간 차원으로 할당된 운동량은 많은' 지루한 시간을 빠르게 가게 하기 위해, 곧 '시간의 운동량을 빼앗기 위해' 하는 것이다. 즉 시간을 죽이기 위해 하는 것이다. 킬링 타임, 시간을 낭비하기 위해서. 뭔가에 몰입하고, 몰입해서 노는 건 다 시간을 낭비하는 것이다. 그런데 우리가 아무리 '시간의 운동을 온몸으로 받아 내는 걸' 거부하고 시간을 죽인다 해도 세월의 공격까지 막아낼 수는 없다. 그건 자연의 이치기 때문이다. 늦출 순 있어도 막을 순 없다. 세월의 공격을 받은 후 뒤돌아보면 지난날은 시간 낭비의 연속으로 비칠 수밖에 없다. 배인숙이 그런다. "소중했던 많은 날들을 빗물처럼 흘려보내고." 확 와닿는 표현이다. 그런데 이 노래 제목이 〈누구라도 그러하듯이〉다. 맞다. 누구라도 그러하다. 예외가 있다면 좋은 의미든 나쁜 의미든 그는 '또라이'다. 자신의 인생을 강박적인 의미로 도배한 '또라이'. 낭비란 안에서는 확인할 수 없는 현상이다. 사치벽에 걸린 사람에게 물어보라, 낭비가 심한 거 아니냐고. 밖으로 나와야 그게 낭비였던 게 보인다. 스티브 맥퀸이 분했던 빠삐용의 죄목이 뭔지 아는가? 인생을 낭비한 죄,

시간을 낭비한 죄다. 하지만 그건 지루한 의미로 인생을 꽉 채운 간수나 재판관의 관점에서나 그렇다.

어떤 인생이든 인생 자체가 낭비인 인생은 없다. 왜냐하면 자연의 이치가 바로 낭비기 때문이다. 그런데 차마 우리는 그것을 들여다보지 못한다. 내가 그 낭비의 결정체기 때문이다. 모든 인간은 수십억 개의 정자 중 하나가 수정에 성공해서 탄생한다. 올더스 헉슬리가 말한다. "수십억 마리 가운데 하나가 살아남아서 셰익스피어나 또 다른 뉴턴이 될 수도 있었건만, 그 하나가 하필 나였다니." 하지만 자연은 그게 누군가엔 전혀 관심이 없다. 자연엔 어떠한 목적도 없고 의미도 없다. 하지만 모여 사는 동물인 인간에겐 의미와 목적이 불가피하다. 여기서 오해가 시작된다. 사회가 만들어 낸 목적 추구 성향을 거꾸로 자연에 갖다 대고 의미와 목적을 투사한다.('우주의 목적이 무엇이냐는 물음이 우리 자신에게서 진화한 목적 감각과 의지 감각에 기초한 가정을 반영하고 투사하고 있을 뿐이라면, 그 물음은 아예 앞뒤 순서가 맞는 물음조차 되지 않을 것이다.')[19] 그렇게 투사된 삶의 목적이 뭐냐? 자연을 넘어선 불멸과 구원과 영생? 아, 정말 '하나님 맙소사'다. 자연엔 목적이 없지만 굳이 찾자면 그건 무다. 이런 무에서 '바라볼 때' 무의 낭비만이, 낭비의 낭비만이 의미가 있다! 쓰레기를

19 『우리는 왜 자신을 속이도록 진화했을까?』, 로버트 트리버스 지음, 이한음 옮김, 살림, 2013

낭비해야 깨끗해지는 것처럼. 예전에 우리 엄마가 나에게 자주 그랬다. "어휴, 저 썩어 문드러질 육신이 뭐 그리 귀하다고 꼼짝도 안 하냐?" 맞다. 다 써 버리고 죽어야 한다.

19 안티에이징

'유머의 출발점이 웃을 일 없는 세상'이라면 놀이의 출발점은 재밌는 일 없는 세상이다. 사실 일과 놀이는 생각만큼 딱 부러지게 구분되지 않는다. 일을 놀이처럼 하는 사람도 있고, 놀이를 일처럼 하는 사람도 있다.(난 당구장업을 하기에 당구 치는 걸 일처럼 할 때도 많다. 그럼 재미없다.) 누군가의 말대로 일이 일이 되는 것은 그것을 통해 얻는 보상 때문이 아니라 그 보상에 의해 지배받고 추진되기 때문이다. 곧 일이란 단순히 돈을 벌기 위해서 하기 때문에 일인 게 아니라 돈을 버는 목적에 지배되기 때문에 일이 된다. 놀이는 이런 외부에서 주어진 목적으로부터 벗어나 스스로의 목적을 다시 정하는 행위다. 즉 자발성이 제1의 원칙이다. 그 자발성은 외부의 목적을 거부하기에 비생산적으로 보이며 무의미하게 보인다. 하지만 외부에서만 그렇게 보일 뿐이다. 놀이는 나를 생산성과 효율성을 기준으로 평가하는 걸 거부하고 또한 하나의 도구로 취급하는 걸 거부한다. 대신 자발적으로 목표를 정하고 그 목표에 접근하는 과정을 통해 자체적인 보상을 얻는다. 물론 이때의 보상은 내재적이다. 요한 하이징아 왈, "놀이는 무의미함과 황홀감이라는 두 기둥 사이에서 움직인다." 자발적으로 선택한 무의미함이 없으면 내재적인 황홀감은 맛볼 수 없다. (무의미함과 황홀감이라는 두 기둥에서 움직이는 게 또 하나 있다. 그건 예술이다.)

말이 난 김에 효율성과 관련된 유명한 이야기. 옛날, 아주 오래된 옛날은 아닌 지구상 어느 곳에 도끼로 나무를 자르는 인디언 부족이 있었다. 그걸 본 '자본주의적 백인'이 측은하고 답답한 마음에 전기톱의 성능을 보여 줬더니 그 인디언들이 크게 기뻐하는 것이었다. 백인은 흐뭇한 얼굴로 생각했다. 이제 이들도 생산성이 뭔지 이해하겠구나. 도끼 대신 전기톱을 사용하면 열 배나 많은 나무를 자를 수 있다는 걸 알고 흐뭇해하겠지, 하고. 하지만 웬걸, 그 인디언 부족은 전기톱을 가지고 열 배 많은 나무를 베는 게 아니라 작업 시간을 십 분의 일로 줄이고 나머지 시간은 빈둥빈둥 놀았다. 그래서 전기톱을 보고 기뻐했던 것이었다. 이 이야기를 듣고 '그러니까 발전이 없지.'라고 생각했다면 빠르게 늙는 걸 막을 방도가 없다. -에이, 뭘 안티에이징 상품이 얼마나 많은데!-

20 무한도전

앞에서 말했듯이 놀이는 특성상 현재만을 생각한다. 놀이를 시작하면 생활은 잠시 중단된다. 당구장에서 놀다 보면, 휴대폰을 들고 문밖으로 뛰어가는 사람들을 자주 볼 수 있다. 당구공 부딪히는 소리가 들리지 않는 지점으로 나가서 전화를 받으려고. 전화를 받고 오면 대부분 공을 잘 치지 못한다. 놀이에의 몰입을 방해하는 일상의 문제가 머릿속을 잠식하기 때문이다. 그래서 공이 잘 안 맞을 때 이런 농담을 한다. "집에 무슨 우환 있으세요?" 나아가 이런 명제가 성립한다. 당구와 여자는 양립할 수 없다. 물론 여기서의 여자는 현실적 요구의 환유다. 현실적 요구의 기능은 닦달이고. 그렇다고 여기서 여자는 닦달하는 존재라는 어처구니없는 일반화를 하면 안 된다. 그럼 난 웃을 수밖에 없다. 이 웃음은, 누군가의 얼토당토않은 생각을 막을 수 없다는 사실에 부딪힐 때마다 호흡을 트기 위한 교감신경의 활동이다. 내 의지의 소관이 아니다. 즉 비웃는 게 아니다. 그보단 두려움을 무마하려는 웃음에 가깝다.(휴, 이 정도면?)

또한 놀이는 일부러 규칙을 만들어 놓고 그걸 이겨 내서 데서 쾌감을 얻는 행위다. 목표를 달성하는 데 있어서 전혀 효율적이지 않은 방법을 써서 달성해야 하는 것이다. 그걸 달성할 때 얻는 쾌감은 단적으로 말해 자신의 통제능력 확인이다. 곧 놀이는 통제가 힘든 우발성을 세워 놓고 그걸 넘어서는 나의 능력을 확인함으로써 쾌감을 증대시키는 작업이다. 이때 통제력과 우발성 사이에는 적절한 균형이 이루어져야 한다. 너무 쉬운 과제, 즉 우발성이 약한 작업은 쉽게 느껴져서 재미를 반감시키고 반면 너무 어려운 과제는 계속되는 통제력 상실 과정을 통해 흥미 자체를 잃어버리게 만들 위험이 있다. 그래서 일단 어느 정도의 숙달이 이루어지면 더 높은 난이도로 이행하는 게 놀이의 일반적인 과정이다. 예컨대, 예전 중대에서 사구를 치다가 삼구를 치면 사구가 재미없어지고, 중대에서 삼구를 치다가 대대로 옮기면 중대가 시시해져서 다시 되돌아가기가 힘들다. 간혹, 대대를 한번 쳐 보다가 '너무 어려워서' 다시 돌아가는 사람들도 있는데, 그런 자세라면 그렇게 아예 시작하지 않는 게 낫다.

그런데 사실, 통제력을 확인하면서 내가 맛보는 쾌감은 일시적이면서도 근본적으로 '환상'이다. 하지만 굉장히 유용한 환상이다.(이 환상에 대해선 나중에 이야기하겠다.) 우리들은 평상시에도, 나의 재주를 확인하고 도전이 성공하고 행운이 찾아오고 반대로 나를 벗어던질 때 쾌감을 느낀다. 놀이란 압축된 형식으로 이런 쾌감을 유발하는 기제라고도 할 수 있다. 당구장에서 당구 잘 치면 기분이 좋고, 노래방에서 노래 잘 부르면 기분이 좋고,

레버 당길 때 돈 쏟아지면 기분이 좋고, 학예회 연극에서 연기를 잘하면 기분이 좋고, 바이킹이나 '청룡열차' 타면 기분이 좋다. 지금 한 말은 요한 하이징아의 '아곤으로서의 놀이'를 이어받아 로제 카이유아가 구분한 네 가지, 즉 아곤Agon, 알레아Alea, 미미크리Mimicry, 일링크스Ilinx의 예다. 이것들을 대표하는 행위는 순서대로 시합, 도박, 연극, 놀이동산 되겠다. 당구는 물론 일차적으로 아곤이다. 내기 당구를 치면 알레아고, 영화 〈허슬러〉처럼 술 먹으면서 이틀을 꼬박 내기 당구를 치면 일링크스이기도 하며, 그걸 영화로 만들면 미미크리다. 이 네 가지 놀이를 번갈아 하면서, 보는 우리까지 즐겁게 한 게 '무한-도전'이었고.

지나가면서 한 마디. 남녀가 만나 얼마 지나지 않아 놀이동산을 놀러 가는 것은, 무서운 놀이기구를 타면서 자아를 놓아 버리는 상황을 연출한 후 좀 더 가까이 다가갈 수 있는 조건을 만들기 위함이다. 여기서 즐거움까지 느낀다면 급속히 가까워질 확률이 높다. 왜냐하면 즐거움은 동류의식을 만들기 때문이다.

II 트레이닝

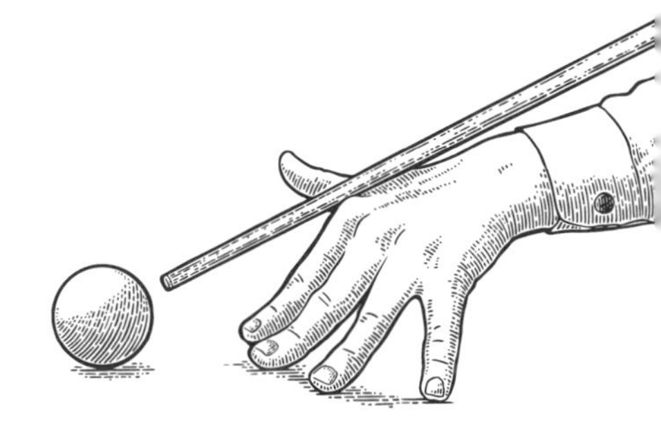

21 널뛰기

일들이 이상할 정도로 착착 맞아떨어질 때, 그것은 우연들이 조화롭게 합치된 것이다. 그걸 순전히 내 능력 때문이라고 여기면 안 된다. 왜냐하면 다음번에는 그런 일이 내 마음대로 되지 않을 것이 뻔하기 때문이다. 하지만 대부분의 사람들은 순조롭게 진행되는 일을 '정상'으로 여기며 일이 잘 안 풀리는 걸 '이상하게' 생각한다. 좀 더 집중하고 능력을 끌어올리는 노력을 더하면 다시 '정상'으로 되돌아갈 거라고 생각한다. 하지만 그런 생각은 가뜩이나 안 풀리는 일을 더 꼬이게 만들 뿐이다. '문제가 문제'라는 말도 있지 않은가. 문제에 파묻히는 것은 문제를 키우고 문제에 먹히는 것이다. '정상 상태'에 대한 생각을 바꿔야 한다. 모든 걸 자신의 통제 아래 두려는 오만한 자아 이미지에 대한 해체가 선행되어야 한다. 노력하는 것은 기본이지만, 그 노력은 내 몸의 노력이지 내 의식의 노력이 아니다. 일의 성과에 따른 책임을 스스로에게 과잉 부과하는 것은 '자기 착취'라는 '시대의 병'의 한 증상일 뿐이다. 한 템포 쉬고 의연해야 한다. 잘 풀린다고 의기양양해하지 말 것이며, 안 풀린다고 의기소침하지 말아야 한다. 삶에서 벌어지는 우연의 역할에 긍정적인 평가를 하는 걸 게을리하지 말아야 한다. 우연에, 곧 신에게 감사하는 마음을 항시 가지도록 버릇을 들여야 한다.

보통 당구를 칠 때도 어쩌다 한 번쯤은 '이상할 정도로' 잘 맞을 때가 있다. 그럴 때 사람들은 그 실력을 자신의 실력으로 착각한다. 하지만 아니다. 본인의 심정으로야 그렇게 믿고 싶겠지만 다른 사람의 눈에는 그저 '그분이 온 것'이다. 이 상태를 '미친년 널뛰는 상태'라고도 한다. 신들린 듯한 상태. 이건 나의 동작이 나로부터 비롯돼서 나오는 게 아니라 어떤 '신묘한 힘'이 나를 통과해서 나오는 상태다. 즉, 내 머리로부터의 간섭이 전혀 없이 자연스럽게 몰입이 일어나는 상태인 것이다. 물론 '신묘한 힘'은 내 안에 있다. 하지만 억지로 끌어낼 수 없다. 그래서 신묘한 것이다. 나를 없애야 내 능력이 출중해지니, 참 알다가도 모를 일이다. 이렇게 그분이 오신 날은 '뽀로꾸'까지 적절하게 받쳐 줘서, 정말 '그분'이 있다고 믿고 싶은 유혹을 느낀다. 문제는 그분이 언제 올지 모른다는 데 있다. 필요할 때 오시면 좋겠다만 그분은 그분만의 스케줄이 있는 것 같다. 해서 우리가 할 수 있는 건 없다. 그저 겸손하게 인디언 기우제의 자세로, 열과 성을 다해서 그분이 찾아오실 길을 닦아 놓는 일이 우리가 할 수 있는 전부다. 그래, 한번 그 길을 닦아 보자. '그분'을 영접할 수 있도록.

22 내추럴

폴 뉴먼이 아니라 이번엔 로버트 레드포드다. 예전 로버트 레드포드가 주연을 맡은 영화 〈내추럴〉이라고 있다. 84년에 나왔으니까 기억이 가물가물한 것도 무리는 아니겠다. 기억에 남는 건, 친구들과 이야기하는 도중에 내추럴을 뇌출혈로 몰고 가며 낄낄거렸던 일뿐이다. 알다시피 내추럴은 아주 위대한 선수를 지칭하는 말이다. 그런데 왜 내추럴이라고 부르는지는 잘 알려져 있지 않다. 모든 언어의 출발이 그렇듯이 사소하게 시작해서 시간의 단련 속에 의미가 굳어졌을 것이다. 자연의, 그리고 인위적이지 않고 자연스러운, 그리고 천부적으로 타고난, 이라는 사전적 의미가 모두 합쳐져 자연적으로 타고난 특출난 재능을 바탕으로 누구도 따라오기 힘든 위대한 성과를 남긴 선수라는 뜻이 형성된 듯하다. 여기서 핵심은 '자연'이다. 자연이 준 걸 자연스럽게 펼쳐서 내추럴이 된 것이다. 요즘은 마이클 조단을 기점으로 GOAT라는 말을 많이 하는 것 같은데, 둘의 뜻은 비슷하지만, GOAT가 요즘 세태에 더 걸맞게 성과와 업적에 좀 더 방점이 찍힌 말이다. 앞서 '미친X'에서 말한 바 이들은 모두 한 분야에서 누구도 범접하기 힘든 재능으로 '새로운 세계'를 열어젖힌 경우다.

하지만 내추럴엔 또 다른 특징이 있다. 그것은 탁월한 재능 못지 않게 수많은 고난과 시련을 이겨 내는 과정까지 포함한다는 점이다. 곧 탁월함이 도덕적인 함의까지 갖는다. 비록 그 도덕적 함의가 개인의 자산으로 수렴되긴 하지만 말이다.

23 아레테Arete

내추럴과 비슷한 의미의 그리스 말로 아레테가 있다. 흔히 우리말로 '탁월함' 혹은 '덕德'이라 번역된다. '탁월卓越하다'는 것은 다 알다시피 '남보다 두드러지게 뛰어난' 것이다. 조금 뛰어난 것이 아니라 많이 뛰어난 것이다. 그런데 아레테가 탁월함으로 번역되는 것은 그냥 그렇구나 하겠는데, 덕으로 번역되는 건 좀 아리송하다. 덕이라고 하면, 머릿속에 보통 훌륭한 인품과 넉넉한 성품으로 뭔가 은혜를 베푸는 모습이 그려지는데, 모든 개념들이 그렇듯이 오랜 세월을 거치면서 의미가 더해지고 빠지면서 그렇게 된 것이다. 학자들에 따르면, 덕의 어원은 왕의 중요한 통치행위의 일환으로 사냥하고 정벌하고 제사 지내고 순시하는 행위에서 비롯되었다고 한다. 이쯤 되면 어느 서양학자가 덕을 power로 번역한 걸 놓고 고개를 끄덕일 수 있겠다.[20] 그러니까 일단 덕은 힘이다. 힘이 있어야 베풀 수도 있다. 하지만 힘이 있어 '악덕惡德'을 일삼는 놈도 있다. 이렇게 아직도 많이 남아 있는 용례에서 보듯 덕 자체는 애초에 가치중립적이었고 행위 중심적이었다. 이 덕이 지금 우리가 알고 있는 덕과 비슷해지려면 도道를 거

---

20 『개념 뿌리들』, 이정우 지음, 그린비, 2012

쳐야 한다. 도를 거친 덕? 웬만큼 나이 먹은 사람들은 예전 학교 다닐 때 '도덕'이라는 과목을 배웠다.(지금도 중학교 때 배운단다.) 道德. 그렇게 배워서 다들 도덕적으로 잘 살고 있다. 하지만 공자가 '덕을 아는 자가 드물다'고 탄식했듯이 예나 지금이나 덕을 아는 사람은 드물고, 앞으로도 그럴 것이다. 스피노자의 말 그대로 '모든 고귀한 것은 힘들 뿐만 아니라 드물다'. 말을 바꿔, 아레테, 탁월함, 덕은 힘들고 드물다. 왜? 도를 따라야 하기 때문이다. 이거 뭔 '도를 아십니까?'도 아니고, 당구 치는데 도까지 알아야 하냐는 푸념이 일 법도 하다. 이해할 만하다. 지금 시대에 '고귀함'이라는 가치가 '당최 씨알이 먹히는' 가친가 말이다. 하지만 "돈 받으러 왔는데 그거까지 알아야 되나?"라고 말하는 〈범죄도시〉의 장첸처럼 '막 나가는 인생'을 살지 않으려면 좀 돌아가는 것도 그리 나쁘지 않다. 이제 좀 돌 것이다. 한려수도공원을 배타고 한번 휙 돌듯이 돌고 '잘 봤다고' 만족하는 수준으로 아레테라는 익숙하지 않은 개념을 향해 가면서 구경 한번 할 것이다.

24 생기

먼저 '바람이 불어오는 곳, 그곳으로' 한번 가 보자. 하지만 지금 가려는 그곳은 덜컹이는 기차를 타고 갈 수 있는 데가 아니다. 바람이 예사 바람이 아니기 때문이다. 무려 사람을 정말 사람답게 만드는 바람이다. "여호와 하나님이 땅의 흙으로 사람을 지으시고 생기生氣를 그 코에 불어넣으시니 사람이 생령生靈이 되니라." 생기를 넣어 생령이 됐다. 이 생기. 히브리어로 루아흐(루악), 그리스어로 프뉴마, 산스크리트어로 아트만, 그리고 중국에서 우리로 이어져 온 기氣. 다 비슷한 말이다. 호흡하며 숨 쉬는 바람이다. 하나님이나 조물주가 생기를 불어넣어 주시는지는 잘 모르겠지만, 엄마 배 속에서 나와 엉덩이를 맞고 첫 호흡을 떼며 '응애응애' 울면서 탄생하는 생명체가 신비로운 것은 분명하다. 이렇게 해서 우리는 존재한다. 그런데 존재한다는 것은 그냥 존재하는 게 아니다. 존재存在에서 존存이라는 말은, 어떤 눈에 보이지 않은 무형의 영적인 게 있다는 말이고, 재在는 눈에 보이는 유형의 물질적인 게 있다는 말이다. 즉, 우리는 영적인 재다. 위에서 말하지 않는가, 생령이 됐다고. 그럼 도대체 영靈이 뭐냐?

25 포정해우庖丁解牛

“제가 추구하는 것은 기술이 아니라 도道입니다. 처음엔 소가 온전히 소로 보였습니다. 3년이 지나자 소는 보이지 않게 되었지요. 지금은 눈으로 소를 보지 않고 ‘신神’으로 봅니다. 감각 기능을 멈추면 정신精神이 활발해집니다. 그 신의 작용으로 소의 몸속에 나 있는 자연의 결을 따라 칼질을 하면 힘줄과 근육, 뼈와 살이 엉킨 부분도 무리 없이 편안하게 지나갑니다. 하지만 아직도 매번 그 엉킨 곳에 칼날을 집어넣을 때는 긴장되고 조심스럽습니다. 그러나 마음을 칼끝에 싣고 칼질을 하다 보면 어느새 소 한 마리는 흙더미가 무너지듯 해체되어 수북이 쌓입니다. 사실 그때까지 전 제가 한 일을 잘 모릅니다. 한동안 멍하니 있다가 결과에 만족하고 칼을 깨끗이 닦은 후 다시 제자리에 둡니다.” 이 말을 들은 후 문혜군이 말한다. “양생養生의 도道를 알겠다.”『장자』에 나오는 포정해우 이야기를 내 맘대로 축약했다.

여기서 ‘양생의 도를 알겠다’란 말은 잘 사는 방법을 알았다는 말이다. 그럼 뭐가 잘 사는 길인가? 자연의 결을 따라, 자연이 만들어 낸 길을 따라, 그 길을 알려 주는 ‘신’에 따라, ‘정신’은 집중하지만 ‘신이 알려 주기에’ 무리하지 않으며 사는 것이다. 무리하지 않으니 힘이 들지 않는다. 힘이 들지 않으니 '승질'이 나지 않는다. '승질'이 나지 않으니 모든 게 긍정적으로 보인다. 모든 게 긍정적으로 보이니 만사형통萬事亨通이다. 그래? 그럼, 도대체 신神이란 게 뭔데 눈으로 보지 않고 신으로 본다는 것인가?

26 정신

집 전화 한 대로 온 가족이 쓰던 예전에 이런 우스갯소리가 있었다. 친구 김정신을 찾는데 아버님이 전화를 받았다. "아버님, 정신이 있어요?" "정신이 없다." "정신이 없어요?" "정신이 없다니까." "정신이 어디 갔어요?" "나도 모른다." "요즘 통 정신이 없나요?" "정신이 없다니까!" 이렇게 계속 이어진다. 김정신 친구 전재수도 있다. "요즘 통 집에 재수가 없나요?" "재수 없다니까." 이런 실없는 소리를. 신神, 영靈, 이런 얘기를 하다 보니 너무 영혼이 무거워져서 그랬다. 마침 정신이 이야기도 해야 돼서.

정신精神은 사실 존재와 같다. 존재에서 재, 즉 유형의 물질적인 부분이 정精이고, 존, 즉 무형의 영적인 부분이 신神이다. 정이라는 물질에 생기가 들어가 영을 이루고 신이 되어서 존재하게 되는 것이다. 정精은 신체, 신神은 영혼. 여기에 기氣가 들어갈 때 생명체가 탄생하게 된다. 지금은 정신을 영혼이나 마음과 겹쳐 쓰지만 따지고 보면 영혼이나 마음은 기가 들어간 신이다. 정신에 기가 빠지면, 그러니까 죽으면 상제님 왈, 혼魂은 하늘로 올라가 신神이 되고, 백魄은 땅으로 돌아가 귀鬼가 된다. 물론 우리 상제님 해석이다. 간단하게 정리하면,(간단하게 정리할 수 없는 걸 정리하려니 카드 돌려막기로 빚을 정리하려는 것처럼 무리수를 둘 수밖에 없다.) 영(스피리트)이란 기가 들어간 존재의 일반적인 정신이고, 혼(소울, 프쉬케, 아니무스)이란 특정 개체의 정신이며, 백(아니마)이란 그 개체의 지각을 통과한 정신이다. 우리 무속에서는 이 모두를 합쳐 영이라고 하며, 도가에서는 주로 신이라고 한다, 짬뽕해서 신령이라고도 한다. 산신령님. 그러니까 신은 영이다. 그건 다 기에서 출발한다. 기. 자연의 움직임. 퓌지스의 드러남.

27 에로스

“에로스는 신체적으로는 성을 통해, 정서적으로는 사랑을 통해, 정신적으로는 상상을 통해 인간이라는 존재가 가진 여러 가지 요소를 한데 묶는 힘을 의미한다.” 맞다. 에로스와 프쉬케가 말도 많고 탈도 많은 사건을 거친 후 낳게 되는 딸이 쾌락Pleasure이고,(곧 혼에 사랑이 깃든 게 기쁨이다.) 그 이름을 그대로 가진 프로이트Freud가 다시 에로스에 대해 말한다. ‘에로스의 목적은 보다 큰 통일을 이루고 이를 유지하는 것’이라고. 곧 합치고 묶는 게 에로스다.(타나토스는 물론 그 반대다.) 그렇다. 한데 묶는 것이다. 어떻게 묶을까? 플라톤의 『향연』에서 에로스에 대한 말이 많이 나온다. 좀 길지만 거기의 한 대목.

“도대체 에로스는 무엇이란 말입니까?”
“그것은 죽는 것과 죽지 않는 것의 중간자라 할 수 있지요.”
“디오티마여! 그 중간자란 무엇을 말하는 것입니까?”
“소크라테스여! 그것은 위대한 정령이라 할 수 있지요. 사실 정령daimon이라 할 수 있는 모든 것들은 신과 죽는 존재의 중간자라 할 수 있답니다.”

"정령은 어떠한 능력을 갖고 있는지요?"

"정령들은 신들에게는 인간들이 전하는 기도와 번제물들을, 그리고 인간들에게는 신들이 전하는 그들의 뜻과 번제에 대한 답례의 선물들을 해석해 주고 전달해 줌으로써, 신과 인간의 중간에 존재하면서 그 빈틈을 채워 주고 이 우주 전체를 그 자체에 결합시켜 주는 능력을 지닌 존재라 할 수 있지요. 정령들의 그러한 역할 때문에, 모든 예언술과 번제, 입문식, 주문 그리고 모든 예언과 마술에 관한 사제들의 기술이 번창할 수 있었지요. 사실 신은 인간들과 섞이지 않는 법인데, 이 정령들 덕분에 신들과 인간들 사이에 일어나는 모든 교제와 대화가 가능하게 되었지요. 그래서 우리는 그러한 일들에 능통한 사람을 신통神通한 사람이라 부르는 반면, 그 외 다른 일들에 능통한 사람, 즉 보통의 기술들이나 특정한 손재주를 지닌 사람을 장인이라 부른답니다."

사람들은 지금은 물론이고 그때에도 에로스를 신으로 생각했다고 한다. 하지만 디오티마의 입을 빌린 소크라테스는 에로스가 신이 아니라 정령精靈, daimon이라고 말한다. 자신에게는 없는 어떤 것과 관계를 맺으며 존재하기에 신이라고는 할 수 없는, 신과 인간의 중간적 존재인 것이다. 그 존재의 역할은 매개자이며, 중간에서 이것저것을 합쳐서 묶어 내는 일이다. 즉, 서로 통하게 하는 것이다. '통하였느냐!' 피에르 아도에 따르면, 이런 중간자적 존재는 에로스만이 아니라 철학자, 특히 소크라테스에 대한 묘사이기도 하다. "페니아(빈곤과 궁핍)와 포로스(부富와 수단)의 아들 에로스가 가난하고 불완전하지만 영리함으로 자신의 빈곤을 상쇄할 줄 아는" 소크라테스의 초상이라는 것. 아닌 게 아니라 소크라테스는 이 중간자, 다이몬 때문에 죽는다.

28 너 자신을 알라

"그러니 자신을 알라고 명하는 자는 우리에게 혼을 알라고 시키는 걸세. 자신을 알려면, 혼을 들여다봐야 하고, 무엇보다도 혼의 훌륭함, 즉 지혜가 나타나는 혼의 이 영역을 들여다봐야 하네."[21] 소크라테스가 했다는 말이다. 여기서 혼은 다이몬이다. 지혜가 나타나는 다이몬의 영역을 보라고? 흡사 무당이 하는 소리 같다. 반면에, '너 자신을 알라'라는 말의 저작권은 소크라테스에게 있지 않다. 소크라테스는 스파르타의 현인인 킬론 혹은 탈레스가 말했다고 전해지는 그 말, 곧 델포이 신전에 헌납되어 명판에 새겨진 '그노티 세아우톤Gnothi Seauton'(이게 라틴어로 번역되고, 영어로 번역되고, 우리말로 번역되어 '너 자신을 알라'가 됐다.)이라는 말을 무척 마음에 들어 했으며 자주 입에 올리며 인용했을 뿐인데, 후세에 킬론보다 소크라테스가 훨씬 더 유명해지면서 그의 말로 둔갑한 것이다. 하긴 그렇게 둔갑한 것도 무리는 아니다. 죽은 말을 살려 낸 경우니까.

한번은 이런 일이 있었다. 소크라테스의 제자 카이레폰이 델포이에 가서 '소크라테스보다 현명한 사람이 있는가'에 대해 신탁을

---

21 『알키비아데스』, 플라톤 지음, 김주일, 정준영 옮김, 이제이북스, 2014

구했고, '없다'라는 대답을 들은 후 그걸 소크라테스에게 전했다. '소크라테스보다 더 현명한 사람은 없다.' 그럴 리가? 그럴 리가 없다고 생각한 소크라테스는 신탁이 틀렸음을 '증명'하기 위해 아테네 시장 바닥을 돌아다니며 여러 사람들을 만난다. 하지만 훌륭한 정치가든 시인이든 장인이든 죄다 '더닝-크루거 클럽 회원'들이 아닌가. 이들은 아는 것은 많은데 자신들이 뭘 모르고 있는지를 몰랐다. 곧 대부분의 사람들이 '너 자신을 알라'라는 말을 새겨들어야 하는 경우였다. 사람이 뭘 모르는지 모르면 알기 위해 배우고 계속 숙고하는 자세를 갖출 수가 없다. 그래서 '탁월함(아레테)을 논하지 않고 숙고하지 않는 삶은 살 가치가 없다'는 무서운 말이 나오는 것이고, 앞서 나온 말, '스스로를 알려면 다이몬의 영역을 들여다봐야 한다'는 말을 하는 것이다. 이렇게 소크라테스가 말하고자 한 요지는 "너 자신의 다이몬daimon을 알라"는 매우 샤먼스러운 말이었다.

29 다이몬

'성격이 운명이다'라는 말이 있다. 헤라클레이토스가 했다고 전해지는 이 말은 'Ethos Anthropos Daimon'이라는 말이 '표준적으로' 번역된 것이다. 더 흔하게는 '성격이 팔자다'가 되겠다. 그런데 여기서 에토스를 성격이 아니라 인격이라고 번역하면 약간의 의미 변화가 생긴다. 인격은 성격보다는 내가 만들어 가는 작용이 들어가고 거기에 따라 변화의 가능성도 더 들어가니까. 또한 에토스를 윤리라고 한다면 어떻게 되나? '인간에게 다이몬은 그의 덕이다'가 되는 거 아닌가? 아니면 '인간에게 윤리는 그를 지켜주는 수호신, 마지막 보루이다'가 되나? 잘 모르겠다. 이 말을 하이데거는 '인간이 거주하는 장소는 신이 나타날 수 있는 개방성'이라는 멋드러진 말로 번역했다고 한다. 음, '신이 나타날 수 있는 개방성'이라.

다이몬도 당연히 시대에 따라 의미가 달라진다. 그것도 많이. 호메로스 때 다이몬은 거의 신이다. 이때의 다이몬은 인간의 삶에 느닷없이 개입하는 조종자로 나타나고, 『일리어드』에 나오는 영웅들은 스스로 통제할 수 없는 상태에 빠지는 걸 다이몬의 힘에 사로잡혔다고 생각했다. 그런데 사실 이때의 다이몬은 아직

다이몬이 아니다. 다이몬으로 '분화'되기 전이다. 분화되기 전의 다이몬은 퓌지스physis의 다른 표현일 뿐이다. 그리고 이때의 퓌지스도 노모스nomos와 대립됨으로써 '자연'으로 축소되기 이전의 자연, 곧 앞서 말한 생기, 퓨뉴마로 분기되기 이전의 모든 자연의 움직임을 말한다. 『모든 것은 빛난다』의 저자 허버트 드레이퍼스에 따르면, 생기, 출현, 반짝임으로 모든 자연의 생성과 소멸을 나타내는 퓌지스는, "세상에 실재하는 사물들이 스스로를 우리에게 드러내는 방식을 가리키는 이름이었다". 그리스의 신들은 이 퓌지스의 '화신化身'들일 뿐이다. 이 신들이 '자연의 반짝임'을 우리에게 알려 주면, 특정한 분위기, 정조, 주파수, 흐름, 결, 리듬 등이 형성되는데, 우리에게서 영이 분화되는 동시에 집약되어 혼이나 백으로 화하듯이 신으로부터 분화되어 이 정조를 개인에게 알려 주는 존재가 다이몬이다. 이쯤 되면 다이몬을 '신이 나타날 수 있는 개방성'이라고 한 하이데거의 말도 얼추 이해가 되기도 한다.

30 행복Eudaimonia

도道를 통과하기 전의 덕德이 가치중립적이고 행위 중심적인 개념인 것처럼 그리스인들에게 다이몬도 마찬가지였다. 다이몬의 안내를 받는다고 해서 반드시 좋은 일만 생기는 것은 아니었다. 다이몬이 좋은 일을 가져올 수도 있었고 나쁜 일을 가져올 수도 있었다. 좋은 일을 가져올 경우에, 다이몬에다가 에우eu라는 좋다는 뜻의 그리스어가 붙어 에우다이몬eudaimon, 곧 행복이 되었고, 반대의 경우는 카코kako라는 말이 붙어 카코다이몬kakodaimon, 곧 불행이 되었다. 하지만 카코다이몬이라고 해서 악한 건 아니었다. 그저 염소와 인간을 '모두' 가진 '판Pan'처럼 인간들에게 장난치고 골탕 먹이는 정도였다. 여기까지는 다이몬이 아직 도道를 거쳐 가기 전이다. 이 정령들이 도를 거쳐 덕의 수호신으로 다시 추상화되면서 에우다이몬은 단순한 일시적 행복에서 지속적인 좋음을 드러내는 번영과 그에 따른 행복이라는 의미의 에우다이모니아Eudaimonia로 확장된다.(그렇게 아레테와 만난다.) 마이클 슈어라는 작가 왈, "내가 볼 때 아리스토텔레스의 에우다이모니아(번영)란 존재의 완전함에 있어 '런너스 하이'와 비슷한 것이 아닐까 한다. 마침내 인간 존재의 모든 면을 완성했을 때 몸속을 흐르는 완전한 느낌." 이렇듯 에우다이모니아로서의 행복은 오랜 시간 뭔가를 열심히 하고 나서야 접할 수 있는 상태다. '포정'이 소를 잡은 후 맞게 되는 '멍한 만족' 상태. 다이몬은 이런 작업을 도와준다. 그리고 이렇게 인도해 주는 다이몬이 좋은eu 다이몬이다. 포정이 '눈으로 보지 않고 신神으로 본다'는 그 신이고.

31 신명

우리말에 '신명나다'라는 말이 있다. 사전에는 '저절로 일어나는 흥겨운 기분과 멋이 생기다'라고 풀이해 놨다. 신나고, 신명나고, 신바람 나고, 다 비슷한 말인데, 여기서 신은 한자 '神'이 아니다. 우리말 '신'에다가 나중에 한자 '神'이 덧입혀진 것이다. 신의 우리말 어원은 '시'인데, 씨앗, 알곡으로, 존재의 근원을 가리킨다. 곧 신명은 존재의 근원인 씨를 낳게 만드는 영의 준말로 신령神靈이다. 물론 우리 민족의 내면을 관장하는 무속신앙에서 비롯된 말이다. '비나이다, 비나이다', 누구에게 비나? 천지신명께 빈다. 여기서 한발 더 나가서 신명나는 일이란 그 신명이 정해 준 일로 자신이 해야 할 소명이다. 소명이라고 거창한 과업을 말하는 것이 아니다. 그 영을 잘 따를 때 일이 잘 풀린다는 말이다. 곧 각자의 다이몬을 따르는 게 소명인 것이다. 하지만 누구나 '자신을 잘 모른다'. 신령님은 아는데, 나는 잘 모른다. 그걸 중간에서 이어 주는 사람이 우리의 무당이다. 그럼 무당이 하는 일이 뭔가? 정확히 에로스, 정령이 하는 일이다.

무당이 대를 잡고 '신지핌'이라고 하는 '접신 상태'가 되면 손이 떨리고 팔이 떨리고 몸이 떨린다. 이 '떨림'은 예비적으로 몸과 마음이 풀리는 상태다. 엉켜 있고 응어리진 몸과 마음을 풀어 신이 내 안으로 들어올 수 있는 조건을 만든다. 그 조건이 충족되면 신이 몸 안으로 들어온다. 빙의다. 신이 들리고, 붙고, 올랐고, 내렸고, 실린 상태다. 이때 중간자인 무당은 신에 의해 부림을 받는 자이면서 동시에 신을 부리는 자이기도 하다. 보통 그 신의 목소리 혹은 말씀을 듣고('용한' 무당의 인터뷰에 따르면, 영업 비밀이라 말하면 안 되지만, 아니 천기누설이라 하면 안 되지만, 그 목소리는 지극히 모호한 '키워드' 하나란다. 하긴 신이 인간의 언어로 말을 하겠는가?) 그걸 '지적으로' 번역한 후 상황을 파악하기 위해 점을 친 후 공수(신탁)를 준다. ('칠팔 월에 물가에 가지 마!') 만약 심하게 꼬여 있거나 맺혀 있거나 막혀 있거나 얽혀 있거나 답답하면, 그걸 풀고 피고 내리고 뚫고 씻고 편하게 하기 위해서 굿을 한다. 한 마디로 맺힌 것 풀어 주고 막힌 걸 통하게 하는 게 굿이다.[22]

이때 굿은 아무리 개인적 한을 푸는 것이라고 해도 그 마을, 공동체 전체의 행사다. 개인적 증상은 모두 사회적 억압이 드러난 것이기 때문이다. 사실 귀신이란 '사회적 억압'이 실체화된 것이라고 할 수 있다. 굿을 할 때 여기저기 드리워져 있는 화려한 이미지들과 풍성한 먹거리들은 모두 이 사회적 대타자의 대표로서의 귀신을 달래서 그 욕망을 잠재우기 위해서다. 그 욕망을 누그

---

22 한국민족문화대백과사전 홈페이지

러뜨려야 개인의 한이 풀릴 수 있기 때문에. 이런 굿을 집행하는 사람이 무당이다. '전문화된 근대인'으로서는 따라갈 수 없는 종합 예능인으로서의 면모를 유감없이 보여 주며, 춤추면서 노래하고 작두타고 시루 물고 겁주고 달래고 넋두리하고 푸념하고 울고 웃고 다시 춤추는 퍼포먼스를 통해 자아를 발산해 무화시키고 그 무화를 사람들에게 전염시키고 사람들을 누르고 있는 사회적 억압을 해소해서 신령과 인간을, 귀신과 인간을, 정확히는 사회와 인간을 합일시키는 행사, 곧 차별이 없는, 무차별의 '난장판'을 통해 다시 질서를 다지는 '카니발'이 굿인 것이다. 이렇게 '신과 인간들 사이에서 일어나는 교제와 대화에 아주 능통한 사람'을 '신통神通'한 사람이라고 앞서 디오티마가 말했듯이, 신통한 무당은 한바탕 '신명나게 놀아 보자'고 선언하고 인간을 '우주 전체'와 통하게 만들어 준다. 다시 '통하였느냐!' 신과 통하여 통통 튀며 중력을 거스르는 희열, 라캉의 주이상스, 이게 신명이다.

그런데 어쩌다가 우리의 무속은 미신이 되었나? 큰무당 김금화를 그린 영화 〈만신〉을 보면, 우리 무속의 최대 암흑기는 일제강점기 때가 아니라 '근대화 운동'이 벌어진 70년대 새마을 운동 때라고 한다. 물론 기독교는 폭발적으로 성장하고. 그렇다고 기독교가 무속을 밀어냈다는 말은 아니다. 기독교인들이 '근거 없는 자신감으로' 무속을 미신이라면서 끔찍하게 혐오하긴 하지만 말이다. 문제는 시장의 확장을 통해 국가라는 '상상의 공동체'가

출현하는 근대 자본주의사회에서는 더 이상 지역 공동체를 기반으로 하는 종교 형식이 가능하지 않다는 점이다. 근대에 의해 '암흑기'라고 표현되는 유럽 중세시대에도 우리 굿과 같이 '사회적 의미를 뒤집고 해체하는' 카니발(사육제)이 있었다. 사실 놀이의 위축은 종교적 제의의 위축과 같이 간다. 놀이는 처음부터 제의에서 출발하기 때문이다. 따라서 앞서 말한 기분전환, 디베르티스망으로서의 놀이는 이런 제의가 불가능한 시대의 잔여물, 희석물이다. 개인 차원의 의식儀式인 것이다. 덧붙여 종교religion라는 말의 어원엔, '주의 깊게 관찰하다relego'와 '다시 묶는다re-ligare'는 뜻이 있단다. 즉 신을 경배하는 의례를 통해 신과 결합하는 게 종교다.

'리추얼의 종말'시대, 공동체와 묶여 있던 끈이 끊어지고 낱개로 떨어져서 의례가 사라진 지금 사람들은 오랜 시간 주의를 기울여 열중하고 반복하고 정성을 들이는 행위 자체를 어려워한다. 힐링과 치유라는 말은 넘쳐나는데, 사실 그렇게 넘쳐나는 게 하나의 징후다. 아닌 게 아니라 이런 시대적 징후의 일면으로, 우리의 무속은 '거진' 미신이 되었고, 아주 많은 '무속인'들이 사기꾼처럼 보이는 것도 사실이다. 하지만 공평을 기한다면, 그건 다른 '종교인'들도 마찬가지다. 단 앞서 말했듯 사기는 사기당하는 사람과의 합작이기에 밖에서 봤을 땐 사기여도 당사자는 아니라고 여길 수 있다. 당사자가 사기가 아니라는 사기를 사기라고 주장하는 건 '오지랖 떠는 일'일 수 있다. 당사자는 그 '사기'를 통해서 얼마든지 플라세보 효과를 볼 수 있기 때문이다. 그런데 재밌는 건 여기서도 '내가 하면 로맨스, 네가 하면 불륜'이라는 '진리'가 통용된다는 점이다. 교회에서 플라세보 효과 보는 것이나, 무당 집에 가서 플라세보 효과 보는 것이나 다 같다. '가르침의 수준'이 다르다고? 뭘 기준으로 그 수준을 평가해야 할까? 예수님 말씀의 수준? 아니면 '예수님을 파는 목사의 수준'? 내가 보기엔 타 종교에 대한 관용 정도가 수준을 들먹이는 그 사람의 수준을 보여 주는 확실한 지표다.

32 데몬Demon

다시 다이몬이다. 아니, 이제 데몬이다. 니체가 말한다. "신들은 오래전에 최후를 맞았다. 하지만 황혼 속으로 서서히 사라진 게 아니라 나무랄 데 없이 즐겁게 종말을 맞았다. 그건 어느 한 신이 이렇게 말했을 때 일어났다. '신은 유일하다. 나 이외의 다른 신을 섬기지 말라.' 이 말을 듣고 신들은 너무 웃다가 죽고 만 것이다." 신들이 어쩌다가 죽었건 간에 분명한 것은 유일신의 탄생과 더불어 악惡까지 태어났다는 점이다.(탄생까지는 아니더라도 최소한 악을 거대하게 키워 놓는 구도를 만든 건 사실이다.) 사실 자연에는 악이 없다. 사자가 얼룩말을 사냥해서 죽이는 건 악한 의도가 있어서가 아니다. 악은 신이 사랑하는 인간들에게 더없이 소중한 자유의지를 선사함으로써 '필연적으로' 얻게 되는 부산물이다.[23](자연에는 규제가 없다. 반면 문화는 규제로 운영된다. 자유는 전적으로 이 규제로부터 출발한다. 금기가 없으면 자유가 있을 수 없고, 사실 자유가 강렬한 유혹이 되려면 먼저 강력한 족쇄가 필요하다. 신이 자유를 선사했다는 말은, 따라서 강력한 족쇄를 선사했다는 말이다.) 아우구스티누스가 '악은 선

---

23 『악, 자유의 드라마』, 뤼디거 자프란스키 지음, 곽정연 번역, 문예출판사, 2002

의 결핍'이라는 말을 했다는데, 사실에 있어서는 그 반대가 맞다. 선이 악의 부정이다. '빛 없는 어둠은 있으나 어둠 없는 빛은 없다.'(이 말엔 여러 의미가 있지만 이 자리에서 하지는 않는다.) 하지만 여기서 중요한 것은 선악의 대립이나 투쟁이 아니다. 자연 위로 신이 올라섬으로써 모든 걸 선과 악의 투쟁으로 만들어 버린 사태가 중요하다. 유일신의 세상이 됐다는 것은 우리의 정신이 정과 신으로 분리됐다는 것을 의미한다. 정, 그러니까 자연의 모든 물질적인 측면은 신의 '말씀'에 복속된다. 자연 그 자체의 속성으로 우리의 정신을 경외감으로 물들이던 '반짝임'은 자연법칙을 넘어선 신의 '기적'으로 대체되고, 우린 찬양만 할 수 있을 뿐이다.

니체가 이어서 말한다. "신들은 존재하지만 유일신은 존재하지 않는다는 것, 바로 이것이야말로 신성함이 아닌가." 유일신은 우리의 물질적인 정신인 정령을 자신의 이상적인 천상의 왕국을 위해 악으로 규정함으로써 우리가 경험할 수 있는 신성함의 문을 닫아 버렸다. 다시 말하지만 신비한 것은 세계 그 자체의 드러남에 있지, 세계를 초월한 신의 말씀에 있지 않다. 그 말씀에 의하면 인간의 육체를 포함해서 자연의 모든 물질적인 부분은 일시적이고 그래서 덧없으며 '진정한' 의미가 없다.(일시적이고 덧없기 때문에 소중하다는 생각은 하지 않는다. 정일근 시인이 말한다. "사라지니 아름다운 거예요. 꽃도 피었다 지니 아름다운 것이지요.") 정과 신을 분리하고, 성과 속도 분리하고, 신성함을 독점해서 신성함을 제거하는 유일신 사태를 통해서 '탁월함'이라는 가치는 사라진다. 하지만 신성함은 우리 안에 있고 우리 안에 있어야 하는 것이다.

괴테가 말한다. "영원히 여성적인 것이 우리를 이끈다." 메피스토가 유일신과 내기를 하는 동안, 정작 우리의 영혼을 이끄는 것은 여성적인 것, 자연적인 것, 다이몬적인 것, 그리고 통합적인 것, 즉 에로스다. 이 에로스가 파우스트가 죽을 때까지 그를 이끄는 힘이었다. 뭐? 신은 다 알고 있었다고? 그래서 천사들을 보내 파우스트의 영혼을 구원해 주는 것이라고? 카프카가 말한다. "물론 무수히 많은 희망이 있지. 단지 우리를 위한 희망이 아닐 뿐." 이 말에 벤야민이 말하기를, "여기에 진정 카프카의 희망이 담겨 있다. 그것이 그의 빛나는 명랑성의 원천인 것이다." 빛나는 명랑성의 원천. 카프카는 신이 제시하는 희망엔 관심이 없다. 그는 희망이 있어서가 아니라 희망이 없어서 굴을 판다. 그래서 암울하다고? 아니, 그래서 명랑하다.(카프카가 웃기다는 건 알 만한 사람들은 다 아는 사실이다. 그는 신들이 웃다가 죽은 것처럼 웃다가 죽었을 것이다.) 깜깜한 암흑 속에서 굴을 파고 들어가는데, 뭔가가 빛난다. 그 굴은 에로스와 함께 거주하는 열린 공간이기 때문이다.

33 카리스마

바르트는 『카메라 루시다』에서 이런 말을 한다. "한 얼굴의 분위기는 분해할 수 없는 어떤 것이다." 이어서 "아마도 분위기라는 것은 어떤 정신적인 것, 삶의 가치가 신비스럽게 얼굴에 반사되도록 이끌어 가는 것이 아닐까." 그럼 그 사람의 분위기란 삶의 정신적인 가치가 얼굴에 반사된 것이다.(여기서 정신적이라는 말은 육체적인 것을 포함한다.) 정신적 가치가 어디에 반사된 것일까? 시간에 반사된 것이다. 잠깐 동안이 아니라 오랜 시간 동안 누적되고 엉키며 응축돼서 반사된 것이다. 그래서 분해할 수 없다. 노자 가라사대, 한 사람이 표현하는 기氣, 특별히 윤리적인 문제에 대해 표현하는 기가 바로 그 사람의 덕이다. 이렇게 덕으로 표현되는 분위기를 마주할 때 우린 그 사람을 보고 '카리스마'가 있다고 말한다.('조직의 세계'에서 그 내부의 윤리적인 문제를 덕으로(힘으로) 해결할 때도 카리스마는 있는 것이다.)

다 알다시피 카리스마의 어원은 은총에 해당하는 그리스어 카리스charis다. 즉 신의 은총이 없으면 얻을 수가 없는 것이다. 재능이라는 선물을 신으로부터 받은 것이다. 따라서 엄청 불공평하지만, 노력한다고 카리스마를 얻을 순 없다. 이 말은 우리 행동의 원천이 우리 자신에게 있지 않다는 말이다. 그렇다면 그 행동으로 인한 성과도 온전히 우리 자신에게 돌릴 수도 없는 것이다. 신으로부터 받은 것은 신에게 돌려줘야 한다. 윤리적인 것이란 이 당연하게 되돌려 주는 행위를 말한다. 앞서 말했듯이 다이몬들이 이런 행위들을 중개한다. 이 중개를 거부할 때 인간은 휘브리스hybris, 즉 무분별한 오만에 빠져 파멸한다. 물론 지금은 다른 신들은 고사하고 유일신마저 사라져 버릴 위험에 처해 있는 시대다. 내 재능의 원천도 사라지고, 중개자도 사라져서 이리저리 둘러봐도 되돌려 줄 곳이 없어 보인다. 그렇다면 이 모든 성과를 오로지 내 재산으로 귀속시켜도 좋을 듯하다.(〈매트릭스〉에서 스미스가 모피어스에게 세기말 뉴욕을 보여 주며 말한다. "우리가 이뤄 낸 성과를 봐라." 이 말은 테크네로부터 분리된, 곧 '신을 잃은' 테크놀로지가 하는 말이다.) 신은 이제 내 자아를 위해 복무할 때만 의미를 부여받는다. 휘브리스가 시대정신이 된 것이다.

34 테크네Techne

분위기상 아우라Aura 이야기를 하지 않을 수 없다. 언제부턴가 사람들의 입에서 아우라라는 말이 엄청 많이 오르내리기 시작했다. 벤야민의 영향력인가? 그건 잘 모르겠지만 하여간 그렇다. 카리스마, 아우라, 포스 같은 말이 '쩐다'라는 말과 합쳐져서 우리 시대의 아레테를 드러내고 있다. 물론 이때의 아레테는 도가 실종된 아레테다. 즉 그냥 '상징자본'이다. 우리는 모두 자본의 후광 앞에서 쩐다. 머리를 조아린다. 어쩔 수 없다. 힘이 세니까, 그리고 인간은 힘 센 존재를 추종하게 만들어져 있으니까. 하지만 이런 관계는 바람직한 관계가 아니다. '훌륭한 관계들이 다 그렇듯 한쪽은 다른 쪽을 최선의 상태로 만들어 준다.'[24] 즉 관계를 통해 성장한다. 다시 그리스로 돌아가면, 이런 관계, 이런 상호 육성을 거기선 포이에시스poiesis라고 불렀다. 보통 제작이라고 번역한다. 먼저, 다른 것과 마찬가지로 퓌지스를 드러내는 게 포이에시스다. 자연을 자연스럽게 드러내는 작업이라 할 수 있다.(우리 같은 생명체는 '동적 평형'을 통해 스스로 제작하기에 아우토포이에

24 『모든 것은 빛난다』, 허버트 드레이퍼스, 숀 도런스 켈리 지음, 김동규 옮김, 사월의책, 2023

시스autopoiesis다.)

이 작업이 특정 상황, 특정 자재를 만나 테크네가 된다. 테크닉과 아트가 분리되기 전의 기예技藝다. 이렇게 뭔가를 만들어 내는 작업을 잘하려면 그와 관련된 재능, 재주, 솜씨, 능력이 있어야 한다. 그리고 열심히 배우고 익히고 노력해야 한다. 배운다는 건 누군가 가르쳐 준다는 것이고 다른 누군가에게 가르쳐 줄 수 있다는 것이다. 즉 (자연적)능력은 그렇지 않지만 (문화적)방식은 계속 이어져 전수될 수 있다.(지금은 그런 전수마저 모두 끊어진 시대다.) 아리스토텔레스가 정리한 대로, 테크네를 통해 아레테를 발휘하려면 타고난 품성과 노력하는 습관, 그리고 좋은 스승이라는 삼박자가 맞아야 한다. 사실 앞서 말했듯이 타고난 재능은 노력하는 습관까지 포함한다. 그 둘을 떼어 놓으면 각기 부덕不德의 핑계밖에 안 된다. "덕을 연습하면 단순한 습관에 필적하는 반응 속도와 직접성을 획득하지만, 그렇게 학습한 교훈이 정보를 제공하고 유연성과 혁신을 가져다준다는 점에서 습관과는 차이가 있다."[25] 이러한 덕의 연습이 비전vision이다. 그리고 이 비전이 있을 때 행복(에우다이모니아)한 것이고. 이 지점에서 '재능을 선물 받지 못한 놈은 나가 죽으란 소리냐'란 항의는 정당하다. 여기에 대해서도 나중에.

---

25 『더 좋은 삶을 위한 철학』, 마이클 슈어 지음, 염지선 옮김, 김영사, 2023

35 아우라Aura

사실, 하나의 테크네를 배운다는 것은 그것을 통해서 세계를 배운다는 것이다. 숙련된 기술을 익히면 이전에는 볼 수 없었던 다른 부분이 보이고, 그건 새로운 분별력으로 이어진다. 또한 숙련된 기술을 가진 장인에게 퓌지스는 그때마다 새로운 것이고 그 작업을 하는 상황도 매번 다르다. 즉 장인이 마주하는 세계는 매번 유일하다. 그래서 미리 계획하고 계획대로 짜 맞출 수 없다. 기계적인 활동이 아니라 '신神이 이끄는' 유기적 활동인 것이다. 이런 활동을 통해서 그 사람의 내면이 육성(포이에시스)된다. 다시, 여기서 중요한 것은 퓌지스의 반짝임이다. 아우라 역시 숨을 의미하는 그리스어에서 시작됐다. 벤야민이 말한다. "기술복제 시대에 위축되는 것은 예술 작품의 유일무이한 현존성, 즉 그 작품의 아우라다." 또한 "우리는 자연적 대상의 아우라를 가까이 있더라도 어떤 먼 것의 일회적 나타남이라고 정의할 수 있다." 숨을 쉰다는 것은 무엇인가? 살아 있다는 것이다. 그럼 살아 있다는 것은 무엇인가? 바로 지금 여기에서 현존하고 있다는 것 아닌가? 지금 여기에서 숨을 쉬지 어디 다른 시간 다른 공간에서 숨을 쉬는가! 틱낫한은 명상을 "현재의 순간으로 데려다주는 기운"이라고 말했다고 한다. 어떤 먼 것이, 어떤 오래된 것이 바로 이 순간 내 가까운 곳에 나타나는 기운. 현재의 나라는 존재가 알지 못할 무한한 존재와 연결되어 있다는 이상한 느낌, 이게 바로 생령 아닌가? 너무 종교적인가? 종교도 없으면서?

세상 속에는, 우리가 인정하든 그렇지 않든, 의식하든 그렇지 않든 거의 모든 일에 윤리적 의미가 숨겨져 있다. 아레테는 그리스어 동사 '간청하다'에서 나왔단다. 간청해서 뭔가를 이뤄 냈으면 고마워해야 한다. 이제 고마워해야 할 대상, 곧 신이 없으니 감사하는 마음을 꿀꺽 삼켜도 되는가? 아니, 아니다. 우린 간청해서 뭔가를 얻어 내지 못했다. 내면의 육성을 얻어 내지 못한 것이다. 그러니 감사하는 마음이 일 수가 없다. 아니, 아니다. 우린 내면의 육성을 얻어 낼 기예조차 연마할 기회가 없었다. 테크놀로지가 다 알아서 해 줬다. 테크놀로지는 우리가 해야 할 힘든 일을 맡아서 해 주고 우리를 '편하게' 해 주었다. 그럼 된 건가? 이젠 이런 한가한 조건을 바탕으로 우리 자신이, 오로지 우리 자신의 힘으로 뭔가를 하면 되는 것인가? 모두 나 하기 나름인가?

36 엑스터시Ecstasy

1991년에 나온 〈폭풍 속으로〉라는 영화가 있다. 키아누 리브스와 패트릭 스웨이지가 서핑을 하며 서로 '존경 어린 우정'을 나누는 이야기다. 이 둘은 각각 형사와 범죄자이기에 우정을 나눌 사이는 아니지만 서핑이 중간에서 둘 사이를 연결한다. 이 연결을 통해 둘은 강한 동질감을 느낀다.(몇 년 전 원제 〈포인트 브레이크〉를 그대로 한 리메이크 작품이 나왔는데, 글쎄, 여기선 예전에 맛봤던 '간지 나는 분위기'를 느끼지 못했다. 나이 먹어서 그런가? 그런 것 같다. 나도 젊었을 땐 사소한 것에도 감동 먹어 '죽인다'는 표현을 자주 했었다. 〈폭풍 속으로〉를 다시 보면 그때 그대로 주인공들의 '멋드러짐'을 수용할 수 있으려나? 잘 모르겠다.) 난 응원할 때 잠시 파도타기를 했을 뿐 진짜 파도타기를 해 보지 못했지만 미루어 짐작컨대, 파도타기는 사교댄스와 비슷한 것 같다.(이렇게 말하니 사교댄스는 꼭 해 본 것 같다.) 흐름에 몸을 맡긴다는 면에서. 그러기 위해선 먼저 그 흐름을 잘 읽어야 하고 그 흐름에 내 몸을 잘 얹어야 한다. 곧 리듬을 잘 타야 한다. 소위 말하는 '선수'는 이 리듬 제공자다. 파도란 말이다. 제아무리 훌륭한 서핑 선수라도 파도가 약하면 가라앉는 것이고, '손잡아 주는 사람'이 시원찮으면 흥이 나려야 날 수가 없다. 먼저 파도가 있어야 파도를 탈 수 있고, '선수'가 있어야 빙빙 돌 수 있다. 앞서 말했듯 이런 파도의 흐름과 나의 상태를 맞게 이어 주는 게 다이몬이다. 하지만 사실 다이몬이란 없다.(정확히 하면, 다이몬적인 힘이라는 것은 육체의 힘과 따로 떨어진 '영적인' 힘이 아니라 스스로도 잘 의식하지 못하는 육체적 능력의 표현이다. 이건 고진이 말하는 교환양식B라는 '경제적 토대' 위에서 카리스마적인 왕의 힘이 발원하는 것과 같다. 다만, 그 '유물론적 토대'는 의식의 수면 아래에 존재하기에 마치 없는 것처럼 인식되고, 그게 신비하게 여겨지는 것이다.) 우리의 정신작용이 있을 뿐이다. 여기서 정신작용은 신으로 정을, 정신으로 육체를 파도라는 상황의 흐름과 잘 조율하는 기술로 나타난다. 이 기술이 더할 수 없이 뛰어나 내 몸이 파도의 흐름과 완벽하게 맞춰지면, 즉 통하면 내 정신은 일종의 '엑스터시Ecstasy' 상황이 되어 몰아일체, 혹은 혼연일체의 경험으로 강렬한 쾌감을 맛볼 수 있다.('화학적으로 말하면' 두려움을 주의하라는 호르몬 코르티솔과 공감 호르몬인 옥시토신이 합쳐진 상태가 몰입이다.)

엑스터시는 지금 여기 서 있는stasis 곳에서 벗어나ex는 상태로 '혼의 이탈'이라고 번역되는 엑스타시스ekstasis에서 시작됐다. '엑스터시'라는 약물을 하면 멀리 갔다가 오는지는 잘 모르겠지만, 아우라가 먼 것의 일회적 현존성이라면 엑스터시는 현존을 벗어나 멀리 가는 것이다. 멀리? 어디로? 무엇이? 도대체 아우라를 느낄 때나 엑스터시가 일어날 때, 내 정신에선 무슨 일이 일어나는 것인가? 통로가 엄청나게 많아지는 것이다. 작품을 만났을 때 내 정신은 일종의 시간여행을 한다. 작품은 지금 여기에 있지만 난 그 작품이 지금 여기에 나타나기 위해 겪었던 모든 역사를 시간을 거슬러 올라가 추체험한다. "국화는 인제는 돌아와 거울 앞에 선 내 누님 같은 꽃이다." 엑스터시도 마찬가지다. 방향만 바뀌었을 뿐이다. 내가 파도를 탈 때, 내 신경세포와 근육세포들은 그 흐름과 통하기 위해 아주 미세하고 예민하게 조절된다. 오랜 시간을 들여 숙련되지 않으면 그런 조절은 '택도 없다'. 오랜 시간 누적된 내 정신이 지금 이 순간 파도를 만나 훌쩍 저 멀리 가 버린 것이다. 그런데 정신은 가 버렸지만 내 육체는 파도 위에서 극도의 긴장 상태를 유지해야 한다. 즉, 지금 이곳의 리듬에 완벽하게 합치해야만 저곳, 먼 곳으로 갈 수가 있다. 그리고 지금 이곳의 요청에 합치하려면 내 몸이 '국화', '저 멀리 돌아서 거울 앞에 선 누나'가 되어 있어야 한다.(그걸 다시 밖에서 보면 미소만 남기고 사라진 앨리스의 체셔고양이처럼 더 이상 '무용수는 존재하지 않고 오로지 춤만 보이는' 장면이 벌어진다.) '런너스 하이'를 맛보려면 오랜 시간 달려야 한다. 오랜 시간 죽도록 힘들게 달리지 않고 쾌감을 바라는 건 도둑놈 심보다. 그 심보는 대가를 치른다. 바로 중독이다.(중독에 대해선 나중에.)

37 유로비전

언젠가 넷플릭스를 방황하다가 순전히 레이첼 맥아담스가 나온다기에 선택한 영화가 하나 있다. 바로 〈유로비전 송 콘테스트 : 파이어 사가 스토리〉라는 코미디 영화다. 재밌었다. 선택할 때의 기대치를 넘어섰기 때문이다. 맞다. 기대치를 낮추면 재밌을 수 있다. 그리고 그게 사회적으로 확대되면 행복할 수 있다. 이런 원리가 통용되는 곳이 바로 이 영화의 배경이 되는 아이슬란드다. 난 평소 아이슬란드라는 나라에 별 관심도 없었고 따라서 잘 몰랐다. 하지만 에릭 와이너의 『행복의 지도』을 읽다가 아이슬란드에게 반해 버렸다. 왜 반했을까? 우리 사회의 안 좋은 모습을 되비춰 주기 때문이다.('그러면 거기 가서 살지'라는 무식한 말은 사양이다.) 거기에 따르면, 아이슬란드 사람들은 실업률이 오르면 난리가 나고 물가가 높으면 견딘단다. 실업률은 선택적 고통이기에. 우리랑 반대다. 또한 실패를 '권장한다'. 길을 가다 보면 두 집 건너 하나씩 화랑과 음반 가게, 카페가 즐비하고 그 안에는 '되도 않는' 무명작가들 또한 즐비하다. B급 천지다. 거기선 자신이 가지고 있는 재능을 펼치기 위한 시도만이 아니라 자신이 가지고 있다고 '착각하는' 재능을 펼치기 위한 시도들까지 만개한다. 그래서 웬만큼 나이 든 사람들은 실패를 최소 서너 번은 한단다. 그런 후 거듭난다. 왜냐하면 실패가 낙인이 아니기 때문이다. 우리처럼 실패담이 성공했을 때만 의미 있는 게 아니다. 실패는 으레 있는 것이다. 또한 B급은 많으면 많을수록 좋다는 생각이 깔려 있다. "아이슬란드 사람들은 순진합니다. 이건 바닥에 지뢰가 있다는 걸 모르고 그냥 앞으로 지나가는 것과 비슷합니다."(우리 학부모들이 들으면 난리 날 소리다.) 아닌 게 아니라 아이슬란드 사람 60프로 이상이 '엘프'라는 난쟁이 요정의 존재를 '실제로' 믿는단다.(엘프는 우리의 '도깨비'와 비슷하다. 물론 공유는 아니다. 근사하기보다는 찌질한 쪽에 가깝다.)

모든 세계관이 그렇듯이 아이슬란드 사람들의 이런 생각들은 기본적으로 그곳의 엄혹한 자연 조건에서 비롯한다. 그들은 언제나 '자연이 최종 결정권'을 가진다는 걸 너무나 잘 알고 있다. 엘프는 이 '최종 결정권자'에게 들어가는 통로를 지키는 문지기다. 인간을 자연과 '매치'시켜 주는 정령인 것이다.(영화 〈유로비전〉을 보면, 이 엘프가 살짝 모습을 드러내고, 굉장히 중요한 역할을 한다.) 자연에게 결정권이 있다면 각각의 개인에게 부과되는 책임은 어느 정도 면제될 수 있고 그렇게 면제된 책임은 공동체가 나눠서 질 수 있다. 그런데 사실상 이 점이 모든 신의 존재 이유 아닌가! 애초에 공동체를 묶고 공동체의 번영(에우다이모니아)을 위해 만들어진 신이(화폐라는 신도 마찬가지다.) 페티쉬가 되어 공동체 위에 군림하는 건 공동체 내에 신의 정신에 반하는 세력이 있다는 말이다. 문제는 그 세력이 역사상 거의 모든 곳에서 지배 세력이었다는 것이고. '우상'을 섬기지 말라고? 이거 누가 하는 말인가? '물신화된 우상'이 그런 말을 한다. 그럼 그 말을 새겨들어야지. 우린 엘프를 믿고, 정령을 믿고, 도깨비를 믿어야 한다. B급 천국인 아이슬란드는 얼핏 몇 페이지에 걸쳐 강조했던 아레테를 정면으로 비웃는 것처럼 보인다. 하지만 아레테의 가장 중요한 점 하나는 신으로부터 선물 받은 걸 신에게 되돌려 주는 행위다. 하지만 신은 없다. 신의 정신이 있을 뿐이다. 다시 아레테란 '성취한 것 전부를 자기 공으로 돌리지 않는 행동을 할 때 최선의 상태에 도달한다는 것'이다. 그 정신이 말한다. 공동체로 되돌려 주라고.

38 블루 발렌타인

오랜 시간을 지내다 보면 한때 성공을 만들어 낸 요소가 그대로 실패의 원인으로 바뀌는 경우를 자주 볼 수 있다. 사랑도 그렇다고 하지 않던가. 애초에 그 사람에게 끌렸던 요인이 나중에 그 사람을 밀어내게 되는 요인이 된다. 상황이 변했고, 그 상황 속에서 내 생각이 변했지만, 그 사람의 모습은 변하지 않았다. 그 변치 않는 모습이 견디기 힘든 것이다. 그럼 상황에 따라 내 생각이 변한 건, 나의 사랑이 변한 것인가? 그는 여전히 나를 똑같이 사랑하는데, 내가 변한 것인가? 라이언 고슬링과 미셸 윌리엄스가 나온 〈블루 발렌타인〉을 보면, 상황 변화에 아랑곳하지 않고 너무도 그대로인 라이언 고슬링에게 미셸 윌리엄스는 서서히 진저리치며 절망한다. 그게 너무 가슴이 아프다. 왜냐하면 둘 모두에게 그렇게 행동해야만 할 이유가 충분히 많아 보이기 때문이다. 하지만 라이언 고슬링은 사랑이 매일 새롭게 '우일신'해야 존재할 수 있는 유동적인 상태라는 걸 몰랐고, 반면 미셸 윌리엄스는 상황의 변화에 따른 대응이 사랑 자체의 변질을 초래할 수 있다는 사실을 몰랐다. 이렇게 사랑은 변해야 하지만 변하면 안 되는 것이다. 사랑만이 아니라 세상에서 변하면 안 되는 것과 변해야 하는 것, 혹은 변하는 것과 변하지 않는 것을 잘 구분하고 알아채는 것이 '지혜를 사랑하는 사람'의 숙제다.

'똑같지만 매번 새로운 즐거움'을 맛보는 어린아이들을 보면 알 수 있듯이 새로움이란 자극의 강도 문제가 아니라 수용자의 자세 문제다. 일명 '놀랄 준비가 되어 있는 자세'다. 이걸 다른 말로 하면, '열린 자세'다. 파스칼 키냐르가 말한다. "더 이상 놀라지 않고 감탄하지 않는 사람은 늙은 것이다." 바보stupid는 직접적으로 라틴어 stupidus '놀란, 당혹한, 어리석은'에서 비롯되었단다. 곧 어떤 일에 매번 놀라고 당황하는 건 바보나 하는 짓이다. 정말 그런가? 그 반대가 아닐까? 우리 인간에겐 뇌로 쏟아져 들어오는 정보들을 '지나치게' 단순화하고 일반화해서 혼란과 불안을 잠재우는 강력한 방어기제가 있다. '우리는 모두 불확실성을 견뎌 내기 어려워하며, 그 정도도 다양하다. 아마 종교를 진화시킨 첫 번째 원동력을 이것으로 보아도 될 것이다.' 종교만이 아니라 각종 사회제도와 관습 등 소위 말하는 '믿음체계'가 그런 역할을 한다. 모두 불안을 일으키는 것들을 처리하기 위한 일종의 '패턴 인식'이라 할 수 있다. 놀라운 일들을 패턴으로 만들어서 별로 놀랍지 않는 것으로 만드는 것이다. "믿음 자체는 에너지 절약기이고 처리 단축기이며, 정보의 범주를 빠르게 분류해서 결론으로 뛰뛰기 할 수 있도록 복잡한 정보를 정리해서 정제한다." 이런 방식으로 믿음은 우리의 인지적 평형 상태를 유지해 주고 항상성을 보존해

준다. 믿음 안에서 거주할 때면 심신이 아주 편하다. 어, 그런데 에너지 절약, 단축, 정보에 대한 빠른 분류 등은 바로 '습관'의 메커니즘 아닌가. 맞다. 믿음은 바로 습관화된 패턴 인식이다. 이걸 벗어나야 한다. 하지만 이건 기본으로 깔린 전제기에 완전히 벗어날 수 없다. 완전히 벗어난다는 것은 새로운 놀라움에 나의 통제력을 완전히 잃는다는 걸 뜻한다. 그럼 정말 바보-정신병자가 된다. 여기서도 중요한 것은 벗어날 수 없는 것과 벗어날 수 있는 것을 분별하는 일이다.

만약 미지의 세계에 대한 도전과 탐구 성향이 없었다면 호모 사피엔스종은 지구에 퍼지지 못했을 것이다. 이 말은 두려움을 향해 나아가는 용기가 우리 종에 분명히 내재해 있다는 것이다. '용기는 시작과 동의어'고 '편안함이라는 유혹'을 거부하는 행위다. 캐럴 트랙이라는 심리학자는 도전과 실패를 대하는 수용성과 개방성을 기준으로 사람의 마음가짐(마인드 셋)을 고정 마인드 셋과 성장 마인드 셋으로 구분한다.[26] 인간의 성격을 나타내는 빅 파이브 -개방성, 성실성, 외향성, 친화성(사회성), 신경성(불안정성)- 중에 그 사람의 마음상태를 긍정적으로, 그러니까 사회적으로 안정된 항상성을 유지시켜 주는 요소는 여러 가지다. 잘 놀고, 외향적으로 동기부여 잘 받고, 좋은 사회적 관계 만들고, 너무 예민하지 않고, 꾸준하고 성실하게 일을 하면 나무랄 데가 없

---

26 『메타인지의 힘』, 구본권 지음, 어크로스, 2023

는 건강한 삶이라고 할 수 있다. 하지만 너무 건강하다. 뭐랄까, 너무 '체제 내적'이다. 성장을 향한 동력이 약하다. '실수로부터 뭔가를 배우지 못한다면 우린 결코 장인이 될 수 없다.' 여러 연구를 통해 공통적으로 드러난 바, 이런 실패와 도전을 향한 개방성, 습관의 틀을 벗어나 관점을 '전환'할 줄 아는 트렌스 능력, 즉 '자기 안팎의 세계를 탐구해 보려는 의욕'이 창의적인 성취를 이룬 사람들에게 공통으로 나타나는 가장 중요한 특질이다. 즉, 경험에 대한 개방성은 학습에 대한 개방성이고, 자신을 중심으로 밖으로 열리는 것은 안으로 열리는 것이기도 하다. 안팎으로 통하게 하는 것, 에로스. 다시 누군가를, 혹은 무언가를 사랑한다는 것은 나를 변화시키는 것이다.

39 탕수육

당구 경기를 하다 보면 이런 말을 하는 사람을 곧잘 만날 수 있다. 내가 짜증을 내는 이유는 상대에게 질 것 같아서가 아니라 지금의 내 플레이가 스스로의 기대에 못 미치기 때문이다. 사정이 어떻든 경기 중 짜증을 내는 것은 못난 매너지만 이런 핑계가 아주 엉뚱한 것은 아니다. 일리 있는 핑계다. 일단 스스로의 기대에 부응하는 플레이는 그 자체로 만족을 가져다준다. 스스로를 통제하는 데서 오는 쾌감이다. 상대의 경기력에 상관없이 스스로에게 만족할 만한 경기를 펼친다면 설사 패하더라도 실망감은 크게 감소된다. 그는 어느 정도 내적인 만족이라는 보상을 받은 것이다. 반면에 내가 형편없는 경기를 펼쳤는데도 상대를 이기는 경우가 있다. 이때에도 승리라는 외적 결과가 보상으로 주어져 스스로에 대한 불만족이라는 불쾌를 약간 완화시킬 수 있다. 하지만 찝찝함은 남는다. 내가 잘해서가 아니라 상대가 못해서 얻어진 승리는 아무래도 쾌감의 순도가 떨어진다. 물론 사람마다 좀 다르다. 어떤 사람은 상대적으로 승리라는 외적 보상을 중시하는 듯 보이고 어떤 사람은 내적 만족을 중요시하는 것처럼 보인다. 또한 승부욕도 대단하고 매우 '권력지향적인' 사람이 있는 반면에 별로 그렇지 않은 사람도 있다. 여기서 승부욕이 대단하고 권력지향적인 사람이 상대적으로 외적 보상을 중요하게 여기리란 건 쉽게 예상할 수 있다.

어려서부터 격투기를 했다는 사람이 있었다. 그래서 그런지는 몰라도 그는 항상 넘쳐나는 승부욕을 주체하지 못했다. 승부욕 강한 것이야 뭐, 그럴 수 있다고 해도, 그 욕망을 표현하는 기술이 엉망이면 곤란하다. 그의 실력은 30점 수준이다. 그때 나도 30점이었는데, 나보다 잘 치면 잘 쳤지 못 치지 않는다. 하지만 '자신이 판단하기엔' 30점은 '터무니없고' 27점에도 못 미치는 '짱짱한 25점'이란다. 에버리지가 1인 25점?(그럼 나는 실력도 안 되면서 수지만 올린 사람이네.) 이 사람이 처음 왔을 때 25점을 놓고 게임을 쳤는데, 그가 이겼다. 아, 오늘은 공이 잘 맞아서 고수를 이겼다면서 기분이 좋아 게임비 낼 돈으로 탕수육을 쏜단다. 처음 만나서 잘 알지도 못하면서. 그리고 탕수육 먹을 사람도 딱히 없는데. 먹을 사람이 없으니 다음에 시키라고 말을 했는데도 기념이라며 꼭 시켜야 한다는 것이다. 그래, 맘대로 해라. 탕수육 남겼다. 뭐, 처음 치는 것 보고 수지 조정하라고 할 수도 없고 해서 몇 번 더 보자고 생각했다. 하지만 아무리 봐도 최소 28점 이상이었다. 그런데 절대 아니란다. 그래도 25점은 너무하다고 하니까 할 수 없이 1점 올렸다. 그가 이러는 건 단순히 게임비가 아까워서가 아니다. 탕수육 사는 행위를 보라. 그냥 무조건 이기고 싶은 것이다. 한번은 게임을 치는데 같은 점수로 나가다가 중간에 내가 6점을 치고 7점째 치자, 갑자기 그가 크게 웃으면서 이러는 것이다. "아이고, 사장님. 갑자기 이러시면 하수 쫄려서 어떻게 합니까!"(간혹 이기고 싶어서가 아니라 정말로 '겸손해서' 당구 점수를 낮게 놓는 사람들도 있다. 사실 이것도 안 된다. 스스로의 기준엔 자신의 실력이 모자라 보여도 다른 사람들의 의견도 수용할 줄 알아야 한다. 그렇지 않으면 겸손한 게 아니라 오만한 것이다.)

보통 외부 보상에 민감하게 반응하는 성격 특질은 빅 5 중 강한 외향성과 관련이 깊다. 그건 적극적인 자기주장과 수다스러움, 높은 사교성, 자극 추구를 특징으로 하며 그 특징은 자연스럽게 사람들의 주목, 사회적 지위, 그리고 섹스 등, 보다 직접적이고 원초적인 1차 보상을 추구하는 경향으로 나타난다. 하지만 수많은 심리학적 연구를 통해서 밝혀진 바, 사람들은 외적 보상이 아닌 자발적으로 부여한 내적인 동기에 의해 움직일 때 수준 높은 창의력을 발휘한다. 곧 일을 놀이처럼 해야 창의력이 증대된다. 창의력은 상대적으로 '겉치레나 명성, 경쟁에서 이기는 것'보다는 내적인 배움과 성장에 힘을 쏟을 때 얻어진다. 또한 창의력을 발휘하는 사람들은 '활력과 긍정적 정서, 기쁨 같은 감정을 연료'로 삼는 반면 외적 보상에 강하게 이끌려 '강박적이고 자기착취적인' 길을 가는 사람들은, '세상에 자신을 증명해 보이겠다는 마음처럼 성취에는 도움이 될 수 있는 목표로 나아가지만' 그 목표는 사실 본인의 생각과는 무관하게 다른 사람의 '선의'에 의존하는 길이기에 자신의 성공이 남의 손에 달려 있다는 무력감과 두려움을 호소하는 경우가 많다. "정신없이 지위를 좇는 것이 안정되지 못한 마음 상태의 원인인지 아니면 결과인지는 분명하지 않다."[27] 그리고 이런 '강박적인 열정의 길'을 가는 사람일수록, 자신의 성취에 대해 행운보다는 자기 자신의 노력과 집념의 결과라는 '소아병적인' 해석을 할 가능성이 많다. 여유롭게 행운을 인정할 줄 아는 내면이 형성되지 않은 것이다. 심각한 건 그런 개인적 심리가 모여 '경쟁을 자연화하는' 이데올로기로 작용한다는 점이다. '자신의 행운을 잘 느끼지 못하는 사람들은 다른 사람들의 불운에 대해서도 잘 느끼지 못한다.'[28] 행운을 무조건 능력과 노력으로 치환시킨다. 물론 자기착취적인 강박적 열정으로 최고의 성취를 할 수도 있다. 그렇게 자신을 닦달하고 얻은 성과이니만큼 그 공을 다른 요인으로 돌리면 불같이 화를 내며 인정하지 못한다. 테니스 선수 세레나 윌리엄스가 그랬다고 하지 않던가. "운이요? 말도 안 되는 소리 마세요. 나의 성공은 100퍼센트 나의 노력의 결과예요." 이렇듯 예외가 있긴 하지만 사실 그렇게 강박적인 열정은 어느 시점에 가면 최고의 성취를 이루는 데 오히려 방

---

27 『행복의 공식』, 슈테판 클라인 지음, 김영옥 옮김, 이화북스, 2020

28 『실력과 노력으로 성공했다는 당신에게』, 로버트 H. 프랭크 지음, 정지은 옮김, 글항아리, 2018

해가 된다. 어느 한 분야의 '대가'들은 초반엔 어떨지 몰라도 나중엔 강박성을 버리고 조화로운 열정을 지속한 덕분이다. 그 조화로운 열정 속에서 재능과 노력과 행운은 그 사람의 내면에서 통합된다.

40 스토아주의

언젠가 어느 자연 다큐멘터리에서, 한 무리의 새들이 '애들까지 데리고' 히말라야 산맥을 넘는 장면을 봤다. 엄청 힘들게. 아, 난 그 장면에 입을 벌리고 감동 먹었다. 그걸 보자 예전 '표현주의 논쟁'에서 브레히트가 했던 재미있는 표현이 생각났다. 어느 공군 비행사가 비행기를 몰고 가다 힘겹게 날고 있는 새들을 보고 말한다. "저 새들은 잘못 날고 있어."('예컨대, 저 비둘기는 잘못 날고 있는 것이다.'는 말을 내가 좀 확대했다.) 맞다. 요즘이 어떤 세상인데. '온몸으로 시를 쓰는 김수영처럼' 그리 온몸으로 날고 있는가?

이제 놀이가 주는 쾌락에 대해 약간의 개념 정리를 해 보자. 유기적/기계적, 내재적/외향적, 무상적/도구적인 것에 짝 맞춰 여기선 쾌락을 임의적으로 즐거움과 쾌감으로 나누겠다.(스피노자는 이런 표현을 한다. 용어를 여기에 맞춰서, 쾌락을 즐거움과 쾌감으로 나누는 데 있어 그 구분은, 쾌감이 신체의 '부분적 변용'이라면, 즐거움은 신체의 '전체적 변용'이라고.) 사실, 앞에서 말한 것처럼 놀이와 일의 경계는 생각만큼 명확하게 구분되지 않는다. 놀이는 무조건 유기적이고 내재적인 즐거움을 유발하고, 일은 기계적이고 도구적인 고통만을 발생시키는 건 아니란 말이다. 일을 놀이처럼 하는 사람들이 있다. 물론 그 반대도 있고. 일을 놀이처럼 하는 사람들은 외적 보상에 지배받아 놀이를 일처럼 하는 사람들에 비해서 1차 보상-외적 보상에 중점을 둔 쾌감보다는 좀 다른 '즐거움'을 맛볼 가능성이 크다. 그리고 그 즐거움은 쾌감에 비해 훨씬 더 복잡한 과정을 거치며 일시적인 사건보다는 지속적인 경험의 형식일 가능성이 크다. 그리고 그 경험은 '온몸'으로 해내는 경우가 대부분이다. 즐거움이 '행동의 인식'이라면 쾌감은 '감정의 방식'이다.

예컨대, TV에서 소개되는 여러 분야의 진정한 '달인'들은 돈 벌기 위해서 그런 힘든 일을 하는 것 같지는 않다. 그리고 힘든 일을 하면서도 하나같이 표정이 밝다. 힘들지만 즐겁다는 것이다. 곧 몸은 힘들지만 마음은 즐겁다. 하지만 사실 이건 옳은 표현이 아니다. 정확히는 몸이 힘들어야 마음이 즐거울 수 있는 것이다. 지금 하는 일에 열정을 가지고 집중하고 몰입하고 인내하고 극복하면서 얻는 즐거움은 스스로에 대한 긍정이 섞인 행위를 통해서만 맛볼 수 있다. 곧 즐거움은 이런 행위를 통한, 몸을 통한 스스로에 대한 인식이다. 단순한 감정상의 쾌감이 아니다. 곧 테크네를 통한 아레테의 함양이다. 그리고 더 나간다면, 이런 행위는 나를 단순한 도구로 전락시키는 '허무주의적' 세계에 대한 근원적 저항이기도 하다. "사회가 부유해질수록 즉각적인 보상을 바라지 않고 가치 있는 일을 하기가 더 어려워진다." 명품 구두를 신고 있으면 약간의 진창만 보여도 몸을 사리게 되어 있다.

따라서 즐거움은 구조상 과정으로서 존재한다. 이 과정의 결과는 누구도 모른다. 이 결과에 신경 쓸수록 부작용은 커지고 과정의 동력은 약화된다. 『주홍글씨』의 작가 호손이 그런다. "행복은 나비와 같다. 잡으려 하면 항상 달아나지만, 조용히 앉아 있으면 너의 어깨에 내려와 앉는다." 이렇듯 행복이 어떤 보상물의 형식을 띨 때 우린 행복을 쫓게 되고 불안감은 커진다. 또한 조용필이 〈이젠 그랬으면 좋겠네〉에서 말하듯, 가까운 주변에 있는 존재에 대한 진가를 보지 못하는 통에 점점 더 행복에서 멀어질 수밖에 없다. 행복도 과정으로 존재하고 대부분은 우리가 '마음먹기'에 달렸다. 물론 이 '마음먹기'의 효력은 반쪽짜리다. 세상 일 대부분은 우리의 통제 영역 바깥에서 벌어지기 때문이다. 우리가 그나마 통제할 수 있는 '가능성이 있는 부분'은 우리의 자세뿐이다. 사실 이것도 굉장히 어렵다. 상대적으로 가능성이 높을 뿐이다. 이렇듯 통제할 수 있는 부분과 없는 부분을 일단 크게 나누고, 통제할 수 있는 가능성의 영역을 '수양'이라는 방법을 통해 연마해 '행복'이나 '즐거움'을 도모하는 것이, 역사적으로 끈끈하게 내려오는 '스토아주의'라 하겠다.

존 그레이의 말대로, '스토아주의'는 지극히 제한적이지만, 그건 다른 것도 마찬가지다. 형용하기도 어려운 참혹한 광경들이 앞다투어 벌어지는 '모순된' 세상에서, 당신 개인만의 평안함을 기획하는 철학적 시도가 무슨 가치가 있냐고 따진다면, 할 말이 없다. 할 말은 많지만 다 변명처럼 비쳐져서 할 말이 없는 것이다. 그 질타는 너무도 무겁게 '도덕적'이어서 삶의 다양한 모양들이 다 빨려 들어간다. 사람들의 행복은, 보통 적당하고 안정된 지위, 사람들과의 좋은 애착관계, 연대관계, 신뢰관계를 통해서 조건 지워진다. 세상은 이런 '행복의 조건'들을 마구 부순다. 이 조건을 부수는 '폭력적인 세상'이 어느 정도 '인간에 대한 예의'를 알아야 행복이 가능해진다는 건 '분명한 사실'처럼 보인다. 하지만 그 '분명한 사실'도 '마음먹기'가 반쪽짜리인 것처럼 반쪽짜리다. 반쪽짜리 '사실'인 것이다. 사람들과의 신뢰 어린 애착 관계는 구조적인 조건의 충족으로만 이루어지는 것도 아니기 때문이다.

이 '스토아주의적 마음먹기 방식'에 따르면, 우리는 우리 뇌와 몸에서 일어나는 다양하고도 강력한 플라세보 효과에 의해 '객관적으로 힘든 상황'을 '주관적으로 극복'할 수 있다. 그것도 단순히 아Q식 '정신 승리법'이 아닌 '선순환적인 자기 충족적 예언'으로 잘하면 주관적인 행복감을 넘어 객관적인 상황 변화까지 꾀할 수 있다. 다시 한번 말하지만, 이런 상황 변화가 자연스럽게 '정치적으로 올바른 방향'으로 변하는 것은 아니다. 이건 수많은 종교적 플라세보 효과를 보면 알 수 있다. 이 점은 다시, 내 주변에 블랙홀까지는 아니더라도 커다란 도덕적 중력을 발휘하는 어떤 것이 존재해야 할 필요성을 상기시킨다.

III 테크닉

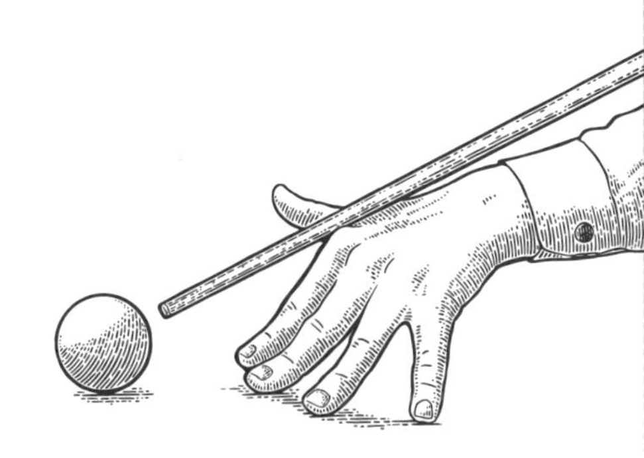

41 스승

내 점수가 28점 때였다. 손님 중에 S사장님이라는 분이 계셨다. 점수는 21점. S사장님은 오랜 세월 경찰에 몸담고 계셨다가 은퇴하셨는데 그때 벌써 일흔을 넘기셨지만 체력과 지력 모두 아주 '생생하셨다'. 항상 점잖고 온화한 미소를 잃지 않으셨지만, 당구 칠 때보면 엄청난 고지식함이 묻어나와 보는 이로 하여금 약간 답답함을 느끼지 않을 수 없게 만드는 분이기도 했다. 어느 날, 여느 때와 마찬가지로 처참한 패배를 기록하시고 '반성다마'를 치고 계시기에, 응원차 한 마디를 해 주기 위해서 다가갔다. "S사장님, 좀 더 밀쳐내야 해요." 그러자, S사장님이 알 듯 모를 듯한 미소를 지으시더니, 되레 나에게 이거 한번 쳐 보라고 했다. 쳤다. 그러자 S사장님이 말씀하셨다. "하수가 고수한테 가르치는 게 좀 이상하긴 하지만, 이런 공은 이렇게 쳐야 하는 거예요. 기분 나쁘지 않으시죠?" 내가 말했다. "전혀요. 기분 나쁘지 않습니다." 실제로 전혀 기분 나쁘지 않았다. 그건 평소의 S사장님의 태도에서 전해지는 진지함과 겸손함의 영향이었다. "정 사장님을 보면 참 신기해요. 공을 제대로 알고 치는 것 같지는 않은데 공은 기가 막히게 잘 맞히거든요." 나는 그 말을 듣고 크게 웃고 말았다. 예전에도 어떤 프로한테 똑같은 말을 들은 기억 때문이었다. 맞다. 난 그때까지 흔히 말하는 '공의 성격'에 대해서 전혀 몰랐다. 별로 신경 쓰지도 않았다. 그냥 큐를 휘두르면서 맞히기만 했다. "저는 사실 어떻게 쳐야 하는지는 다 아는데 몸이 받쳐 주질 않아서 못 칩니다. 하지만 정 사장님은 감각이 좋아서 이론적 뒷받침만 조금 해 주면 훨씬 잘 칠 것 같아요."

그 일이 있은 후 S사장님은 나보다 본인이 훨씬 더 즐거워하며 일주일에 한 번씩 나에게 레슨을 해 주셨다. 그는 나를 거의 당신의 '아바타'로 여기고 내가 소화를 잘하면 매우 기뻐하셨고, 내가 못하면 나보다 더 안타까워하셨다. 알고 보니 S사장님은 '김정규 당구스쿨' 초창기 멤버로 그 당시엔 수강생이 많지 않아 김정규 씨의 많은 노하우를 그대로 전수받을 수 있었다고 한다. 거기에 본인이 수집한 여러 시스템 데이터들을 토대로 처음 자세부터 나를 가르쳤다. 당구장 사람들은 그렇게 뒤바뀐 사제 관계를 이상하게 여기며 꼭 한 번씩 물어봤다. "정 사장님이 배우시는 거예요?"

42 반복

당구를 치다 보면 우린 수없이 많은 우연과 행운의 득점, 곧 '뽀로꾸'를 마주하게 된다. 이때 뽀로꾸는 사실 다 같은 뽀로꾸가 아니다. 거기에도 급수가 있다. 공을 친 사람의 의도와 별로 차이가 나지 않으면서 자주 볼 수 있는 뽀로꾸가 있고, 정말 기상천외한, 도저히 다시 치기가 힘든 뽀로꾸도 있다. 곧 반복할 수 있는 뽀로꾸가 있고 반복하기엔 너무나 어려운 뽀로꾸가 있다. 하지만 모든 길이 그렇듯 처음엔 모두 길이 아니었다. 반복이 길을 만들었다. 보르헤스가 말한다. "한 차례 일어났던 사건은 영원히 반복되면서 존재하게 된다." 우연이 반복되면 필연이 된다는 말이고, '한 번의 우연은 우연이지만 두 번의 우연은 필연이다'와 비슷한 말이다. 한 차례 일어났던 뽀로꾸는 계속되는 반복을 통해서 존재로 탈바꿈할 수 있다. 물론 뽀로꾸를 연습하라는 말은 아니다. 뽀로꾸도 반복해서 연습하면 길이 될 수 있다는 말이다. 한 번의 '뽀로꾸'는 뽀로꾸지만 반복되는 뽀로꾸는 실력이다. 자연은 반복을 통해서 우연을 필연으로 만든다. 노파심에 다시 말하지만, 뽀로꾸를 연습하란 말이 아니다. 뽀로꾸까지 필연으로 만드는 반복의 중요성을 말하는 것이다.

"이때 훈련은 근육적인 것이기도 하고 신경학적인 것이기도 하다. 매일매일 수천 번씩 스트로크를 연습하다 보면, 보통의 의식적인 생각으로는 해낼 수 없는 것을 '느낌'으로 해낼 수 있는 능력이 발달한다. 외부인의 눈에는 이런 반복 연습이 지루하거나 심지어 잔인해 보이겠지만, 외부인은 선수의 몸속에서 벌어지는 일을 결코 느끼지 못한다."[29] 물론 우리는 매일매일 수천 번씩 스트로크 연습을 할 필요까진 없지만 의식적인 생각의 지배에서 벗어나 곧바로 '느낌'으로 파악할 수 있도록 많은 연습을 해야 한다. 가끔 초보자분들의 자세를 고쳐 줄 때 이런 말을 한다. "머리에서 시키는 일을 하나하나 몸이 받아서 하는 일은 힘듭니다. 초반이 힘듭니다. 그걸 넘어서야 합니다. 머리에서 지시해서 몸을 움직이는 게 아니라 몸이 알아서 효율적으로 움직이도록 많이 연습해야 합니다." 어떻게? 연습하는 김연아를 카메라에 담으며 리포터가 질문한다. "김연아 선수, 연습 할 때 무슨 생각을 하십니까?" 그러자 김연아가 하하하하 웃으면서 대답한다. "생각은 무슨 생각을 해요? 그냥 하는 거지." 그렇다. 연습은 그냥 하는 거다. 무엇을? 실패를. 시행착오를. 그냥 하는 것이다. 다시 연습이란 무엇인가? 그건 반복되는 실패다. 이런 실패를 통해 길을 만드는 것이다. 김연아처럼 '우아한 길을'. 또 어느 대횐가, 우승한 후에 기자가 질문했다. "김연아 선수, 경기 중에 어떤 생각이 드셨습니

---

29 『끈 이론』, 데이비드 포스터 월리스 지음, 노승영 옮김, 알마, 2019

까?" 김연아 가라사대, "초반에 약간 긴장했지만 곧바로 연습한 것처럼 했습니다." 그리스의 현자 페리안드로스의 말 그대로다. "모든 것은 연습하기 나름이다."[30]

---

30 『진화하는 언어』, 모텐 H. 크리스티안센, 닉 채터 지음, 이혜경 옮김, 웨일북, 2023

43 탐욕

'배우고 때로 익히면 즐겁지 아니한가.' 당구도 그렇다. 배우고 익히면 즐겁다. 그런데 여기서 중요한 것은 머리로 배우는 과정이 아니라 몸으로 익히는 과정이다. 익히는 과정은 배우는 과정보다 훨씬 더 어렵고 오래 걸린다. 내 공을 저 포인트에 떨어뜨려야 하는 걸 머리로 아는 것은 쉽다. 하지만 그 공을 실제로 그곳에 떨어뜨리는 감각을 익히는 것은 어렵다. 그래서 대부분의 사람들은 구석에서 연습할 때 지금 익혀야 할 과제를 수시로 건너뛴다. 조급한 것이다. 익히는 건 게을리하면서 미래의 게임에서 잘 치고 싶고 이기고 싶고 인정받고 싶은 욕심이 조급함을 가동시켜 지금 해야 할 과제를 뒤로 미룬다.

하지만 처리되지 않은 과제는 다음 게임에서 틀림없이 나오고 발목을 잡는다. 세상사 다 마찬가지다. 조급한 탐욕이 승하면 과제는 점점 쌓여 간다. 거창하게 역사 이야기를 해서 좀 그렇지만, 친일파를 비롯한 식민지 청산 문제는 제대로 된 청산이 되지 않는 한 계속해서 숙제로 남게 되어 있다. 이건 좀 지저분한 말이어서 좀 그렇지만, 영화 〈넘버3〉에서 한석규가 전화로 협박하며 말한다. "사장님이 싼 똥 누가 치워 주지 않습니다. 빨리 귀국해서 치워 주세요." 과제를 깨끗하게 해치우는 것, 이것은 스스로에 대한 통제력을 키우는 제1원칙이다. 카프카가 말한다. "다른 모든 죄들이 파생되어 나오는 두 가지 주된 인간적인 죄가 있다. 그것은 조급함과 태만함이다."

44 내비게이션

뭘 하든지 꼭 글로 배우려는 사람들이 있다. 몸으로 해야 하는 걸 머리로 파는 사람들. 자전거, 수영, 섹스, 뭐 그런 것들을 연구하는. 당구도 마찬가지다. 요즘의 당구장은, 안 다니는 사람은 모르는 게 당연하지만, 예전과 많이 달라졌다. 기존의 동네 사랑방식 당구장과 유흥 전후에 들리는 먹자골목 주변 당구장 말고, 당구라는 스포츠를 취미로 삼는 동호인 당구장 유형이 새로 생겼다. 새로운 당구장 유형이 생긴 건 당연히 당구를 일정한 격을 갖춘 정식 취미로 삼으려는 사람들이 많아졌기 때문이다. 국제규격인 쓰리쿠션 테이블에서 최대한 국제룰에 맞춰 실내 스포츠로서의 당구를 즐기려는 사람들. 당구를 글로 배우려는 이론적인 학구파들은 이런 배경하에 생겨난다. 대체적으로 고학력 전문직 종사자나 그 퇴직자들이 많고, 당구 실력을 앞질러서 좋은 장비 구입에 신경을 쓰는 경향이 존재한다. 그리고 진지하게 연습하기를 좋아하며 당구에 대한 탐구심으로 토론을 즐겨 한다. 그리고 가장 중요한 특성은 소위 '시스템'이라고 불리는 당구 이론을 줄줄 꿰고 있다는 점이다. 당구 시스템은 플러스하프 시스템을 시작으로 줄잡아 수십 가지는 된다. 그리고 플러스하프 시스템만 하더라도 그것을 정확히 보정까지 계산해서 습득하려면 평균 이상의, 숫자와 친숙하게 지낼 수 있는 뇌 구조를 필요로 한다. 이론만으로도 쉽지 않다는 말이다. 하지만 그걸 다 습득한다. 그런 다음 이론대로 당구공을 배치해 놓고 쳐 보면, 아, 거의 백프로다. 이론이 딱 맞다. 하지만 실제 게임을 하면 제대로 못 친다. 말짱 도루묵이다. 그래서 다시 탐구하고 토론하고 오류를 찾아 헤매고 다시 연습하고 다른 시스템을 적용해 보고, 다시 실험하고 도전해 본다. 리피트.

이런 분들이 가끔 묻는다. "당구는 어떻게 치는 거예요?" 이 질문은, '시스템대로 치는 거예요? 아니면 감으로 치는 거예요? 혹은 머리로 치는 거예요? 아니면 손으로 치는 거예요?' 하는 질문이다. 그럼 난 이렇게 말한다. "모든 시스템을 머리에서 지우시고 기준이 되는 패턴 공이 자동으로 손에 익을 때까지 연습하세요." 그러면 놀란 표정으로 되묻는다. "그럼 순전히 감으로 치는 거예요?" "네, 일단 그렇습니다. 그런데 감으로 친다는 게 뭘 말하는 겁니까?"

감으로 친다는 것은 오늘 다르고 내일 다른 컨디션에 의존해서 친다는 말이 아니다.(컨디션은 최고의 운동선수들도 매일 다르다. 그 컨디션의 격차도 훈련을 통해서 조금씩 줄여 나가는 것이다.) 육체를 움직이는 모든 운동은 의도한 목적을 이루거나 근접하기 위해 끊임없이 감각을 단련하는 것이다. 여기서 의도한 목적을 이루고자 하는 계획, 곧 '설계'라고 자주 표현되는 계획을 마련하는 데엔 '시스템'이 어느 정도 도움을 줄 수 있겠다. 하지만 그 시스템은 정확히 샷이라고 하는 감각과 별도로 존재하지 않는다. 그러니까 애초에 질문이 잘못된 것이다. 시스템과 감은 대립하는 게 아니다. 시스템은 일정한 샷을 전제하고 만들어진 것이다. 생각해 보면 너무나 당연한 이 사실을, 너무나 당연해서 그냥 넘어가 버린 걸 사람들은 중요하지 않다고 오해하는 것이다. 이건 일상에서 벌어지는 이원론의 폐해다. 육체와 정신이 별개라는 오류, 몸이 정신의 시녀라는 착각. 몸은 정신이 시켜서 움직이는 게 아니다. 마찬가지로 시스템이 먼저 있고 그걸 따라갈 수 있는 샷을 연습하는 게 아니다. 물론 그런 방식으로도 의도한 목적을 달성할 수 있다. 즉 공을 맞출 수 있다. 하지만 시스템에 의존하는 것은 내비게이션에 의존해서 길을 찾는 것과 같다. 내비게이션에 대한 의존이 우리로 하여금 예전에 알았던 길조차 모두 잊어먹게 한 것처럼 시스템에 의존하면 큐질의 향상을 위한 노력의 필요성을 제거함으로써 가장 중요한 '의미심장한 구별들에 대한 감각'을 키우는 걸 등한시하게 되어 있다. 물론 처음 가 보는 길에 내비게이션을 활용하면 아주 유용하듯이, 당구공이 다니는 길이 어떻게 생겨 먹었는지 잘 모르는 초보 때 시스템을 익히고 도움을 받는 것은 좋다. 뭐라 그러지 않는다. 하지만 20점부터 24점까지의 선수들은 내비게이션을 써서 공을 맞추면 안 된다. 시스템을 이용해서 맨날 공을 '굴리고 자빠져 있으면' 공이 늘지 않는다. 내비게이션을 끄고 샷을 다양하게 연습함으로써 각각의 샷에 따른 나만의 지도를 만든다는 자신감을 가져야 한다. 자신감을 가지려면 자신감이 없어서 의존했던 시스템을 버려야 한다. '우리가 두려워해야 하는 것은 두려움 그 자체'라는 루즈벨트의 말을 비틀어, 우리가 자신감을 가져야 할 대상은 우리의 자신감 없는 바로 그 부분이다. 보통 이런 분들이 실전에 부담을 느끼고 자꾸 온실 안으로 움츠러드는 경향이 있는데, 그러면 안 된다. 경쟁이 동기부여가 될 수 있는 지점까지 연습은 연습대로 하고 자꾸 깨지는 실전도 자주 해서 넘어지고 깨진 부분에 굳은살이 박여야 한다.

45 자세

내가 친 공은 일차적으로 저 공에 맞는 두께, 그리고 내가 조준한 당점에 따라 일정한 궤적을 그린다. 하지만 그건 그야말로 일차적인 것이다. 그다음 내가 공에 가한 힘의 정도, 그러니까 스트로크라고 하는 것의 성질에 따라 공의 궤적은 천차만별로 달라질 수 있다. 바로 이 스트로크라는 것을 일정하게 연습하는 게 당구다. 그걸 어느 정도 세게 했느냐, 어느 정도의 속도로 했느냐, 그리고 어느 정도 지점까지 나갔느냐에 따라 앞서 정해 두었던 두께와 당점은 다시 수정되어야 한다. 그러니까 하나의 공을 치기 위해선 두께와 당점과 스트로크가 항상 동시에 이루어져야 한다. 앞서 말한 '시스템'은 몸으로 익혀야 할 스트로크를 가르쳐 줄 수는 없으니까, 그러니까 괄호로 묶어 더 이상 말하지 않고, 모든 사람이 천천히 미는 스트로크가 동일하다는 전제하에 두께, 당점, 스트로크의 조합을 이론화한 것들이다. 그러니 사람마다 별로 차이가 나지 않는 평범한 스트로크를 필요로 하는 연습 배치는 딱딱 잘 맞고 조금 더 창조적인 스트로크 배합을 요구하는 실전에선 대폭 성공 확률이 낮아진다.

"쭉쭉 미세요. 일단 미세요. 미는 양이 당구 숩니다." 그래서 처음의 입문 수준에서는 내 스트로크의 폭을 일단 늘려 놓는 것이 중요하다. 그 전제로 천천히 느리게 많이 미는 연습을 해야 하는 것이고, 그것은 당구수가 올라가도 계속 해야 하는 것이고, 내 힘이 직접 공에 전달되는 게 아니고 큐를 통해 전달되는 것이기 때문에 공에 많은 힘을 전달하기 위해선 내 몸에 힘을 빼는 연습을 해야 하는 것이고, 특히 어깨에 힘을 빼야 하는 것이고, 그러기 위해선 몸의 중심을 하체에 실어야 하는 것이고, 등을 웅크리지 않는 것이고, 브릿지할 땐 손가락 끝에만 힘을 주는 것이고, 너무 손목을 써서 요령을 부리면 안 되는 것이고……. 요컨대, 다시 익히는 것이다. 지금까지 눈앞에 있는 공 맞추기에 급급해서 몸에 밴 습관을 일단 벗겨 내고 새로운 습관으로 감각을 단련하는 것이다. 다 똑같다. 뭘 배우고 익히는 건.

말이 나온 김에 신경 써서 익혀야 할 자세와 관련된 습관을 일별하면, 큐와 틈이 벌어지지 않고 쥐는 그립, 차렷 자세와 비슷한 손목 각도, 오른쪽 발등을 지나가는 큐(왼손잡이는 왼쪽 발등), 어깨, 팔꿈치, 팔뚝(하박)과 큐선의 일치, '아주 약간' 바람이 통하는 듯한 겨드랑이, 허리로부터 15에서 20센티 정도 거리를 두고 움직이는 큐, 앞에서 봤을 때 양 미간 사이에 위치해 있는 큐선, 코앞에 위치한 브릿지 검지손가락, 쭉 뻗었지만 힘은 들어가지 않은 브릿지 팔, 왕성하고 리드미컬한 예비 샷, 기본적으로 수평을 유지하는 큐, 자연스럽게 접히는 하박 각도, 손가락의 밑부분만이 아니라 옆면까지 이용해서 지탱되는 견고한 브릿지, 치고 나서 브릿지 고정, 큐 끝이 어떻게, 어디까지 나갔는지 확인하는 '큐 추적', 늦게 일어나기 등등. 사실 초보자는 이런 습관만 몸에 익혀도 그냥 2점 올라간다.

아, 마지막으로 매우 중요한 자세 연습 과정이 있다. 예전에 포켓볼 선수 '자넷 리'라고 있었다. 독거미라고 불리던 그 선수가 유명해져서 당구장 벽에 그녀의 사진이 많이 걸려 있었다. 그걸 보면 턱이 큐에 거의 닿도록 평평하게 엎드려 '김완선 같은 눈'을 하고 있다. 레이저가 나온다. 하지만 지금 얘기하려는 건 집중력이 담긴 '무서운 눈'이 아니라 큐와 턱 사이의 높이다. 쓰리쿠션 종목은 포켓볼과는 달리 상대적으로 목적구의 두께만이 아니라 스트로크가 중요하므로 보통 앞에서 봤을 때 가슴이 큐로부터 20에서 30센티 정도 벌어지는 높이를 '권장한다'. 하지만 그 높이를 만들 때 먼저 자넷 리처럼 턱을 큐에 댄 후에 가슴을 열며 일어서는 연습을 하면 등이 브롬달처럼 유선형으로 펴지며 저절로 상체에 힘이 빠지는 효과가 있다. 밑에서부터 솟아오르며 잡는 자세, 이거 '권장 드린다'. 그러면서 브릿지 팔도 같이 쭉 펴면서 말이다.

46 두께

쓰리쿠션 공은 지름이 61.5밀리미터다. 보통 61미리 공이라고 한다. 그 공을 반으로 나누면 30.7, 그걸 또 반으로 나누면 15.4, 그걸 또 반으로 나누면 7.7미리다. 그렇게 보통 61미리 공을 8등분해서 두께를 구별한다. 당연히 대충 구분한다. 그 이상 정확하게 두께를 나눠 봐야 그대로 맞출 수가 없다. 중요한 것은 두께 그 자체가 아니라 두께와 샷의 연관성이다. 어떤 이는 당구공을 16등분해서 친다, 32등분해서 친다, 더 나아가 64등분해서 친다고 주장하는데, 다 구라다.(공을 친 후에, "봐라, 정확히 32분에 1을 맞췄지 않냐"고 농을 치는 건, "이것은 입에서 나는 소리가 아니여. 입은 가만 있자녀"라는 말이라고 보면 된다.) 조그마한 탄환으로 과녁을 맞히는 것도 아니고 60미리 공으로 치는데 어떻게 1미리 단위로 목표물이 나눠지겠는가. 또 많은 이들은 눈이 나빠서 두께를 조절하지 못한다는 말들을 한다. 나이가 먹어서 잘 안 보인다고. 뭐 그럴 수 있다. 하지만 두께 조절은 눈이 좋아 공을 세밀하게 나눌 수 있기 때문에 잘하는 게 아니다. 앞서 말한 대로 공은 8등분만 하면 충분하다. 문제는 내 공(수구)과 맞힐 공(제1목적구) 사이에 내 큐가 나갈 가상의 선을 설정하고 그대로 그 선을 따라 내 큐를 밀어 넣는 일이다. 보통 이런 표현을 쓴다. 내 큐를 중심으로 앞뒤로 길게 좁다란 수도관이 일직선으로 설치되어 있다고 상상하고 그 관 안으로 내 큐를 넣는다고 생각하라. 수도관에 큐를 직선으로 넣으려면 하박의 진자운동의 크랭크축이라고 할 수 있는 팔꿈치와 큐선이 같아야 하고, 큐를 잡은 손의 엄지손가락과 검지손가락 사이에 일명 눈이라고 불리는 지점이 큐와 함께 그대로 앞으로 들어가야 한다. 그다음, 내가 임의로 정한 두께가 어느 정도 잘 맞는다면, 그 두께와 내가 공에 전달한 전진력과의 상관관계를 알아야 한다. 그런데 그 관계가 좀 복잡하다. 많이 복잡하지는 않다. 조금.

47 전달량

당구를 치는 사람들이 샷을 연습하면서 어려워하는 이유는, 공에 전달하는 힘을 조절하는 방법이 너무 다양하기 때문이다. 전달량을 조절하는 방법이 너무 많다. 먼저, 큐 무게. 큐의 어느 부분을 잡느냐, 곧 길게 잡느냐 짧게 잡느냐에 따라 큐 무게가 공에 전달되는 양이 다르다.(초심자분들은 좀 짧게 잡는 게 유리하다.) 당연한 얘기다. 거기에다가 어떻게 잡느냐에 따라, 곧 느슨하게 잡느냐, 혹은 꽉 잡느냐에 따라서도 다르다. 꽉 잡으면 큐 무게가 단절될 것이고 느슨하게 잡으면 큐 무게가 전달될 것이다.(보통은 느슨하게 잡는다. 그러면서 손 전체에 전달되는 샷의 느낌을 느끼도록 해야 한다.) 이것도 당연하다. 그다음, 거리. 내 공과 제1목적구까지의 거리를 말한다. 거리가 멀면 관성이 크게 작용할 것이고, 가까우면 작게 작용할 것이다. 다른 말로 하면, 멀면 약간 밀릴 것이고 가까우면 좀 더 밀어 줘야 할 것이다. 이제부턴 당연한 얘기라는 말은 빼겠다. 빼도 당연하기 때문이다. 이번엔 내 공과 브릿지 사이의 거리, 보통 편안하게 나가는 샷을 기준으로, 브릿지가 공과 가까우면 좀 더 밀릴 것이고, 멀면 분리각이 좀 더 커질 것이다.(여기서 더 밀기 위해서는 브릿지를 멀리 뒤야 한다는 착각을 하면 안 된다. 그건 샷이 달라졌기 때문이지 브릿지가 멀어져서 그런 게 아니다.) 그리고 큐가 공을 지나고 나가는 거리다. 보통 공 하나 나갔다. 두 개, 세 개 나갔다고 표현한다. 같은 조건이면 더 많이 나가는 게 전달량을 조금 더 높일 것이다. 그다음, 큐 각도. 큐가 수평운동을 기준으로 기울기가 얼마나 되는지에 따라 전달량과 전달되는 성격이 좀 다르다. 큐를 많이 세우면 세울수록 운동 중심점인 팔꿈치가 높아짐으로써 좀 더 많은 운동량이 전달되겠지만 찍힘 현상이 발생하면서 둔탁해질 것이다. 보통 수평에서 15도까지의 기울기는 괜찮다고 여겨진다. 그다음은 큐가 나가는 속도다. 빠르면 빠를수록 분리각이 커질 것이다.(이때도 조심할 것이 있다. 아주 얇은 두께로 맞아 '관통'된 샷을 빠른 속도로 그렇게 만들었다고 착각하면 안 된다.) 그다음 큐를 멈추는 속도다. 일명 '임팩트'다. 가속의 정도와 멈추는 속도가 빠르면 빠를수록 분리각이 커질 것이고 회전량(RPM)이 많아질 것이다. 물론 임팩트 지점이 어느 거리까지 나가서 이루어지느냐에 따라 공의 궤적은 많이 달라진다. 그다음은 속도의 변형이 있다. 일관되게 등속이냐, 아니면 가속이냐, 감속이냐.(쓰리쿠션에서 감속은 거의 안 쓴다. 사구의 고수들이 거의 큐가 공에 붙어 있는 것처럼 '문대서' 치는 걸 감속 타법이라고 할 수 있겠으나, 아주 느린 등속과 구분 짓기는 어렵다.) 큐를 가속시키는 방법은, 일정한 등속으로 예비 샷을 하다가 샷의 출발

지점을 잘라서 나가는 것이다. 예를 들어, 공과 브릿지 사이의 거리가 20센티라고 하면 손가락 끝에서 공 끝까지 예비 샷을 하다가 샷이 나갈 땐 10센티 지점에서 나가거나 7센티 지점에서 나가는 것이다. 엄밀히 말해서 이 방법은 큐의 속도가 변형되는 건 아니지만 예비샷과의 연관하에 가속의 효과를 알아볼 수 있기 때문에 가속이라고 칭한다. 그리고 마지막 순서로, 끝 처리가 있겠다. 공을 치고 나서 큐 끝을 어떻게 하느냐, 다운이냐 업이냐 하는 것이다. 꼭 그런 건 아니지만 다운은 두꺼운 두께를, 업은 얇은 두께를 기본으로 한다. 두 가지 모두 배치에 따라 전달량을 더 증가시키기 위해 취하는 동작들이다.

48 손목

당구를 치다 보면 무거운 공이 있고 가벼운 공이 있다. 공의 무게는 210그램으로 다 똑같지만 그 공에 큐의 무게를 전달하는 양에 따라 그렇게 분류한다. 무거운 공은 느리고 오래 바닥에 딱 붙어서 굴러가는 것처럼 보이고, 가벼운 공은 빨리 뚝딱 날아다니는 것처럼 보인다. 가벼운 공은 똑같은 두께를 맞아도 분리각이 커지고, 무거운 공은 그 반대다. 보통 고점자들이 무거운 공을 구사하고 하점자들이 가벼운 공을 구사하지만 꼭 그런 것은 아니다. 공이라는 것은 배치에 알맞게 때론 무겁게도, 가볍게도 칠 줄 알아야 한다. 고점자들의 샷은 무거운 쪽으로나 가벼운 쪽으로나 그 폭이 더 커서 조절할 수 있는 양이 많아 득점할 확률이 높아진다. 특정 배치에 '유리한' 샷을 구사할 수 있는 것이다. 그리고 특별한 경우가 아니라면 무거운 공이 가벼운 공에 비해 득점에 '유리하다'.

무거운 샷을 구사하기 위해선 조금씩 조금씩 샷의 속도를 더 천천히 나가면서도 공을 친 후 나가는 거리도 조금씩 조금씩 더 늘려 나가야 한다. 조금씩을 강조하는 이유는, 단번에 되는 게 아니기 때문이다. 계속 숙달되도록 계속 연습해야 한다. 선불리 팔로우를 길게 한다고 전체적인 밸런스를 무너뜨리며 무리하게 큐를 집어넣는 경우가 있는데, 역효과다. 그래 봐야 공에 힘이 전달되지도 않는다. 조금씩 더 느리게, 조금씩 더 길게 큐를 뻗어 주는 연습을 아주 오랫동안, 정확히 말하면 당구 치는 동안 내내 그렇게 연습해야 한다. 그렇게 계속 연습해야 하는 장기적인 과제기 때문에, 이건 고점자가 하점자에게 '야단'을 치는 데 아주 좋은 건수가 된다. 25점은 22점에게, 30점은 25점에게, 35점은 30점에게 '넌 왜 그렇게 큐를 넣지 못하니' 하고 말하면 모든 상대적인 하점자는 별 할 말이 없다. 좀 고약한 고점자는 한 마디 더 붙인다. "그래 가지고 무슨 당구를 친다고, 쯔즛." 자신도 어쩔 땐 '상대적인 하점자'면서 말이다.

다시, 어떤 배치는 꼭 무거운 샷으로만 가능한 배치가 있다. 하지만 특별한 난구를 빼면, 많은 경우 꼭 이 샷만 써야 하는 것은 없다. 그렇게 가야 하는 것은 맞지만 지금 당장 실전에서 꼭 그렇게 쳐야만 하는 건 아니다. 맞추면 된다. 다만 모든 일이 그렇듯이 바람직한 방향이 있다. 그 방향은 좀 더 안정적으로 공을 굴리는 것이다. 그런데, 함정이 있다. 공을 안정적으로 잘 굴리는 게 살살 예쁘게 굴리는 게 아니라는 것이다. 샷의 속도가 느리면 '무겁게'가 되지만 살살 쳐서는 무겁게 될 수가 없다. "무슨 새색시가 공을 치는 것도 아니고." 어떤 사람들은 그런다. "공을 예쁘게 살살 다뤄 가면서 쳐야지, 그렇게 우악스럽게 빵빵 조지면 되겠어!" 아니다. 23점까진 아니다. 살살 예쁘게 치는 것보다 차라리 힘차게 치는 게 낫다.(노파심에서 덧붙이면, 힘차게 씩씩하게 치라는 것이 큐 속도를 빠르게 치라는 말은 아니다.) 초보자들에게 흔히 볼 수 있는 바, 느리게 천천히 나가야 하는 것은 알지만 쳐보면 살살 약하게 되는 이유 중 하나는, 진자 운동의 중심축이 정석대로 팔꿈치에 있지 않고 손목이나 심하게는 손가락까지 내려와 있기 때문이다. 손목 스냅과 손가락 까닥거림으로 조절하는 방식은 예전 사구 칠 때의 버릇이라고 할 수 있다. 엄지, 검지 사용하지 말고 뒷손가락 중심으로 그립을 잡고 뒤로 난 근육을 이용해서 치는 습관을 새로 들여야 한다. "답답함을 느끼세요. 답답함이 계속되진 않습니다." 손목 쓰는 분들에게 내가 자주 하는 말이다.

49 깜박이

4구를 50까지 쳤다는 완전 초보분을 레슨했을 때의 일이다. 그 분은 레슨을 받기 바로 전에 은행을 퇴직했다고 한다. 그런데, 레슨을 문의할 때 당사자가 찾아온 것이 아니라 부인이 찾아와서는 '저희 남편이 좀 고지식하고 낯을 좀 가려서' 대신 왔다고 했다. 그 말 후에 덧붙인 말은, '이제 퇴직까지 했으니, 집 안에 처박혀 있지만 말고, 그동안 못 했던 취미 활동이라도 하면서 밖으로 나가야 그나마 내 숨통이 트일 것 같다고.' 이 말은 그 부인이 직접 한 말이 아니라 나의 상상이다. 초보분이기에 나도 더 마음을 단단히 먹고, 몇 차례 레슨을 했다.

그러다 세 번째 수업이었던가? 그분이 아주 진지하게 질문을 했다. "지난번에 사장님이 공을 맞히고 오른쪽으로 보낼 때 왼쪽 회전을 주나, 가운데를 주나, 오른쪽을 주나 거의 차이가 없다고 말했는데, 오른쪽으로 보내려면 오른쪽 당점을 줘야 하는 것 아닙니까?" 속에서 살짝 '헉' 소리가 나왔다. 그 자리에서 난, 공전과 자전을 이야기하며 '일단 큐로 찔러진 공은 심하게 자전을 하든 천천히 자전을 하든 돌면서도 앞으로 나간다. 팽이가 아닌 한 자전만 일으킬 재주는 없다. 당점을 어디에 주든, 설사 여섯 시 극

하단을 줘도 앞으로 나가니까 너무 심각하게 생각하지 말라. 앞으로 나간 공이 다른 공에 부딪혀야 진로를 변경하는데, 그 진로는 자전 방향과 별 상관이 없다. 다시 한번 너무 심각하게 생각하지 말라'는 정도로 말을 정리했다.("당점은 자동차 깜빡이가 아닙니다. 좌측으로 방향을 틀 때는 좌측을 주고, 우측으로 갈 때는 우측을 주는 게 아닙니다"라는 말은 차마 하지 못했다. 고지식한 분 상처받을까 봐. 그래도 그분은 고개를 갸우뚱거리며 잘 납득이 안 된다는 동작을 계속했다.)

문득 어느 물리학자의 부엌 입성 얘기가 생각났다. 어느 고지식한 물리학자가 하루 종일 방에서 공부하다가 목이 말라 부엌으로 물을 먹으로 가려는데, 갑자기 지구의 자전과 공전 속도가 생각나면서 엄청 불안해진 것이다. '지구에서 태양까지의 거리는 약 1억 5000만 km. 그러니까 반지름이 1억 5000만 km이니까 거기에 원둘레 2πr을 하면 공전 거리가 나오고, 이것을 365일에다가 하루 24시간으로 나누면, 맞아, 한 시간에 108,000km. 그걸 1초로 나누면 대략 29.8km에 달한다. 허걱, 거기에다 지구는 엄청나게 빨리 빙글빙글 도는데, 그 속도가 적도에서 초당 460m 정도 되니까, 여긴 400m 정도 된다고 쳐도, 도저히 그 속도를 뚫고 이 방에서 저 부엌까지 갈 수는 없다. 내가 움직이는 순간 틀림없이 저 기둥이 엄청난 속도로 돌진해서 나를 칠 것이다. 이거 어떡하지? 너무 목이 마른데.' 그 물리학자가 물을 먹을 수 있는 방법은 하나다. 심각하게 생각하지 않으면 된다.(실제로 지구의 공전 속도는, 태양도 우리 은하를 공전하고 있기 때문에 그 속도까지 계산하면 약 시속 936,000km란다. 훨씬 더 빠르다. 물 먹긴 글렀다.)

나중에 생각해 보니, 그분의 회전 깜박이 이론은 '알다마' 오십 때 머릿속에 깊게 각인된 고정관념에서 기인한 듯싶다. 그보다 더 '다마수가 높아져' 한층 고급스러운 질문은 이렇다. "제1목적구 두께를 정할 때 양쪽으로 회전을 '이빠이' 준 경우에도 중앙 당점을 줄 때와 똑같은 가상의 큐라인을 설정하는 겁니까?" 사실, 꽤 많은 분들이 이런 질문을 한다. 회전과 직진하는 힘과의 관계를 묻는 것이다. 이 질문에 난 이렇게 대답한다. "일단은 그렇다고 생각하십시오." 일단은? 자, 그럼, 당황하지 말고, 이야기해 보자.

먼저 당구공은(유명한 아라미스 공) 무게 210그램에 반발계수가 1에 근접한 탄성을 가지도록 페놀수지라는 물질로 만든 거의 완벽한 지름 61.5미리의 구다. 축구공이나 탁구공처럼 속이 빈 것도 아닌데 반발계수가 높다. 야구공이나 볼링공은 각각 0.4와 0.2 정도고, 골프공은 너무 멀리 나가지 못하도록 0.83으로 제한한다고 한다. 이에 비해 당구공은 0.92에서 0.98이다. 그러니까 무지하니 딱딱하고 크기에 비해 무거워서 잘 튄다. 이 공을 큐라고 하는 막대기 끝으로 찔러서 움직임을 만든다. 그리고 너무나 당연해서 말을 안 한 거지만 막대기의 운동에너지를 전달받은 공은 테이블 바닥에 붙어서 마찰을 일으키며 움직인다. 핵심은 당구공은 크기에 비해 무겁다는 점이다. 만약 테니스공을 당구공이라고 치고 오른쪽 회전을 주고 치면 그 공은 당구공처럼 앞으로 가지 않고 약간 왼쪽으로 갈 것이다. 더 가벼운 공으로 치면 더 왼쪽으로 갈 것이다. 만약 아주아주아주 가벼운 공이 있다면 앞으로 보내지 않고 스핀만 먹여 자전만 하게 할 수도 있을 것이다.

하지만 그런 공은 없고, 공이 앞으로 나가지 않으면 당구를 칠 수가 없다. 맞다. 지금 스쿼트 이야기를 하려고 한다. 물리적으로 공은 사이드를 때리면 일부 힘이 중앙으로 전달된다. 당구공도 예외가 아니다. 다만 당구공은 상대적으로 질량이 커서 앞으로 가는 힘이 큰 것이고 사이드에서 중앙으로 전해지는 힘이 아주 약한 것이다. 아주 약하지만 수구와 목적구의 거리가 멀면 눈에 보이는 차이가 날 수 있다. 보통 멀리 있는 뒤돌려치기(우라)나 앞돌려치기(오마오시)를 칠 때 심하면 12mm까지 차이가 난다. 해서 뒤돌려치기(우라)는 1팁 더 두껍게, 앞돌려치기(오마오시)는 그만큼 얇게 겨냥해야 한다. 하지만 먼저 말했듯이 그 이하의 거리는 무시해도 된다. 무시하고 샷으로 보강하면 된다. 이야기를 하다 보니, 별로 중요하지도 않고 다 아는 얘기를 쓸데없이 길게 한 것 같다. 해서 다 아는 커브 이야기는 안 하겠다. 스쿼트와 커브 관련해서도 너무 심각하게 접근하는 분들이 많다. 스쿼트에 대해 물어보면 난 간단하게 대답한다. "멀리 놓고 많이 쳐봐서 두께감 익히는 것 외에 특별한 비법 같은 것은 없습니다."

50 찌르다

撞球. 공을 치다. 두드리다. 쳐서 찌르다. 당구에서 당자를 한자로 치면 이런 풀이가 나오는데, 공을 치는 놀이는 보통 게이트볼이나 야구처럼 도구의 옆면을 사용해서 그야말로 치는 거지만, 당구는 큐라는 도구의 끝을 사용하기에 찌른다는 표현이 더 어울린다. 곧 당구는 공을 찌르는 놀이인 것이다. 공을 어떻게 찔러서 다루는가, 곧 공을 찌르는 여러 방법을 배우는 게 당구다. 찌르는 행위는 당연히 앞으로 찌르는 것이고(밑으로 찌르는 '마세이'가 있긴 하지만) 큐에 의해 찔러진 공은 당연히 앞으로 굴러간다.('삑사리'가 나지 않는 한) 평평하고 너무 미끄럽지는 않은(얼음판은 아닌) 바닥에서 앞으로 굴러가다가 쿠션이라고 하는 벽에 튕겨지는 과정을 3번 이상 한 다음에 두 번째 목적구에 맞히는 놀이가 쓰리쿠션 종목이라 하겠다. 왜 이런 당연한 말을 하는가 하면, 골프와는 달리 당구공은 '안정된 필드'에서 굴러가기 때문에 큐 하나를 가지고 찌르기의 강도를 조절하는 방식으로 게임이 진행된다는 걸 강조하기 위해서다.(예술구 종목은 좀 더 변화무쌍한 공의 움직임을 위해 다양한 큐를 사용한다.) 즉 상황에 따라 골프채를 달리 잡듯이 상황에 따라 큐의 움직임을 달리해야 한다는 걸 말하기 위해서다. 공을 찌르는 속도와 길이를 상황에 맞게 조절하는 방법, 일명 샷을 익히는 게 당구라는 놀이의 핵심이다. 샷의 종류는, 당연히 나누는 방식에 따라 달라지고 그 방식은 당연히 임의적이다. 이번 배치에선, 속도계를 기준으로 80으로 하고 출발지점은 공부터 23센티, 공을 지나고 나서 도착지점은 20센티, 도착 방식은 딱 끊지 않고 자연스럽게 멈추는 방식. 이렇게 일일이 말할 수 없으니까 대충 소통을 위해서 이름을 붙이는 것이다. 이 이름 붙이기도, 조사를 다 하지는 않았지만, 일률적이지는 않을 것이다. 해서 지금 내가 하는 분류는 내가 하는 분류다. 자의적이란 말이다. 그래도 소통은 가능한 정도는 되니까 너무 까다롭게 따질 건 없다고 본다. 이 분류에 따라서 샷을 구분하면 이렇다. 밀기, 밀고 잡기, 제끼기, 엎기, 누르기, 던지기, 끌기, 뒤집기, 따기, 쪼기, 뽑기, 뽀개기, 그리고 문대기, 잽 등등. 여기서 어떤 표현은 공이 진행되는 모양을 딴 것이고 어떤 표현은 공치는 사람의 동작을 형용한 것이다. 각각의 자세한 내용은 조금 이따가 하겠다.

51 리듬

대체적으로 당구를 잘 치는 사람은 상대적으로 동작이 빠르다. 흔히 말하는 인터벌 시간이 길지 않다. 그리고 대체적으로 '초이스'가 좋다.(물론 같은 점수대를 비교해서 그렇다.) 보통 운동신경이 좋다, 감각이 좋다, 혹은 센스가 좋다고 말할 수 있는 경우다. 물론 신중하다고 해서 무조건 운동신경이 뒤떨어지는 것은 아니다. 신중함으로 집중력을 높이는 경우도 많다. 마찬가지로 동작이 빠르다고 무조건 감각이 좋은 건 아니다. 그냥 덤벙대는 경우도 있다. 신속한 것은 수많은 정보들의 중요도를 재빨리 분류하는 작업이 선행되는 것이고, 덤벙대는 것은 그 정보들의 경중을 따지지 않은 채 혼란 상태를 그냥 표출하는 것이다. 하지만 우린 다른 사람의 머릿속에서 어떤 일이 벌어지는지 모른다.(내 머릿속에서 어떤 일이 벌어지는지도 모른다.) 세상의 많은 일은 결과를 놓고 소급적으로 평가되기에, 처음에 보기엔 똑같아 보이는 행위라도 정반대의 평가를 받을 수 있다. 예를 들어 5점을 친 후 6번째 연속 득점을 이어 갈 때 신속하게 득점에 성공하면 리듬과 기세를 잘 탄 게 되지만, 실패하면 덤벙대고 과신한 것이 된다. 한 마디 더하면 결과를 놓고 평가하는 것만큼 쉬운 건 없다.

다시 예컨대, 조재호 선수는 매우 뛰어난 감각으로 동작이 빠른 편에 속하는데, 간혹 그다지 어렵지 않은 공을 신중하지 못해서 못 친 것처럼 보이는 경우가 있다. 하지만 그것은 '신중하지 못해서' 쪽 기세를 올려 가며 '도리끼리'까지 해 버리는 상황의 이면이다. 딱딱 분리하기 쉽지 않다. 물론 기세를 타면서 집중력까지 흔들리지 않는다면 더 이상 좋을 순 없겠지만, 그건 선수들에게도 어려운 요구다. 그래서 이런 말이 있다. 3점을 치고 나면 하늘 한 번 보라고.

지금은 고전이 된 『생각에 관한 생각』에서 대니얼 커너먼은 생각의 2가지 시스템에 대해 말한다. '시스템 1'은 오랜 시간 진화한 본능이 즉각 생각으로 전환되는 직관을 기본으로 한다. '당연히' 감정을 밑에 깔고 있으며 경험을 바탕으로 한 자동 연상, 몸에 밴 학습, 거기에 따른 편의적인 인지적 지름길로, '척 보면 아는' 그런 시스템이다. 반면 '시스템 2'는 일부러 노력을 들여 성찰하고 유추하고 추론하는 영역으로 합리성을 기반으로 현실의 적정성을 구분하고 일의 진행 상황을 점검하며, 스스로에 대한 메타인지를 가동시키는 시스템이다. 간단히 대립시키면, 몸으로 생각하는 직관과 머리로 생각하는 분석이다. 당연히 이 2가지 시스템에 우열은 없다. 단지 자신에게 맞는 유형에 손을 들어 줄 뿐이다. 말한 대로, 직관이 발달한 유형 1의 사람이 당구를 잘 치는 경향이 있다. 하지만 대체적으로 그렇다는 말이다. '난 체질적으로 연습은 싫어' 하시는 분들이 있다. "무슨 연습이야? 게임을 해야지!" 이런 분들은 실제 연습할 시간이 주어져도 훈련을 하는 게 아니라 공 맞히는 장난을 한다. 시스템 1이다. 반대로 연습을 시합보다 훨씬 선호하는 분들이 있다. 앞서 말한 '온실파 학자들'로 시합이라는 정글로 나서기를 꺼리는 분들. '깨지면서 크는' 방식을 무서워하는 분들이다. 시스템 2다. 당구를 잘 치려면, 당연히 이 두 가지 태도가 적절하게 융합되어야 한다. 모든 과제 해결은 다 마찬가지다. 직관적 능력과 분석적 능력을 결합하고, 둘 사이를 '적절하게' 활용할 줄 아는 '지혜'가 필요하다. '현명한 의사 결정의 핵심은 직관을 믿어야 할 때와 직관을 경계하고 철저한 고찰에 매진해야 할 때를 아는 것'이다.

그럼 어떨 때 직관을 믿고, 어떨 때 직관을 경계할까? 실제 경기 중엔 직관을 믿고 연습 땐 그 직관을 믿을 수 있도록 분석하는 것이다. '반성다마'라는 말에 아주 꼭 맞게 분석하고 성찰하는 것이다. "연습은 실전처럼, 실전은 연습처럼." 못이 박히게 들었지만 실천은 못 했던 이 말을 새로운 모토로 삼고, 연습은 긴장하고 빡세고 열심히 이것저것 하고, 실전은 편안하게 긴장을 풀고 임하는 것이다. 즉, 자신에게 맞는 유형과 반대로 해야 한다. 헉, 난 지금 체질을 거스르라는 어마무시한 말을 해 버렸다. 특히 온실파 시스템 신봉자분들은, 인터벌을 줄이고 좀 빨리 치는 연습도 필요하다. 그건 동작을 '패턴화'하는 방식의 하나다. '우선순위를 정하고 자잘한 것에 신경을 쓰지 않는 습관을 길러 불안하고 불필요한 생각을 없애는' 훈련이 필요하다. 그래야 분석적 생각이 몸으로 옮겨 갈 수 있다. 그렇게 몸으로 옮겨 간 패턴, 이게 바로 각각의 리듬이다. 자신의 리듬을 만들어야 한다. 그래야 흐름에 몸을 실을 수 있다. 당구도 다른 경기들처럼 흐름이 있다. '움직임에 대한 몰두를 통해 창조적 활동을 가져올 수 있는 마법',[31] 이게 바로 리듬이고, 이 리듬으로 경기의 흐름에 올라탈 수 있어야 한다.

---

31 『철학자와 달리기』 마크 롤랜즈 지음, 강수희 옮김, 유노책주, 2022

52 패턴화

어떤 분들은 자세는 좋은데 공을 못 치는 경우가 있다. 자세는 소위 '맞아 있는 자세'인데, 맞질 않는다. 이건 하루 종일 책상 앞에 앉아 있는데 성적이 안 나오는 경우와 같다. 답을 찾기가 참 어렵다. 대부분 이런 분들은 너무 고지식한 경우가 많다. 동호인 중에 H사장이라고 있었다. 순하고 매너 좋고 당구를 무척이나 사랑하신다. 처음 그 사장이 왔을 땐 22점이었다. 자세가 안정되어 있어서 금방 실력이 늘 것 같았다. 하지만 웬걸, 자세는 좋은데 공이 맞질 않는다. 가만히 살펴보니 모든 배치의 샷이 대동소이하다. 샷이 과도하게 일관성 있다 보니, 두께의 정확성을 기하기 위해 오래 '엎드려 있을 수밖에 없고', 아무리 두께가 정확하더라도 샷으로 하는 보정이 없으니 '깻잎으로 빠지는' 공이 너무 많은 것이다. 답답한 마음에 샷에 대한 말을 해 줘도, 이분은 너무나 일관성을 중히 여기셔서 별로 귀담아 듣지 않았다. 고집이 있다. 자기 방식대로 소기의 목적을 이루고 말겠다는. 그래도 그분은 매우 자주 당구장에 오셨는지라 1년에 1점씩은 올라갔다. 솔직히 난 22점 때랑 24점 때랑 별반 나아진 것이 없어 보이는데. 하여간 본인이 이만하면 올릴 만하다고 여겼는지, 올리셨다. 그리고 22점 때보다 더 자주 지셨다.

H사장과 비슷한 경우로 Q사장이라고 있었다. 이분은 내가 예전에 운영했던 당구장의 단골손님이었는데, 항상 혼자 와서 연습만 하시고 가기 때문에 다른 손님들과는 왕래가 없었다. 1주일에 한 번 이상은 꼭 와서 세 시간 정도 진지하게 연습하다 가곤 했다. 처음 그분이 오셨을 때 24점이었다. 검증을 해 보지 못해서 정확한 점수인지는 모르겠다. 하여간 아주 초보는 아니었다. 노트에 이것저것 적어 와서는(그땐 아직 유튜브가 활성화되기 전이다.) 거기에 맞춰 공을 놓고 연습하는 것 같았다. 혼자 알아서 연습하고 해결하는 걸 좋아하는 것 같아서 난 특별히 그분에게 '고수로서의 조언'을 하지 않았다. 사실 해 봐야 들을 것 같지도 않았기 때문에 안 했다. 그렇게 이 년이 흘렀다. 거짓말 안 하고 하나도 변한 게 없었다. 이 년 전이랑 똑같았다. 일관성이라는 면에서는 점수를 줘야겠지만, 도대체 왜 연습을 한 것인가 하는 의문을 떨치기 힘들었다. 늘기 위해서 연습을 한 것이 아닌가? 만약 늘기 위해서가 아니었다면 이런 말을 하는 것에 대해 용서를 빌겠다. 하지만 늘기 위해서였는데 늘지 않았다면, 다음 질문으로 넘어갈 수밖에 없다. '도대체 어떻게 연습을 한 것인가?'

우리의 뇌는 어떤 대상에 대해 매번 항상 아주 즉각적인 평가를 내린다. 그동안의 학습으로 '생각을 거치지 않은' 직관적인 인상이 저절로 생성된다. 이런 과정은 우리가 맘대로 조절할 수 있는 게 아니다. 어떤 걸 보면 그냥 그것에 대한 느낌, 인상, 연상, 충동들이 자동반응으로 나타난다.(이게 앞서 말한 '시스템 1'이다.) 당구 칠 때도 마찬가지다. 어떤 배치가 서면 우린 자동적으로 기존의 데이터를 이용해 범주화를 시행한다. 이건 '뒤돌려치기(우라)', 이건 '옆돌려치기(하꾸)', 이건 '빗겨치기(기레까시)' 하면서. 범주화는 사물이나 현상을 공통된 특징이나 관계에 따라 분류하고 이름을 붙이는 과정이다. 먼저 구분하고 비슷한 걸 묶는 것이다. 그런데 '뒤돌려치기(우라)'라고 다 같은 '뒤돌려치기(우라)'가 아니다. '각종 뒤돌려치기(우라)'가 있다. 이런 각각의 '뒤돌려치기(우라)'들의 반복되는 규칙성이나 유사성을 인식하는 걸 패턴화라고 한다. 그러니까 범주화는 각 배치에 대해서 구분하고 식별하는 데 초점을 둔 것이고, 패턴화는 그 배치를 연결하고 예측해서 실행하는 것까지 포함한다. 또한 범주화는 주로 명시적인 지식으로, 패턴화는 주로 암묵적인 지식으로 표현된다. 단순하게 말하면 범주화는 우리가 말할 때 쓸 수 있는 지식이고, 패턴화는 우리가 행동할 때 쓸 수 있는 지식이다, 그렇다면 당연히 당구 칠 때 필요한 것은 패턴화다. 비록 의식하지는 못하지만 우리가 어떤 행위를 할 때면 그 움직임에 대한 내적 표상이 우리 뇌에 암묵적으로 조직되며 그 표상이 근육의 움직임으로 변환되어 행위의 목적이 이루어진다.(혹은 이루어지지 않는다.) 패턴화는 이 표상의 변환을 좀 더 효율적으로 하기 위해 필요한 것이다.

정확하게 하려는 게 아니다. 정확함은 목표지, 과정이 아니다.(정확함이 과정이 되면 되려 입스에 빠지기 쉽다.) 많은 연습을 통해 수정해 가면서 근육의 수축 이완 과정을 익숙하게 만드는 것이다. 여기까지가 시스템 1의 과정이다.

하지만 시스템 1의 과정만 가지고는 언젠가 한계에 부딪힌다. 죽어라 연습만 한다고 경사로 모양으로 느는 게 아니다. 그렇다면 시스템 2의 과정을 작동시켜야 된다는 말인가? 아니다. 시스템 2의 주의, 집중, 계산, 비교 기능이 요구되긴 하지만 그 기능이 기존의 패턴화를 무조건 변화시키지는 않는다. 오히려 역기능을 할 수도 있다. "어떤 대상을 보고 인상, 느낌, 끌림을 만들어 내는데, 이것이 시스템 2의 인정을 받으면 믿음, 태도, 지향성이 된다." 잘못하면 잘못된 패턴화가 굳어질 수 있다. 흔히 말하는 '이성적 추론 능력'은 사실 별로 이성적이지 않다. 대부분의 이성은 내가 이미 원하는 결론에 도달하기 위해 말을 알맞게 맞추는 역할을 할 뿐이다. 그럼 시스템 2의 도움도 별 효과가 없다면 어떻게 해야 한다는 말인가?(앞서 말한 바대로 시스템 2의 분석 능력으로 정확도를 높이는 연습이 필요 없다는 말이 아니다. 직관을 도와주는 분석이 아무리 잘 이루어져도, 아니 잘 이루어지다 보면 한 차례 도약해야 할 지점이 생긴다는 말이다.) 답은 '패러다임 전환'이다.(뭐, 당구 하나 치는데 『과학 혁명의 구조』까지 읽어야 한다는 말은 아니다.) 기존의 익숙했던 패턴화를 수정해서 다시 써야 한다. 그러니까 지금까지 소중하게 간직했던 자신의 생각을 덜어 내야 한다. 그러니 어려울 수밖에. 매번 그 시작은 두께의 재조정이다. '기본공' 범주에 속한 배치(여기서 '기본공'이란 두께를 허용하는 폭이 매우 넓은 공을 의미한다. 즉 제1목적구의 두께를 8분에 1에서부터 8분의 7까지 다양하게 겨냥하고 맞춰도 조합에 따라 득점에 성공할 수 있는 공을 말한다.)에서 기존에 익숙한 두께만 쳐서 득점을 하는 데 열중하지 말고 두께를 변경해서 새로운 패턴을 만드는 것이다. 아주 두꺼운 두께부터 아주 얇은 두께까지, 되도록 아주 두꺼운 두께를 중심으로 스트로크를 변형해서 구사하는 연습을 다시 해야 한다. '옛날엔' 공을 정면으로 쳐서 각을 잡는 '꼬미'(강한 충격으로 RPM을 높이는 스핀샷)부터 마스터했다.(지금은 '힘 딸려서' 못 치지만.) 그다음엔 '힘의 재조정'이다. 이런 재조정을 통해 기존에 익숙했던 패턴화된 공을 다시 패턴화하면서 나가는 것이다.

53 초이스

24가지 잼과 6가지 잼 이야기가 있다. 대형마트에 잼을 전시할 때 손님들에게 더 많은 '선택의 자유'를 주고 매출을 증대시키고자 24개 품목을 전시했더니 기존 6가지 잼을 전시할 때보다 오히려 매출이 감소하더라는 것이다. 너무 많은 선택지는 '자유'가 아닌 '혼란'을 줘서 이도 저도 못 하게 되는 늪으로 작용하더라는 것. 많은 사람들이 인터넷 쇼핑을 하면서 허우적거린 경험이 있을 것이다. 수많은 선택지 중에 '최고의 선택'을 꼭 해내고야 말겠다는 자세로 자잘한 부분까지 비교 분석에 들어가면 결국 얻는 것보단 잃는 것이 더 많다는 걸 나중에 깨닫게 된다. '많은 정보량과 충분한 검토 시간이 주어지면 자잘한 것에 신경을 쓰게 된다.'

당구 칠 때도 마찬가지다. 너무 자잘한 차원에서 검토하면 안 된다. 확률이 비슷하면 처음 직관이 알려 주는 대로 하고 그 결정을 확실하게 해야 한다. 가지 않은 길에 미련이 남으면 안 된다. 미련이 남으면 샷이 흔들린다. 흔들린 샷으로 실패한 후 곧바로 '이거 칠걸' 하는 생각을 한다. '이걸 칠걸' 하는 생각은 버릇이다. 그걸 쳤다고 성공했을 보장은 전혀 없다. 초이스가 잘못돼서 실패한 게 아니라 초이스를 확실하게 하지 않아서 실패한 것이다. 비록 '잘못된 초이스'라도 -확률이 낮은 초이스- 자신 있게 치면 최소한 망설임에서 오는 흔들림은 피할 수 있다. 결정은 무엇을 결정하는 것 못지않게 결정을 확실하게 하는 것만으로도 심리적 안정감을 가져온단다. 경마하는 사람들은 마권을 사기 전보다 산 후에 자신의 말이 승리할 확률이 더 높다고 생각하고, 로또를 살 땐 자신이 선택한 번호가 무작위 번호보다 더 확률이 높다고 여긴다. 물론 로또나 마권은 몸을 쓰지 않기에 근거 없이 그렇게 믿는 것일 뿐이지만 당구처럼 몸을 쓸 때는 '결정 후 부조화 감소'로 인해 성공 확률이 조금 올라갈 수 있다.

하지만 이것보다 훨씬 중요한 건 최대한 '확률에 의존해서 실용적으로' 초이스를 하는 습관을 들이는 일이다. 일명 '결대로 치는 습관'이다. 그럼 '결대로'란 무슨 말인가? '물리적으로' 가장 편안한 길이다. 그러니까 적당한 두께와(8분의 3과 8분의 6 사이의 두께) 적당한 샷으로(임팩트 없는 느린 등속 샷), 그리고 적당한 당점(상단 3팁)으로 소화 가능한 길을 먼저 택하는 것이다. 물론 '결대로' 치기 위해선 최소한의 샷이 전제되어야 한다. 조금 느리고 부드럽게 제1목적구를 밀치는 샷이다. 그렇다. 좋은 초이스는 따로 존재할 수 없다. 항상 초이스와 스트로크는 같이 간다. 따라서 고점자가 하점자의 '초이스 미스'를 지적할 땐 하점자의 스트로크 상태를 전제하고 말해 줘야 한다. 그냥 '이거 쳤어야지' 하는 말은 아무런 의미도 없다. 초이스가 스트로크와 같이 가는 만큼 공 배치에 따라 적절한 스트로크를 선택할 수 있도록 선택의 풀을 넓혀 놓는 것이 일단 중요하다.(하지만 짧은 시간에 되는 일이 아니다. 그나마 앞서 말한 패턴화된 배치를 '내 것으로 만드는' 작업이 효율적이다.) 그다음 넓어진 선택의 풀에서 가장 '적절한', '자연스러운', '결에 따라', '확률 높은' 초이스를 하는 것이다.(이건 하나 마나 한 소리다.) 맞다. '적절한 초이스'를 배우는 왕도는 없다. 많은 경험을 하고 교정하고 학습하고 연습하는 방법밖에 없다. 하지만 '적절한 초이스'를 배우기 위한 '적절한 태도'는 있다. 별거 아니다. 양극단을 피하는 것이다. 기존의 고집이라는 한 극과 조급함이 섞인 선부른 흉내라는 다른 극을 피하는 것. 니체가 말한다. "'완고하다'는 것은 무엇인가? 가장 짧은 길이란 가능한 곧은길이 아니라, 적절한 바람이 우리의 돛에 불어 주는 길이다. 선원들의 교훈은 그렇게 말하고 있다. 이 교훈에 따르지 않는 것을 우리는 완고하다고 말한다. 거기서는 성격의 완고함이 어리석음에 의해 오염되어 있다." 레슨을 하다 보면 지름길을 찾는 분들이 매우 많다. 그럼 할 수 없이 내가 말한다. "지름길을 찾는 버릇이 지름길을 찾는 데 방해가 될 거예요." 그럼 레슨은 뭐 하러 하는감? 그런가?

54 토포스(장소)

'나는 누구? 여기는 어디?' 요즘 많이 들려오는 말이다. 리어왕의 대사로 유명한, '내가 누구인지 말할 수 있는 자는 누구인가?'에 대한 답은 쉽지 않다. 자신이 모르는 걸 남이 어떻게 알겠는가? 그걸 조금이라도 알려면 여기가 어딘지를 참조해야 한다. 즉 특정 물리적 장소 안에 들어 있는 '나'를 확인하면 내가 누구인지에 대한 단서를 얼마간 얻을 수 있다. 애초에 이런 질문이 나온 이유도 지금 자신이 있는 곳이 낯선 곳이었기에 나온 질문이었다. 여기서 낯선 곳은 정말 꿈꾸는 것처럼 한 번도 안 와 본 장소일 수도 있고, 매우 익숙하지만 갑자기 낯선 공간으로 다가올 수도 있다. 이 낯선 느낌은 자연스럽게 자신이 누군인지 묻는 정체성 문제로 나아간다.

반면 정반대의 경우도 있다. 자신이 현재 속해 있는 상황과 완벽히 일치해서 특정 상황이 요구하는 행위를 지체 없이 하는 경우다. 예를 들면, 지하철 플랫폼에서 술에 취해 철로로 떨어질 것 같은 사람을 봤을 때 즉각 그 상황이 요구하는 바를 행하는 경우. 이런 경우엔 지금 여기서 행한 나의 행위가 그 사람의 정체성을 새롭게 부각시킨다. 이렇게 '상황에 대한 고양된 각성'을 가진 사람들은 의식적으로 그런 행동을 하는 게 아니다. 의식이 가동되기 이전에 몸이 상황이 요구하는 주파수에 그대로 맞춰지는 것이다. '나는 누구, 여기는 어디'라는 질문이 특정 장소를 잃어버린 의식이 제기하는 물음이라면, 특정 장소와 하나가 된 나는 특별히 의식을 거치지 않는다. 의식을 통과한 행위가 그대로 나를 드러낸다.

우리는 보통 의식이 자유롭고, 몸은 어떤 한계에 묶여 있어 자유롭지 못하다는 생각을 가지고 있다. 하지만 몸을 떠난 의식의 자유는 꿈속에서나 가능하다. 정말 잠을 잘 때 꾸는 꿈 말이다. 꿈을 꿀 때 뇌가 몸과 의식의 연결 고리를 풀어놓지 않으면 우린 몽유병자가 된다.(렘수면은 뇌의 각성 상태와 완전히 풀어진 근육상태의 조합이다.) 이 몽유병자를 보고 자유롭다고 할 수 있는가? 중요한 것은 신체와 더불어 확장되는 의식이지 신체를 벗어난 의식의 '자유'가 아니다. 그건 상상이다. 상상이 자유롭다는 상상은 자유지만, 그 자유는 말의 정확한 의미에서 자유가 아니다. 상상이 자유를 획득하려면 현실성을 얻어야 하고 그러려면 상상에 다시 몸을 입혀야 한다.(사실 상상을 하고 꿈을 꾸는 것은 몸의 '자유'를 위한 리허설이다. 따라서 상상을 많이 하는 것은 몸에 좋다.) 그건 다름 아닌 몸의 통제력을 강화해 나가면서 획득하게 되는 자유다. 예컨대, 권투선수의 자유는 링 안에서 이루어진다. 이때 링은 단순히 물리적 공간만을 의미하지 않는다. 링은 권투선수에게 내 신체가 확장된 '토포스'다. 일류 선수들은 상대에게 두들겨 맞아 정신이 혼미한 상황에서조차 자신이 어디에 위치해 있는지를 안다. 무하마드 알리가 로프를 등지고 플레이하는 것을 보라. 맞는 것도 예술이다. 이건 오랫동안 산 집에서는 아주 깜깜한 새벽에도 불 켜지 않고 화장실을 찾아갈 수 있는 것과 같다. 신체감각이 공간으로 확장되면 우린 그 공간을 마치 우리 자신의 신체처럼 느낀다. 익숙한 운전자라면 내 자동차가 마치 내 신체와 같은 심상을 불러일으키는 경험을 했을 것이다. 아슬아슬하게 좁은 길을 통과할 때 내 몸을 약간 움츠리면 차가 쏙하고 잘 빠지는 경험 같은 것. 이건 모두 공간이나 도구가 내 몸처럼 내면화되어 일어나는 일이다.[32] 이런 예는 스포츠와 예술 분야에서 차고 넘칠 만큼 많다. 일류 축구선수나 농구 선수들은 '뒤통수에 눈이 달린 듯' 보지도 않고 공간 패스를 하며, 안세영 같은 배드민턴 선수들은 자신이 지금 코트의 어느 지점에 있는지 '저절로' 알며, 무대 경험이 풍부한 '공연 선수'들은 눈을 감고도 격렬한 춤을 출 수 있다. 당구 칠 때도 마찬가지다. 세로 284센티, 가로 142센티의 테이블 공간이 내 몸속으로 들어올 수 있도록 '친해져야 한다'. 부부처럼, 아니 사이좋은 부부처럼. 대대를 처음 접했을 때 누구나 느꼈을 것이다. 그 광활함이라니. 그 광활한 공간을 조명이 꺼져도 돌아다닐 수 있는 집처럼 익숙하게 만들어야 한다. 그래야 '미적 경험'을 맛볼 수 있다.

---

32 『토포스, 장소의 철학』, 나카무라 유지로 지음, 박철은 옮김, 그린비, 2012

55 스트로크 레시피

레시피를 짜기 위해 먼저 '계량형 통일'을 하겠다. 제1목적구의 두께는 8등분이고 수구의 당점은 정중앙을 중심으로 시계 숫자판 방향으로 1, 2, 3팁이라는 표현을 하겠다. 문제는 수구에 가해지는 힘의 정도를 어떻게 표현하느냐 하는 것인데, 여기서는 큐의 속도와 거리를 합쳐서 '레일'이라는 표현을 가져오고 큐의 출발지점과 멈추는 지점은 따로 적시하겠다. 1레일은 공이 한쪽 단쿠션에서 다른 쪽 단쿠션으로 1번 굴러가는 정도다. 굉장히 약한 힘이다. 2레일은 갔다가 되돌아오는 정도다. 그 정도는 당연히 테이블의 상태에 따라 조금씩 다르다. 모든 테이블은 쿠션의 반발 정도도 다르고 라사의 상태에 따라 구름의 성격도 다르다. 반발도 좋고 회전도 살려 주는 쿠션이 있는 반면에 다 먹어 버리는 쿠션도 있고, 기름기가 많아 미끄러지는 라사 상태도 있고 반대로 '뻑뻑한' 상태도 있다. 천차만별이다. 하지만 '유별난' 테이블이 아니라면 대략은 비슷하기에 너무 '유별나게' 따지지 않는 게 좋다. 할 수 없기 때문이다. 만약 테이블 상태가 너무 엉망인 상태라면 한 게임 치고 안 치는 게 좋다. 하지만 전형상 내가 선호하지 않는 테이블 상태라고 해서 '엉망'이라고 몰면 안 된다. 쭉

쭉 길게 늘어지고 '쪼단'도 잘 먹는 테이블도 있고, 짧게 떨어지며 '쪼단'도 뭉개지는 테이블도 있다. 테이블에 맞춰 친다는 게 말처럼 그렇게 쉽지는 않기에 이해는 하지만(나도 구장에 있는 여러 테이블 중에 치기 싫은 테이블이 있다. 회전이 안 먹어.) 맞춰 치는 것도 다 '실력이다'. 하여간 '레일'을 구분할 때 1부터 시작해서, 1.5, 2, 그런 식으로 최대는 5 이상으로 표시하겠다.

먼저 제일 중요한 '밀기'다. 이건 너무 광범위하게 중요한 샷이기에 특별한 패턴 형태가 있을 수 없으나 연습을 위해 패턴화를 하면, 기본 뒤돌려치기(우라) 배치, 곧 제1목적구가 중앙선으로부터 위쪽에 있고 한쪽으로 치우쳐 있을 때, 즉 두께 8분의 5에서 8분의 6을 맞히면 목적구의 움직임이 단쿠션을 맞고 내려오고 내 공은 그 공을 보낸 후 뒤따라오는 형태의 공이다. 당점은 기본 상단이고, 세기는 3레일 전후며, 공과 브릿지의 거리는 20~25센티, 큐는 손가락 끝에서 출발해 부드럽게 공을 지나 공 2개 이상을 지나는 샷 연습이다. 여기서 중요한 포인트는 상대적으로 멀리 있는 공을 두껍게 맞춰서 밀리는 정도를 익히는 것이다. 옆돌리기(하꾸)를 할 때는 뒤돌려치기할 때보다 목적구와 수구의 거리가 가까우니 좀 더 힘 있게 3.5레일 이상으로 연습하는 게 좋다.

두 번째 일명 '제끼기'. 고점자가 하점자에게 공을 알려 주다가 꼭 한 번씩은 나오는 말이 있다. "공을 이기고 나가야지." 두께가 두껍든 얇든 밀쳐 내며 나가야 한다는 말이다. '제끼기'는 비교적 얇은 두께, 반을 포함해서 8분의 3과 8분의 2를 기본으로 하며, 회전은 '맥심'으로 오른쪽으로 돌릴 때는, 각각 1시 반, 3시, 4시 반 되겠다. 주로 4시 반 하단을 주고 연습하는 게 좋으며 중요 포인트는 느리면서도 길게 나가는 등속샷이다. 하단 당점을 주고도 밀치면서 나가야 한다. 공과 브릿지의 거리는 25센티 이상으로 하고 최소 공 2개는 지나야 한다. 패턴 모양은 장축 한쪽에 붙어 있는 먼 거리 뒤돌려치기(우라)를 길게 치는 모양이다. 힘의 세기는 2.5레일을 기본으로 한다. 이 샷은 매우 중요한데 중요한 만큼 초보자분들이 어려워하는 샷이다. 느리면서 길게가 어렵다. 이 샷을 익히면 당점 조절과 잘라 나가는 시작점 조절로 패턴 공을 기본으로 해서 보다 폭 넓은 배치를 소화할 수 있다.

세 번째는 '얹기'다. 머리에 얹듯이, 제1목적구 위로 공을 반 두께서부터 8분의 5와 8분의 6두께로 포갠다고 생각한다. 주로 8분의 5 두께로 연습한다. 패턴의 모습은 제1목적구가 코너쪽 각각 10포인트 부근 안쪽에 있고, 수구는 1미터 정도 떨어져 60도 정도의 사선을 이루는 뒤돌려치기(우라) 모양이다. 세기는 2.5레일을 기본으로 하며 '밀기'가 조금 약화된 형태라고 보면 된다. 공과 브릿지의 거리는 15센티 정도로 하고 공 두 개 정도 나간다. 당점은 상단이고, 제2목적구의 위치에 따라 두께 8분의 5를 고정한 후 10시부터 2시까지 다양하게 당점을 변경해서 일정한 궤적이 그려지도록 연습한다. 옆돌리기(하꾸) '얹기'. 그중에서도 쿠션에 많이 붙어 있는 공을 '얇어 치는' 경우도 있으나 그건 좀 더 부드럽게 미는 힘을 향상시킨 후에 하는 게 좋다.

네 번째는 '던지기'다. 교재에서는 '놓아치기'라는 표현을 하는 것 같으나 우린 '던지기'로 한다. 왜 '던지기'냐면 큐를 가볍게 툭 놓듯이 던지는 기분으로 샷을 하기 때문이다.(말 참 어렵네.) 패턴 배치는 '밀기' 연습 패턴과 대동소이하다. 기본 뒤돌려치기(우라) 배치다. 배치는 비슷하지만 힘의 배분이 다르다. 세기는 2에서 2.5레일이며 당점은 상단 11시부터 1시고 공과 브릿지의 거리는 25센티 정도로 하고 공은 하나만 나간다. 출발은 멀고 공을 친 후 많이 지나치지 않는다. 다른 것도 마찬가지지만 '던지기'를 할 때는 어깨에 힘을 더 빼고, 큐를 더 가볍게 한다. 큐가 가볍기 때문에 두께는 반이나 8분의 5고, 그 이상 더 두껍게 치진 않는다. 주로 제1목적구와 수구의 거리가 1.5미터 이상일 때 자동 밀림을 방지하기 위해서 사용하며 툭 던져 분리각을 좀 크게 만든 후에 '자연빵으로', 곧 관성에 의해 굴러가게 만드는 타법이다.

다섯 번째는 '누르기'다. 이건 다운샷으로 공을 무겁게 만들어 목적구를 '이겨 나가는' 타법이다. 나중에 '이겨 나가는' 게 자연스러워지면 굳이 누르기를 하지 않아도 되지만, 1미터 이내로 그리 멀리 있지 않은 목적구를 자연스럽게 밀쳐 내기 위해 중간에 한 번 숙달하면 매우 유용한 샷이다. 패턴 배치는 옆돌리기(하꾸)로 제1목적구가 장쿠션 10에서 15포인트 정도에서 쿠션과 10센티 이내로 떨어져 있고 제2목적구는 같은 장쿠션 밑에 부분 30포인트에서 코너지점까지 놓여 있는 모양이다. 기본 당점은 6시 방향 1팁으로 다운샷하며 두께는 반과 8분의 6까지, 두꺼운 두께로 연습한다. 두꺼워야 그 효과를 체감하기 쉽기 때문이다. 물론 당점은 회전을 주며 변형해도 된다. 공과 브릿지의 거리는 15센티 정도가 좋고 2.5레일의 세기로 공 두 개 정도 나간다.

여섯 번째 '뽑기'. 이 '누르기'가 더 강력하게 들어가면 '뽑기'가 된다. '국수 뽑듯이' 앞으로 쭉 뽑는 형태다. 패턴 배치는 단쿠션 중앙에 딱 붙어 있는 제1목적구의 두께를 반으로 하고, 6시 방향 3팁으로 앞돌리기 대회전(오마오시 레지)을 시도하는 모양새다. 여기서 중요한 것은 제1목적구와 수구의 거리를 잘 파악하는 것이다. 보통 연습할 때는 그 거리를 30에서 50센티로 비교적 가깝게 두고(그러면 반 두께나 그 이하의 두께 조정이 쉬우니까) 6시를 똑바로 치도록 해야 한다. 그때 샷은 부드럽게, 길게 나가기도 하고 짧으면서 약간 임팩트 있게(임팩트는 별 다른 것이 아니다. 인위적으로 큐 끝의 멈추는 지점을 정하고 큐 끝이 '자연스럽게 뭉개지지 않도록' 단도리하는 것이다.) 하기도 한다. 둘 다 연습한다. 제1목적구가 가까우면 그리 어렵지 않다. 문제는 멀리 있을 때다. 이때는 관성에 의해서 어느 정도는 자동으로 '뽑힘' 형태가 나오기 쉬우므로 두께를 정확히 하는 데에 더 신경을 쓴다. 얇게 칠 생각하지 말고 당점을 낮춰 '뽑을' 생각을 한다. 샷은 가볍게, 빠르게 나가지만 않으면 된다. '누르기'나 '뽑기'가 되면 옆돌리기(하꾸)를 짧게 치기가 수월해지므로 '초이스'를 넓히는 데 도움이 된다.

그다음 일곱 번째는 '뒤집기'와 '끌기'다. 보통 4구 칠 때 말했던 '식끼(히키)'다. 앞서 말했던 샷들은 '던지기'를 제외하곤 모두 밀거나 밀쳐 내는 연습이었다. '뒤집기'는 그 반대라고 생각하면 된다. 예전 씨름할 때 작은 선수가 큰 선수 밑으로 들어가 '뒤집기'를 하듯이 공의 하단을 쳐서 밀림을 방지한다. 주의해야 할 점은 당점이 내려갔다고 해서 저절로 끌림 현상이 생기는 게 아니라는 점이다. 먼 거리에서도 밀리지 않도록 큐의 힘을 빼야 한다. 두꺼운 두께를 상정하고 공의 하단을 강하게 쳐서 분리각을 크게 만드는 임팩트 샷('밀고 잡기')과 지금 말하는 '뒤집기'와 '끌기'를 혼동하면 안 된다. '뒤집기'는 일단 두께가 무조건 반 이하고, 주로 8분의 3과 8분의 2로 친다. '던지기'처럼 어깨에 힘을 더 빼고 공과 브릿지의 거리를 25에서 30까지 멀리 두며 6시 3팁 기준으로 공을 지나 하나만 나가도 된다. 익숙해지면 더 나가도 되며 배치에 따라 당점을 4시에서 8시까지 변화를 주면서 연습한다. 뒤집는 효과를 크게 하기 위해선 업샷을 구사하기도 하는데, 삽으로 모래를 푸듯이 혹은 브릿지를 축으로 시소가 이쪽에서 저쪽으로 올라가듯이 느리고 부드럽게 2.5레일의 세기로 큐끝을 살짝 들어준다. 패턴 배치는 중앙 상단에 제1목적구가 있고 수구가 1미터 이상 멀리 떨어져 엇각으로 서 있는 뒤돌려치기(우라)다. '키스(쫑)'가 나지 않도록 두께 조절을 해 가면서 연습한다. 이렇게 '뒤집기'에서 출발해 샷을 좀 더 '강하게', 곧 3레일 정도의 세기로 큐 끝의 멈춤을 단정하게 하면 '끌기'가 된다. '짭'은 일명 숏트로, 제1목적구와 수구가 50센티 이내로 가까이 있을 경우 두께 8분의 3을 기준으로 해서 2.5에서 3레일 정도의 세기로 빠르게 돌려놓을 때 사용하는 기술이다. 큐 속도를 빠르게 간결하게 돌리는 것이니 만큼 공과 브릿지의 거리는 15센티 이내로 하고 공을 지나 큐가 멈추는 지점에 따라 궤적이 조금씩 달라진다. 일단 공을 하나만 지나는 것을 기준으로 한다.

여덟 번째는 '밀고 잡기'다. 임팩트 샷이다. 소위 '꼬미'고 지금은 '스핀샷'이라고 하는 모양이다. 앞서 말했듯이 20점 전후에서 이 샷 연습을 많이 하고 습득해야 '말년이 편하다'. 두께는 8분의 8에서 8분의 7, 8분의 6이다. 이렇게 아주 두꺼운 두께를 잡고 4레일 이상의 강한 힘으로 공을 먼저 밀친 후 임팩트 지점과 당점에 따라 일정한 분리각을 만들어 내는 샷이다. 공과 브릿지 거리는 20센티 전후로 하고(강한 샷이긴 해도 풀샷은 아니기에 브릿지 거리를 더 멀리 하지 않아도 된다. 역효과 날 수 있다.) 공을 지나 하나, 둘, 셋까지 연습하고 당점은 상중하 양쪽으로 각각 3팁을 주고 한다. 중요 포인트는 멈추는 연습이다. 멈추는 게 쉽지 않다. 허공에서 '딱' 소리가 들릴 만큼 딱 멈추고 가만히 있어야 한다. 다시 말하지만 많은 연습으로 두께와 당점에 따라 매번 일정하게 궤적을 만들 수 있도록 해야 결정적인 순간 '해결사' 역할을 맡길 수 있다. 특별한 패턴 모형은 없다. 공 2개만 가지고도 연습할 수 있다.

아홉 번째는 '따기', '쪼기', '문대기'다. 이렇게 한 번에 몰아 놓은 것은 상대적으로 중요성이 덜하기 때문이다. 특정 배치에서만 쓸 수 있다는 말이다. '따기'는 여기서 멀리 있는 공 얇게 맞추는 걸 의미한다. 예컨대, 단쿠션 10포인트 이내에 붙어 있는 목적구를 앞돌리기(오마오시) 하기 위해 아주 얇은 두께를 맞춰야 할 때다. 일반적인 '면 따기'를 위한 부드럽고 타격감 없는 샷을 말하는 건 아니다. '따기'를 할 때 유의할 점은 브릿지 고정이다. 다른 때보다도 더욱 단단히 고정하고, 간단하면서도 짧게 정확도를 기해야 한다. 그런 후 큐가 나가는 전체 길이를 10센티 정도로 짧게 하고 제1목적구가 '맞지 않아도 된다'는 심정으로, 1.5세기로 연습한다. '쪼기'는 '따기'와 비슷하지만, 제1목적구와 수구가 가까이 붙어 있어 '따기'보다도 훨씬 약한 힘으로 '짝재기 안 맞추고' 코너에서 돌릴 때 사용한다. 아주 얇은 8분의 1 두께로 어깨에 힘 다 빼고, 새가 모이를 쪼듯이 톡, 큐가 5센티 정도만 나간다. 회전은 상단이고. 1에서 1.5레일의 세기다. '문대기'는 말 그대로 내 샷이 출발은 짧지만 느린 속도로 공을 얇게 맞춘 후 많이 지나치는 경우다. 패턴은 일정한 게 없고, 제1목적구와 수구가 아주 가깝게 붙어 있을 때 궤적을 만들어 내기 위해서 사용한다. 세기는 마찬가지로 1.5 정도다.

마지막 열 번째는 '뽀개기'다. 격파다. 당연히 세기는 4.5 이상이고 패턴은 목적구 2개가 수구로부터 2미터 이상 떨어져 있을 때, '횡단'도 어렵고, '각 더블'은 말할 것도 없고, 리버스(리보이스) 더블도 어려울 때, 두꺼운 두께를 겨냥하고 무당 6방향 1이나 2팁을 주고 힘껏 '조져서' 억지로 분리각을 만들어 내는 것이다. 이것 자체로는 별로 중요하지 않지만, 있는 힘껏 풀샷을 할 수 있는 연습은 중요하다. 나중에 좀 더 '고점자'가 되었을 때, 풀샷을 써서 난구를 해결해야 하는 상황이 있기 때문이다. 힘을 좀 늘리기 위해서는 진자 운동의 중심인 팔꿈치를 조금 높여 스윙의 폭과 힘을 더 증가시켜야 한다.

이렇게 대략 패턴화에 따른 스트로크 레시피를 적어 봤다. 당연히 단순한 참조 이상이 될 수 없다. 누누이 말한 바 글로 근육과 신경을 훈련시킬 순 없기 때문이다. 마지막으로 패턴화된 공을 치기 이전에 전반적인 샷을 느리고 부드럽게 만드는 연습, 곧 타격감 줄이는 샷을 연습하는 게 가장 중요하다는 점을 말하지 않을 수 없다. 그런 후 적절하게 타격감을 주는 것이다. 영화 〈매트릭스〉를 보면 '숟가락은 없다'는 말이 나온다. 타격감 없는 샷을 연습할 때도 마찬가지다. 앞에 공이 없다고 생각해야 한다. 내 공은 없다. 난 그 공을 때려서 저리로 보내는 게 아니다. 내 샷은 공이 없는 빈 공간으로 들어가는데 공교롭게 앞에 공이 있어 그 움직임에 따른 힘을 받아 앞으로 나아갈 뿐이다. 그러기 위해선 예비 샷이 무의미한 '샤프질'이 아니라 정말 예비라는 말에 걸맞은 역할을 하도록 본 샷이 예비 샷을 그대로 따라가는 연습을 해야 한다.(그 방법의 하나로, 처음부터 예비 샷을 하지 않는 것도 연습한다.) 레슨을 하면서 자주 하는 말이 있다. 공 두 개를 모두 맞추려고 하지 말라. 그러니까 자꾸 몸에 힘이 들어가는 것이다. 내 공을 '저기까지만' 갖다 놓는다고 생각하고 나머지는 '알아서 가도록' 만들어야 한다.

56 손맛

내가 보기에 당구와 가장 흡사한 스포츠는 양궁이다. 사선으로 서서 쭉 펴지만 힘은 들어가지 않는 '브릿지 팔'로 활을 지탱하는 방법이나 활시위를 당길 때 단순히 팔의 근육만을 사용하는 게 아니라 등과 관련된 근육을 사용하는 점이나(당구 칠 땐 등을 편평하게 펴서 팔의 움직임을 편안하고 원활하게 한다.) 정적인 상태에서 동적으로 세심하게 근육을 움직여야 하는 조절방법, 그리고 무엇보다 '손맛'. 양궁의 경우는, 잘 모르지만 듣기로는, 슈팅 시 손가락에서 줄을 놓는 미세한 감각의 차이로 과녁의 어느 부분에 맞을지 판단이 선다는 것이다. 당구도 마찬가지다. 큐를 가만히 올려놓은 손바닥과 손가락에 샷의 움직임이 전해지는 것을 느껴야 한다. 큐가 어느 정도 지점까지 나가서 멈추었는지, 어떻게 멈추었는지를 손에 전해지는 감으로 판단이 서야 한다. 당구대에서 움직이는 궤적은 내 시야에서 안 보이는 팔과 손이 행하는 운동의 표현이다. 앞에 보이는 공을 '때리는 데만' 집중하지 말고 내가 '때린 공'과 '때릴 때' 만들어진 손바닥의 감을 연관 지어 보는 연습도 필요하다. 보통 그러면 더 이상 우악스럽게 '때리지는' 않게 된다. 가만히 손바닥 위로 큐를 내려놓고 중력을 느껴 보

라. 그 무게를 느낀 후 그대로 팔꿈치만 들어 왕복 운동을 해 보고, 공을 찔렀을 때의 느낌도 한번 음미해 보라.(뭔가 '신비한 기운'이 느껴지지 않는가! 농담이다.)

그리고 가장 중요한 공통점은 정신적인 부분이다. 스포츠에서 경기력을 규정하는 여러 요인, 즉 체력, 기술, 전략, 심리적 요인 중에서 심리적 요인의 영향력이 양궁에서는 매우 중요한데, 그건 당구도 마찬가지다. 우리나라 양궁 선수들의 정신력은 세계적으로 유명한 바, 우리 선수들은 최상의 경기력을 위해, '의미 있는 개별적인 혼잣말을 개발해 사용하며, 성공한 이미지를 그리는 트레이닝을 많이 하며 어떤 상황에서도 긍정적인 생각과 태도를 유지하고, 최적의 결과를 내는 데 필요한 자신만의 고유한 동작이나 절차 등 루틴을 활용한다'. 당구 칠 때도 참조할 만한 방식이다. 혼잣말하는 건 빼고.

57 모방

당구를 칠 때도 잘 치는 사람을 흉내 내는 게 도움이 될 때가 있다. 예컨대, 툭 하고 무겁게 굴려 칠 때는 쿠드롱을, 쪽 하고 간결하게 돌릴 때는 야스퍼스를, 쭉 하고 힘 있게 밀 때는 산체스를, 그리고 난구를 창조적으로 풀 때는 요란하게 '펌프질'을 하다가 그대로 밀어 넣는 브롬달을 흉내 내는 것이다. 물론 이런 흉내를 내기 위해선 어느 정도 샷을 다양하게 구사할 수 있을 정도의 숙달은 되어 있어야 한다. 일류 선수들을 그대로 흉내 내는 것 자체도 쉬운 것은 아니다.

사실, 자신의 스타일을 찾는 것은 굉장히 나중에 이루어진다. 그건 자신의 기술이 늘어나고 숙달됨으로써 자존감이 형성된 이후에 누군가를 모방한다는 사실이 별로 달갑지 않게 느껴질 때 비로소 시작될 수 있다. 하지만 이것도 그 사람의 생각이 그렇다는 것이다. 실제로 인간 사회에서는 서로가 서로를 모방하는 일이 부지불식간에 일어난다. 저절로 모방하게 되는 일은 죽을 때까지 끝나지 않는다. 다만 여기서도 정도의 차이가 있다. '성숙해지면' 확실히 덜 모방하게 된다. 뒤집으면, 우리는 모방하면서 성숙해진다. 어렸을 때로 돌아가 보자. 도움 없이는 하루도 버티기 힘든 유아기로. 우리는 저절로 '힘 있는 대상'에게 끌릴 수밖에 없다. 의식적으로 끌리는 게 아니라 무의식적으로, 생존하기 위해. 어느 심리학자에 따르면, 우리의 뇌는 생존 차원의 지위 향상을 위해 네 가지 주요 단서를 찾아내 거기에 집중한다고 한다. 먼저, 자기유사성 단서를 찾고, 그다음 능력 단서, 그다음 성공 단서, 그리고 마지막으로 명성 단서를 찾는다.[33] 이런 단서를 통해 우리는 무의식적으로 모방-아첨-순응 행동을 보이는데, 이건 뇌가 세상을 보상 공간으로 표상하고 보상을 통해 자기를 형성하는 데 필요한 행동지침이라고 할 수 있다. 즉 우리는 내가 속한 집단에서 능력 있어 보이는 사람을 모방하면서 성장한다. 그래서 우리들은 무의식적으로 어떤 권위, 위신, 지위, 능력에 끌린다. "우리는 게임에 성공하기 위해 지위가 높은 협력자를 찾는다. 그리고 협력자를 발견하면 우리의 모방-아첨-순응 회로가 켜진다. 협력자들의 행동뿐 아니라 믿음까지 모방한다. 진지하게 믿을수록 지위는 더 높아진다. 그래서 진실이 아니라 믿음이 권장된다." 이렇게 우리는 모방을 통해 특정한 믿음체계를 흡수하면서 자기에 대한 인식을 확립해 나가며 그 과정에서 벌어지는 여러 사건들을 통해 성격과 취향이 결정된다. '나'라는 것은 기질적 요인에 내가 속한 집단에 대한 감각을 흡수한 후 그 집단-사회적 환경하에서 통제력을 늘려 가기 위한 실행 방법이 합쳐진 것이다. 여기서 통

33 『지위 게임』 윌 스토 지음, 문희경 옮김, 흐름출판, 2023

제력을 위한 다양한 실행 방법이 각각의 성격이다. 외부에서 보기에 누군가가 몹시 사회성이 약하고 성실성도 약하며 외향성이 약해 보여도 그 사람은 나름의 방식으로 통제력을 향한 방법을 구사하는 것이다.

그럼 다시 스타일이란 무엇일까? 그건 성격이 과감하게 드러날 수 있는 정도의 경지다. 당구에서 똑같은 배치가 서도, 쿠드롱은 침착하고도 완만하게 공을 굴리고, 산체스는 강하고 딱 부러지게 처리하며, 야스퍼스는 정확하고 계획적으로 수행하고, 브롬달은 리듬에 공을 실어서 맞춘다. 사실 스타일에 우열은 없다. 나와 맞느냐, 맞지 않느냐에 따라 평가가 달라질 뿐이다. 해서 모방에서 자신만의 스타일로 나가려면 먼저 자신의 성격이 어떠한지 파악해야 한다. 그걸 파악하기 위해 수시로 모방의 도움을 다시 받으면서 말이다.

58 존경할 만한 적

"위대하지 않은 선수들은 대체로 그런다. 얼어붙은 채 숨이 막히는 것, 초점을 잃는 것, 자신을 의식하는 것, 자신의 의지와 선택과 동작에 온전히 몰두하지 못하는 것. 이에 반해 위대한 선수가 그렇게 되는 한 가지 이유는 '온전히 몰두하지' 못한다는 게 어떤 건지 아예 모르기 때문이다."[34]

2019년 라네르스 쓰리쿠션 월드챔피언십 대회 때의 일이다. 16강에서 토브욘 브롬달과 애디 멕스가 만났다. 누가 이길지 쉽게 점칠 수 없는 상황. 16이닝까지 브롬달이 30대 26으로 앞서다가 20이닝에 멕스가 36대 37로 역전. 22이닝 초구를 잡은 멕스가 40점을 다 치고 브롬달은 2점이 남은 상황. 일단 2점을 쳐야 연장 승부치기로 갈 수 있다. 무난하게 2점을 쳤다. 배치가 무난하다고는 하지만 누구나 무난하게 치는 건 아니니다. 하여간 연장 돌입. 먼저 멕스가 차근차근 차곡차곡 무려 7점을 득점했다. 이쯤이면 아무리 천하의 브롬달이라도 패할 확률 거의 80프로다. 8점을 쳐야 한다. '브롬달은 최고의 선수니까 맘만 먹으면 8점 정도는 쉽게 치지 않나?' 그렇지 않다. 어처구니없이 빗나가는 공도 다 맘

34 『끈 이론』, 데이비드 포스터 월리스 지음, 노승영 옮김, 알마, 2019

을 먹고 친 공들이다. 브롬달의 초구가 들어가고 뒤이어 '뒤돌려치기(우라)'. 약간 빗각이지만 그래도 쉬운 편. 득점한다. 그다음 공, '좁은 각 옆돌리기(안다리 하꾸)', 좁은 틈으로 꽂아 넣어야 하는데, 아슬아슬하게 들어간다. 잘못하면 투코로 맞을 뻔. 그다음은 그리 어렵지 않은, 아니 그리 쉽지 않은 더블레일, 일명 '쪼단조'. 너무 힘이 들어가서 분리가 커지면 회전이 안 먹을 수 있으나, 아주 편안하게 무리 없는 샷으로 성공. 4득점했다. 5번째 배치가 어렵다. '옆돌려치기(하꾸)' 배치. 흰 공이 장쿠션 가운데 아랫부분에 붙어 있다. 빨간 공을 제1목적구로 삼으면 샷의 어려움은 없으나 투코로 맞을 위험을 피해야 한다. 브롬달은 흰 공을 제1목적구로 삼아 아주 빠르게 끌어치기를 해서 득점한다. 아주 과감하고 자신감 넘치는 샷. 약간의 감탄이 터진다. 그다음이 문제다. 수구는 가운데 왼편에 있고 흰 공은 반대편 아래쪽 코너에서 공 두 개 정도 떨어져 있다, 빨간 공도 반대편 장축 20포인트 바로 아래에 거의 붙어 있다. 일단 흰 공은, 뒤로 치든 앞으로 치든 키쓰를 빼기가 어렵다. 빨간 공과의 각도 애매하다. 빗겨치기를 칠 수도 없고, 얇게 옆돌려치기(하꾸)를 칠 수도 없다. 남은 선택은 장단장 더블레일이거나 단장장 바운딩이다. 난 속으로 장단장으로 하는 더블레일 겸 바운딩을 칠 줄 알았다. 하지만 그는 단장장으로 쳤다. 아마 좀 더 편한 두께로 치려고 그랬나 보다. 결과는 전진력이 덜 먹으면서 바운딩이 되지 않고 곧바로 내려갔다. 하지만 제2목적구를 스치듯 지나쳐 단축에 맞은 후 득점이 됐다. 약간의 행운이 들어간 샷이다. 그는 속으로 쾌재를 불렀을 것이다. 위기가 넘어갔다. 6득점. 이제 이번 큐만 치면 일단 동점이다. 7번째는 얇게 굴리는 긴 옆돌려치기(하꾸). 부드럽게 득점이 되고, 마지막 빗겨치기로 게임이 끝났다. '근래에 보기 드문 명승부'라는 진부한 표현에 매우 합당한 경기였고, 브롬달이 왜 최고인가를 다시 한번 보여 준 장면이기도 했다. 그는 배치마다 과감했고 자신감 있었으며 부드러웠고 자연스러웠으며 경쾌하면서도 힘이 넘쳤다. 거기에 약간의 행운까지 따라 줬고 그 행운을 끝내 자신의 것으로 만들었다. 그뿐 아니라 상대였던 애디 멕스에게 경의를 표한다.

59 더닝-크루거 클럽

어느 사장님이 오랜만에 당구장에 오셔서 하는 말. "오랜만에 왔더니 두께하고 스트로크가 안 되네요." 뭐라고 대꾸할 말을 잃은 나. 그 사장님은 18점이다.(그분이 18점이라고 무시하는 거 아니다. 진짜로.) 거의 항상 두께하고 스트로크가 잘 안 된다. 그게 기본이다. 오랜만에 와서 안 되는 게 아니다. 그런데, 그 사장님은 부지불식간에 자신이 두께와 스트로크를 잘해 왔다고 전제한다. 그래? '그럼 전처럼 잘되도록 다시 열심히 두께와 스트로크를 연습해야지.' 그 사장님은 사실 예의 바르고 점잖다. 그런데 예의 바르고 점잖은 건 자신을 파악하고 주제를 아는 것과는 전혀 관계가 없다. 그걸 모르니 아주 점잖게 그런 말씀을 하는 것이다. 예의 바르게 자신을 과대평가하는 이런! 점잖지나 않으면 아주 냉정하게 쓴소리라도 하겠다만. 그러니 아무런 말을 할 수가 없는 것이다.

사실, 우리는 모두 '자신이 뭘 모르는지를 잘 모른다'. 더닝과 크루거가 지적하는 대로, "무능력한 분야에서는 자신의 무능함을 알아차릴 능력조차 부족한 것이다. 특정 분야에 숙달하고자 한다면 일정한 기술을 습득해야 하는데, 바로 그 기술이 해당 분야의 숙련도를 평가하는 데에도 필수적이기 때문이다".[35] 여기에 비추면 앞에서 말한 '너 자신을 알라!'라는 말은 철학을 시작하는 자세를 무섭게 드러내고 있다. 우리는 누구나 예전에 자신이 습득한 지식과 경험에 의존해서 뇌로 쏟아져 들어오는 정보를 이해한다. 즉 기존의 경험과 지식이 하룻강아지 수준이면 범의 무서움을 모르게 되어 있다. 두 살 먹은 유아가 페라리를 운전하는 꿈을 꿀 수는 없는 것이다. '무식하면 용감하다고', 용감한 건 좋지만 그게 무식함에서 발원하면 좀 그렇다. 무식함과 용감함의 고리를 끊어야 한다. 그 길은 한 가지다. 겸손하게 숙련도를 높이는 일이다. 무슨 일을 하던 간에. 물론 당구를 칠 때도. 그러다 보면 예전에 말도 안 되게 높이 평가했던 자신의 능력이 제대로 보이기 시작할 것이고, 그 착각으로 벌어졌던 곤경도 눈에 들어올 것이며, 근거 없이 깎아내렸던 다른 사람의 진면목에도 눈뜰 것이다. 그리고 무엇보다 훈련의 숙련도를 높이는 사이클에 들어섬으로써 세상이 되돌려 주는 더 많은 양질의 피드백을 받아 볼 수 있을 것이다. 그러면 '이상하게도' 해야 할 일들이 점점 더 많아진다.

35 『포스트 트루스』 리 매킨타이어 지음, 김재경 옮김, 두리반, 2019

60 거인의 어깨

우리는 누구나 다 초보였다. 아테나 여신 정도나 돼야 처음부터 지혜를 갖추고 완전무장한 채 태어난다. 우린 무장은 고사하고 동물 중에서도 가장 무력한 상태로 태어나며 그 기간도 가장 길다. 다 배우는 것이고 다 배운 것이다. 배워야 한다는 걸 다 안다. 하지만 그건 피곤한 일이다. 인간은 뭔가를 배운다는 것에 인지적 부담을 느낀다. 그 부담을 회피하고자 자신이 모른다는 걸 인정하기 싫어한다. 그걸 인정하면 자신의 '무능력'을 인정하는 것이므로 '쪽 팔리고', 무기력을 가져올 수 있다. 그래서 반대로 나간다. 앞에서 말했듯, 엉뚱한 믿음으로 자신의 무지를 틀어막고 무지로 인한 불안을 걷어 낸다. 이런 일은 비단 개인적인 차원에서만 일어나는 게 아니다. 인류 문화 전반에서 일어난다. 역사 이전부터 이어져 내려오는 모든 이야기들, 신화와 전설, 그리고 특히 종교적 이야기들, 오늘날엔 인터넷을 통로로 한 '신화화된 정보'들이 모두 무지로 인한 불안을 걷어 내는 기능을 한다.(아테나 여신도 그런 기능 중 하나였다.) 이런 '믿음'들을 배운다! 그리고 다시 이어지고.

들뢰즈의 유명한 말이 있다. "타락한 정보가 있는 게 아니라 정보 자체가 타락한 것이다." 왜 그런가? '정보는 너에게 제공되는 것이 아니라 너에게 명령하는 것이다.' 뭘, 명령하느냐, 믿음을 명령하고, 그 명령으로 너의 무지를 가리라고 명령한다. 무지를 깨라는 명령으로 무지를 강화한다. 다 누구 좋으라고 그러는 것이다. 뭘 모른다는 것은, 모르는 내용을 상상조차 할 수 없다는 것을 의미한다. 학교 수업 시간에 '질문 있는 사람?' 했을 때 뭘 모르는 애가 질문하는 거 봤는가? 진리를 향한 도정에서(그런 게 있다면) 도대체 어느 지점에 있는지조차 모른다는 것이다. '제대로 된 질문'조차 어렵고, 그게 '제대로 된 질문'인지도 모른다. 조금만 더 가면 생명의 '신비'가 다 밝혀지고, '중력자'만 찾으면 우주의 진리를 다 알 것 같은가? 그렇지 않다. "우리가 정답에 가까이 접근했다고 믿을 근거는 전혀 없다."[36] 역사의 매 순간마다 사람들은 세상의 정답에 근접했다고 생각했고 어떤 현상에 대해 아주 깔끔한 설명 방식을 내놓았다. 천동설은 당대의 가장 정답에 가까운 이론이었고 양자역학을 몰랐어도 다 설명 가능했다. 물론 20세기 들어 입이 다물어지지 않을 정도로 놀라운 과학적 발견들이 이루어졌지만, 사실 앞으로 얼마나 더 패러다임이 바뀔지 가늠조차 할 수 없다. 그저 무지를 활짝 열어 놓고 가는 것이다.

어느 누가 토로한다. "어설프게 알고 있는 약간의 지식이 위험하다면, 대체 얼마나 많은 지식을 알아야 안전하다는 말인가?" 맞

---

36 『세계 그 자체』, 울프 다니엘손 지음, 노승영 옮김, 동아시아, 2023

다. 어느 누구든 이 세상에 대해서 알면 얼마나 알겠는가? 하지만 정보와 지식은 양이 아니라 그걸 대하는 태도가 중요하다. 종교는 질문 없는 답이고 과학은 답 없는 질문이란 말이 있다. 종교와 과학은 모두 지금 현재의 물음에 대한 '임기응변식 대답'인 것은 마찬가지지만 종교는 무지에 대해 완고하게 닫혀 있고 과학은 그것에 열려 있다. 그리고 그렇게 가는 행위가 위대한 것이다. 거인의 어깨 위로 기어 올라가서 조금씩.

Ⅳ 아비투스

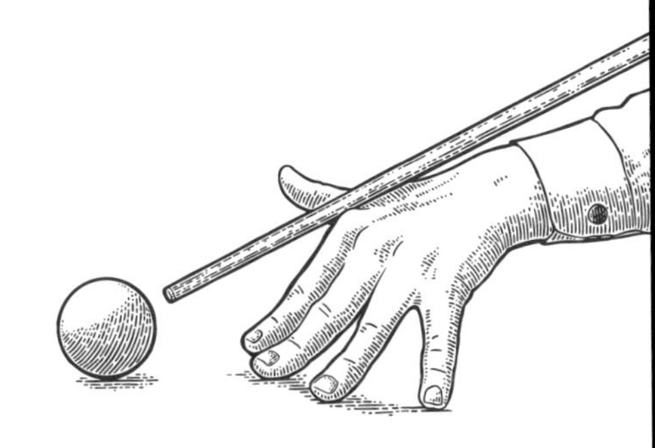

61 경직의 대가

경기를 하다 보면 어느 순간 특별한 의미를 가지는 포인트가 있다. 세트 포인트, 매치 포인트, 챔피언십 포인트, 그리고 우리가 보통 당구를 칠 때마다 마주치는 '돛대', '쌍대', 그리고 상대방이 장타를 친 후, 내가 타석에 들어섰을 때 분위기를 전환시키기 위해 꼭 필요한 포인트, 반대로 추격의 의지를 꺾는 포인트 등등. 사실, 포인트를 한 점, 한 점 쌓는 당구 경기에서 특별히 중요한 포인트란 없다. 포인트의 중요성은 다 같은데 어떤 포인트에 남다른 의미가 담기는 순간이 있을 뿐이다. 이것만 치면, 뭐가 주어지는 상황. 곧 어떤 포인트가 특별한 이유는 그 포인트로 발생하는 보상 때문이다. 그런데 그 의미가 너무 크게 다가와 내 시야를 가리면 평소 실력을 발휘할 수 없다. 김칫국을 먼저 마시다가 뒤통수 맞는 일이 벌어질 수 있다. 따라서 우린 어떤 포인트든지 똑같은 '내재적 의미'가 있을 뿐이라는 태도를 연습하고 보상이 깃든 외재적 의미로 포인트를 '차별'하는 습관을 버려야 한다. 의미가 많은 포인트니까 더 집중해야지, 하면 안 된다. '삑사리'만 난다. 게임을 할 때, 게임 자체에 몰입해서 즐기면 승률은 자동적으로 올라간다. 거꾸로 승률을 높이기 위해 집중하려 애쓰면 흔들리기 쉽다. 당연하다. 너무 뚜렷한 목적의식은 경직을 부른다. 예로부터 경직의 대가는 비웃음이다. 이건 슬랩스틱 코미디의 기본 룰이다.

우리는 빙판길에서 사람이 넘어지는 장면에서 웃는다. 하지만 빙판길에서 너무 심하게 넘어지면 웃음을 멈추고 걱정한다. 즉, 비웃음을 받고 경직을 고칠 수 있을 만한 상황에서만 웃는다. 얼마 전 PBA 경기에서 어떤 선수가 8강전을 하는데, 1점을 남겨 둔 매치 포인트 상황에서 '기본 공'에 속하는 비교적 쉬운 배치의 공을 못 쳤다.(상대는 아직 6점이나 남아 있고 한 세트 뒤지고 있었다.) 그걸 본 우리들은 그것도 못 치냐며 비웃었다. 그다음 공격에서도 '땡땡 굳은 뒤돌려치기(우라)'를 한참 보더니 '키쓰(쫑)'이 보였는지 '안전빵으로' '앞돌리기(오마오시)'를 쳤는데, 턱 없이 얇게 맞아 못 쳤다. 우린 또 '저것도 못 치냐, 나도 치겠다'며 비웃었다. 그다음도 마찬가지였다. 그 선수의 평소 실력이면 아주 수월하게 칠 수 있는 배치였다. 하지만 못 쳤다. 우린 '맛이 갔다'며 더 이상 비웃진 않았다. 서서히 그 선수가 질 수도 있다는 느낌을 받았다. 이런 와중에 상대 선수는 2점, 1점, 2점을 치며 따라잡았다. 이젠 거의 마지막 기회다. 이제 우리는 그 선수가 걱정되기 시작했다. 이 세트를 잡히면 심리적 충격으로 다음 세트까지 영향을 미칠 게 분명해 보였고 결국 경기를 망치고 한동안 후유증에 시달릴 것 같았다. 하지만 아무래도 못 칠 것 같았다. 어려운 배치 때문이 아니라 흔들리는 모습이 역력했기 때문이다. 역시 못 쳤고 그것도 말도 안 되게 못 쳤다. 우린 탄식했고, 진심으로 염려했다. "큰일 났다, 야. 빨리 수습해야 할 텐데." 결국 졌다. 아이, 어떡해!

62 샤덴프로이데

'샤덴프로이데Schadenfreude'라고 하는 독일말이 있다. 이번엔 빙판에서 넘어진 사람이 좀 다르다. '때 빼고 광낸' 어느 신사가 벌러덩 넘어진 것이다. 그것도 한껏 목에 힘주고 가다가 밑을 못 봐서. 그때 우리는 고소苦笑를 짓는다. '쌤통이다'라면서 말이다. 이 장면은 인간의 웃음에 기본적으로 공격성이 깔려 있다는 것을 잘 보여 준다.

웃음은 어금니를 드러내며 으르렁거리는 모양에서 시작됐다. 공격성을 드러내야 할 위험한 상황이 소통을 통해 제거되고 남은 잔상, 그게 웃음이다. 그러니까 긴장 해소와 상황 반전이 웃음의 조건이고 상황이 거듭되면서 이젠 먼저 웃음을 지음으로써 공격 의도가 없다는 것을 보여 준다. 즉, 웃음은 인간의 사회적 소통에서 핵심 중의 핵심으로 '길들여진 동물'의 공격성 완화 현상을 잘 보여 준다. 하지만 공격성은 완화된 것이지 없어진 게 아니다. 따라서 웃음은 기본적으로 '가식적인 웃음'이다.

그러나 없어지진 않지만 완전히 무장 해제된 상황은 있다. 그때의 웃음은 공격성이 남겨진 웃음과 살짝 다르다고 한다. 공격성이 남겨진 웃음은 입만 웃는다. 반면 진짜 편한 웃음은 눈도 웃는다. (폭소인형은, 공격성만 해제된 게 아니라 자기 자신까지 해제된 웃음을 보여 준다.) 연구에 따르면, 진짜 웃을 땐 눈 주위의 근육인 '외측안검상승근'이 활성화되어 눈이 작아지고 눈꼬리에 주름이 생긴단다. 이건 일부러 만들기가 어렵기 때문에 사람들은 그걸 보고 그 사람의 웃음 색깔을 판단할 수 있다. 몇몇 연예인의 인기 비결 중 하나는 바로 웃을 때 만들어지는 눈꼬리 주름이다. 특히 여성들이 그 웃음을 지으면 많은 남성들은 그 매력에서 헤어 나오지 못한다. 반면 남성들이 그 웃음을 지으면 '바람둥이' 분위기를 풍긴다. 〈원 데이〉라는 영화에서 앤 해서웨이와 함께 나온 짐 스터게스라는 배우가 그런 눈웃음을 짓는다. 내가 봐도 바람둥이처럼 보인다. 마침 배역도 바람둥이고. 하지만 내가 여자라면, 바람둥이라도 그런 마스크라면 한 번쯤.

63 정의

다시, 고소한 샘통 웃음, 샤덴프로이데는 기본적으로 공격성이 깔린 상태에서 나보다 앞서간다고 여겨지는 경쟁자의 실패와 실수로 나와의 관계가 원래대로 공평하게 되돌아간 느낌이 유발하는 반응이다. '지위 게임'을 때와 장소를 가리지 않고 해 대는 동물로서의 인간에게 이 반응은 기본적으로 세팅되어 있다. 따라서 난 남의 실수에 좋아한 적이 한 번도 없다는 말은 거짓말이다. 하지만 누구나 다 같은 양의 샘통 심리를 가진 건 아니다. 대체적으로 시기심이 많고 자존감이 낮은 사람이 남의 실패에 더 통쾌해하는 경향이 있다. 생각해 보면 당연하다. 그런 사람의 입장에선 나의 성공으로 공평성을 회복하기가 어렵기 때문이다. 이런 공격적 시기심에 자기중심적인 '공정성'이 자가 발전하여 '되도 않는 정의감'으로 무장해 언어로 린치를 가하는 사람들이 바로 '악플러'들이다. 그들의 거울 속에 자신은 비뚤어진 세상을 공정하고 정의롭게 바로잡는 도덕적 영웅이다. 물론 여기엔 일말의 진실이 있다. 그건 비뚤어진 세상이 그들을 많이 비뚤어지게 만들었다는 진실이다.

2014년 세계선수권 대회에서 최성원 선수가 우승 후에 이런 인터뷰를 한 적이 있다. "상대인 브롬달 선수가 연속 득점을 할 때는 무슨 생각을 하십니까?"라는 질문에 그가 웃으면서 말했다. "아, 이젠 그만 좀 쳐라.(마이 쳤다 아이가.)" 아주 솔직한 대답이다. 경쟁이 치열한 상황에서 우리는 당연히 상대방의 실수를 바란다. 노골적으로 먼저 바라진 않지만 실수를 하면 기분이 좋다. 당구장에선 매일 각자의 내면에서 이런 일이 벌어진다. 옛날 당구장에선, '상대방이 삑사리하면 박장대소로 응대한다'라는 말을 위시해서, 상대방의 심기를 흩뜨리고 '야마 돌게 하는' 갖가지 방법들이 10계명이라는 이름하에 명시된 포스터가 벽에 붙어 있기도 했다. 지금 그랬다간 큰일 난다. '개매너'라고 싸움 난다. 속으로만 해야 한다. 아니면 상황 봐 가면서 분위기를 부드럽게 하기 위한 용도로만 써야 한다. 사실, 상대적으로 고점자인 내가 못 치거나 실수를 하면 당구장 손님들이 좋아한다. "사장님도 은근히 인간적이라니까!" 맞다. 잘 친다고 별 실수 없이 맨날 이기는 건 '정의'에 어긋나는 일이다. 그리고 사실 맨날 잘 칠 수가 없다. 그건 '자연'에 어긋나는 일이다.

64 개도 사람이다

다시, 베르그송이 그랬다. "인간은 웃을 줄 아는 동물일 뿐만 아니라 웃길 줄 아는 동물이기도 하다." 웃는 동물은 많이 있다. 장난치거나 놀고 있는 동물들도 많다. 하지만 '웃기는 동물'은 인간이 유일하다. 고도로 사회적인 행위인 것이다. 인간만의 특성을 대표하는 많은 항목이 있지만 웃음과 같은 '독보적인 특성'들은 모두 고도의 사회성, '뼛속까지 사회적인' 동물에서 비롯됐다. 언어가 그렇고 거래가 그렇다. 우리들 각자가 자신의 내면에서 자신만의 개성이라고 생각하는 것들도 다 사회성의 '표현형'들일 뿐이다.

난 반려동물을 키우지 않지만, 유튜브를 통해 올라오는 그 '가족'들의 일상을 보면 확실히 개와 사람의 종적 특성은, '관계'에 의해 규정되지 그 종의 '본질'에 의해 규정되지 않는다는 걸 실감한다. 즉, 사람과 가족이 된 반려견은 사람대접을 받으며 생활하기 때문에, '지가 사람인 줄 알고' 행동하며 그 가족들도 당연시한다.(반면 사람을 개처럼 대접하고 그 사람이 그걸 수용하면 그 사람은 개가 되는 것이다.) 나의 먼 친척 중 한 분은 이 세상에서 가장 귀한 '개자식'과 함께 사는데, 거짓말 하나 안 보태고 말하건

대, 자신의 자식보다도 훨씬 더 그를 사랑한다. 마치 그 개가 2살 난 진짜 딸내미마냥 하루 종일 '우리 꽁이 이거 했져! 우리 꽁이 저거 했져!' 하면서 입에 물고 산다. 하지만 반려동물도 '사람대접'을 받을 만한 충분한 자격이 있다고는 생각해도, 당연히 사람은 아니다. 웃길 줄 모르기 때문이다. 뭔 말? 우리 '꽁이가' 얼마나 웃기는데?

하도 어렸을 때 봐서 가물가물한 만화 중에 유독 한 장면만 또렷하게 기억나는 작품이 있다. 그 장면은 이렇다. 70년대 평범한 5인 가족이 사는 일반 주택 마당에 개집이 있고 그 안에 아주 '인간적인' 강아지가 산다. 어느 날 저녁시간 그 집 아빠가 얼큰하게 취해 들어오고, 엄마의 잔소리에 이어 아빠의 고함 소리, 더불어 와장창 컵 깨지는 소리가 들린다. '잘한다, 잘해'라는 엄마의 멘트와 함께 눈앞에서 얼쩡거리는 큰아들에게 향하는 엄마의 3옥타브 솔샵의 외침이 전달되고, 큰아들은 지 방문을 부서져라 닫으며 들어간다. 이때쯤 마당 지 집에 엎드려 있던 강아지가 서서히 몸을 떨기 시작하더니, 큰아들 방에서 들리는 퍽퍽 소리에 사색이 되어 일어나 와들와들 떤다. 속으로 '이젠 내 차례구나!'를 되뇌며. 아니나 다를까 동생이 뛰쳐나와 마당을 몇 바퀴 돌더니 먼저 개 밥그릇을 냅다 차고는, 성이 덜 풀렸는지 우리의 체념 어린 표정의 불쌍한 주인공을. 그다음은 차마 보여 주진 못하고 소리로만. 그러자 그 집의 실질적인 대빵, 아주 대찬 막내 여동생이 부리나케 뛰쳐나와서는 오빠를 향해 외친다. "개도 사람인데 왜 때려어어!" 사실 또렷하게 기억난다고는 했지만 어디까지가 기억이고 어디서부터 내 창작인지는 잘 모르겠다. 이 멘트. 이 문제적 멘트. '개도 사람이다.' 이건 도나 헤러웨이보다 무려 4, 50년은 앞선 '반려종 선언'이다. 각자 한번 음미해 보라. 이 멘트의 위대함을.

하지만 다시, 개는 사람이 아니다. 웃길 줄 모르기 때문이다. 개가 웃긴 건 개가 직접 우리를 웃겨서가 아니라 우리가 개에게 인간의 행태를 덧씌워서 그렇게 보이는 것이다. 일단 인간에게 웃음은 본능에 새겨진 사회성으로 초기 세팅된 것이다. 아기들이 그냥 방긋방긋 웃고, 어른들도 혼자서 배실배실 웃는 걸 보면 누가 웃길 때만 웃는 것은 아니다. 우리 강아지도 방긋방긋 웃는다고? 물론이다. 강아지만이 아니라 많은 동물들이 웃는다. 그 웃음은 상대하는 우리를 웃게 만들지만 그렇다고 그 동물들이 일부러 웃긴 건 아니다. 코미디는 '비극적 상황에 대한 무지'에서 출발한다, 동물이나 아기는 그런 '무지'를 통해서 웃음을 유발하긴 하지만 연출하진 못한다. 그 웃음을 연출하기 위해선 무지의 밖으로 나와야 한다. 곧 상황과 스스로에 대한 메타인지가 필요하다. 전후 맥락 파악에 이은 적절한 타이밍. 거기서 더 나간다면 한 번 돌려 말하는 기법까지. 그래서 여성들은 웃길 줄 아는 능력을 가진 유머 있는 남자들을 선호한다. 장소와 시대를 막론하고 그렇다. 그 사람 됨됨이의 가장 확실한 검증 방식의 하나기 때문이다. "아이, 귀여워." 여자들이 어린아이나 반려동물이나 다른 귀여운 것들을 보고 자주 하는 표현이다. 혹시 나이 서른 넘어서 여자들에게 그런 소리를 듣는 남자들이 있는가? 듣도록 해야 한다. 재롱을 떨어서. 귀엽다는 표현에는 두 가지 의미가 들어 있는데, 하난 당신을 아기처럼 안아 주고 싶다는 말이고, 다른 하나는 '재롱을 떨 수 있는' 믿음직한 인식능력을 가진 당신에게 안기고 싶다는 말이다. 곧 사랑스럽다는 뜻이다.

65 진정한 위너

웃다 보니 길이 샜다. 다시, 경직과 웃음. 사람들은 누구나 실수를 한다. 실패도 하고. 그것도 여러 번. 그리고 사람들은 누구나 실수로 인한 비웃음에 대해 두려움을 가지고 있다. 중요한 건 이 두려움 처리다. '면이 두꺼운' 사람들은 상대적으로 비웃음에 대한 두려움이 적다. 반면 '면이 얇은' 사람은 그 두려움이 크다. 얼핏, 얼굴이 두꺼운 사람들이 두려움을 처리하는 데 유리할 것 같지만 꼭 그렇진 않다. 비웃음에 대한 두려움이 적으면 실수를 고칠 동인도 작아지기 때문이다. 비웃음에 별 개의치 않는다면 똑같은 실수가 이어질 것이다.(사실 사람들이 실수를 하고 얼굴을 붉히는 것은, 기본적으로 자신이 다른 사람과 같은 규칙을 따르고 그 규칙에 가치를 둔다는 것을 인정하는 '비언어적 사과'로 유대감 형성에 도움이 된다. 반면 실수를 하고도 아무런 표정 변화 없이 '뻔뻔하면' 유대감이 형성되기 힘들다.)[37]

우리는 간혹 얼굴이 두꺼워서라기보다는 자아의 탄력성이 유난히 뛰어나서 누구나 가지고 있는 실수와 비웃음에 대한 두려움을 가지고 있지 않은 것처럼 보이는 캐릭터들을 만날 수 있다. 소

---

37 『인간 안내서』, 스페판 게이츠 지음, 제효영 옮김, 풀빛, 2023

위 말하는 '푼수'들이다. 그들은 매일 매번 '푼수질'에 대해 주의를 받지만 다음 날 언제 그랬냐는 듯이 똑같은 행태를 한다. 주의를 줘도, 야단을 쳐도, 화를 내도 그때뿐이다. 남들은 '더러워서라도' 다음엔 조심하겠다만. 그들은 특별한 악의도 없이 꿋꿋하게 '푼수짓'을 한다. 진정한 '위너'들이다. 명작 〈동백꽃 필 무렵〉에서 고두심이 인생의 지혜가 녹아든 말투로 말한다. "속없는 덴 장사 없어."

언제나 그렇듯이 '적절한' 반응이 좋다. 적절한 거만큼 어려운 게 없긴 하지만 말이다. 버릴 건 버리고 취할 건 취해서 다시, 심신을 나긋하고 느긋하게 만들어야 한다. 긴장은 게임이 시작되기 전에 근육을 점검하는 차원에서 필요하지만 게임에 돌입하면 모든 의식과 긴장감을 버리고 상황이 요구하는 대로 반응하기 위해 항상 몰입할 준비가 되어 있어야 한다. 자동적으로. 하지만 이건 적절한 심리적 반응보다 더 어렵다. 하긴 쉬우면 이런 말도 안 한다. 참고로, 내가 그럴 수 있다는 말이 아니다. 오히려 난 정반대의 경우다. 어떤 의식 하나도 버리지 못하고 몰입을 방해하는 온갖 '채터'에 시달려 가며 공을 친다. 잘 칠 리가 없다.

66 실패

맞다. 고양이가 실패를 가지고 놀 듯 당구공을 가지고 놀아야 한다.(나는 다른 실패를 가지고 논다.) 그 외의 인간적인 고려는 일체 하지 않도록 노력해야 한다.(나는 인간적인 고려만 한다.) 상대가 있는 놀이에서 상대를 평가하지 말아야 한다.(난 내 의지와 관계없이 상대가 저절로 평가된다.) 정확한 평가는 없다.(맞다.) 내 내면의 결에 따라 과소평가가 일어나기도 하고 과대평가가 일어나기도 한다.(이것도 맞다, 그런데 난 과소평가와 과대평가가 꼬여 있다.) 과소평가는 건방짐을, 과대평가는 쫄보를 낳는다.(과소평가는 동정심을, 과대평가는 더한 건방짐을 낳는다.) 연습 다마를 칠 때 공이 잘 맞는 이유는, 심리적 동요가 없기 때문이다. 순수한 놀이의 성격이 강하기 때문이다. 게임의 결과에 따른 보상에서 제외되기 때문이다.(맞다. 나도 연습공은 잘 친다.) 이기고 지는 미래의 예측에 놀아나지 말아야 한다.(놀아나진 않는다. 져도 상관없다고 여기니.) 이건 현재의 몰입으로 잡념으로 가득 찬 뇌를 잠재우라는 말이다.(난 잡념 속으로 몰입한다.) 물론 쉬운 일이 아니다. 카르페 디엠은 그냥 할 수 있는 게 아니기 때문이다.(난, 미치지 않았다.) 그건 자아가 예민하게 반응하는, 사람들 사이에서의 평판에서 벗어나는 일이다.(난 평판의 노예다.) 그래서 어렵다. 놀이가 즐거운 이유 중 하나는 자신의 자아를 벗어던질 수 있기 때문이지 않은가.(제발 한 번만이라도 그래 봤으면.) 게임은 질 수도 있고, 이길 수도 있다. 내가 잘해도 상대는 더 잘할 수도 있고, 내가 못해도 상대는 더 못할 수도 있다.(글쎄, 그건 신경 안 쓴다니까.) 고양이가 실패를 가지고 놀 듯 하면 승리는 저절로 따라온다.(하. 나도 한번 이겨 볼까나!)

"중요한 것은 우선 침묵하는 것, 관중을 제거해 버리는 것, 그리고 자신을 판단하는 것. 주의 깊은 육체적 훈련을 통해 주의 깊은 삶의 의식과 균형을 이루는 것. 일체의 우쭐해하는 태도를 버리고 돈과 허영과 비겁함으로부터의 해방에 힘쓰는 것." 역시 카뮈는 멋진 말을 잘한다.(근데, 카프카는 아까 전에 그랬다. 어느 누구도 주의 깊은 육체적 훈련과 주의 깊은 삶의 의식의 균형을 이룰 수가 없다고. 그래서 지금 뭐 하자는 거?)

67 지하생활자의 수기

우린 월드컵처럼 엄청나게 중요한 경기 마지막 승부차기에서 그 나라의 가장 믿을 만한 선수가 누구도 믿기 어려운 '똥볼'을 참으로써 그 나라 사람들을 집단 공황 상태로 몰아넣는 장면을 심심찮게 봐 왔다.(유명한 바조.) 과도한 부담감에 평정심을 잃어 몸이 굳어 말을 듣지 않았던 것이다. 이걸 초킹이라고 한다. 몇몇 선수의 경우, 너무도 중요한 경기를 망쳤기 때문에 평생에 걸쳐 자다가 벌떡 일어나게 되는 심각한 후유증에 시달리기도 하지만, 초킹은 순간적이고 일시적이기에 그나마 낫다. 더 심각한 문제는 입스다. 입스는 잘못하면 평생 고치지 못할 수도 있다. 심리적 부담이 집중력을 잃게 만드는 경우가 초킹이라면 입스는 반대다. 이건 자신의 동작에 너무 많이 집중함으로써 자연스러운 움직임을 못하게 되는 경우다. 부드럽게 이어져야 할 동작을 하나하나 잘게 나눠서 완벽하게 해 보려고 집중하다 보니 머리는 머리대로 힘들고 몸이 말을 듣지를 않는다. 잘하려고 애쓰면 애쓸수록 수렁에 빠지는 악순환. 잊어야지 잊어야지 할수록 더 또렷해지고, 자야지 자야지 할수록 더 명징해지는 이런.

사실 초킹이나 입스를 예방하고 극복하는 방법은 아주 간단하다. 이 순간, 이 포인트에만 집중하는 것이다. 일체의 잡념을 버려야 한다. 잡념을 버려야 한다는 생각도 버려야 한다. 잡념을 버려야 한다는 생각도 버려야 한다는 의식도 버려야 한다. 잡념을 버려야 한다는 생각도 버려야 한다는 의식도 버려야 한다는 의지도 버려야 한다. 잡념을 버려야 한다는 생각도 버려야 한다는 의식도 버려야 한다는 의지도 버려야 한다는 느낌도 버려야 한다. 또 해? 잡념을 버려야 한다는 생각도 버려야 한다는 의식도 버려야 한다는 의지도 버려야 한다는 느낌도 버려야 한다는 움직임도 버려야 한다. 잡념을 버려야……. 이게 채터다. '내 안의 훼방꾼.' 이 훼방꾼을 잠재워야 한다. 어떻게? 훼방꾼을 잠재워야 한다는 의식적인 노력을 일체 기울이지 않고 무시하는 것이다. 다시, 노력을 일체 하지 않을 걸 노력하는 것이다. 안 되면? 노력을 일체 하지 않을 걸 노력하는 걸 다시 노력하는 것이다. 도스토예프스키의 『지하생활자의 수기』에 나오는 주인공이 이런 생각을 하며, 내일은 절대로 길에서 마주치는 저 빌어먹을 장교 새끼에게 먼저 비켜서지 않겠다고 다짐하며, 낙담하며, 다짐하며, 낙담하다 또 다시 다짐하고 낙담하는 장면이 나온다. 의식의 과잉, 자의식의 폭발, 이게 입스의 시대적 조건이다. 여기서부터 '신이 없다면 모든 게 허용된다'는 명제는 그리 멀리 있지 않다. 신이 없다면 모든 게 허용되고, 모든 게 허용되면 우리는 늪에 빠질 것이다.

68 사회적 위선

한번은 이런 일이 있었다. 정확히 어떤 규모의 회사인진 모르겠지만 그 회사의 부장인가 이산가 하는 사람이 손님으로 들어와서는 나에게, 너무도 자연스럽게, 내가 마치 자기의 부하직원이라도 되는 양, 카드를 내밀며 나가서 돈을 찾아오라는 것이었다. 난 순간 '벙쪘다'. 내가 그럴 수 없다고 하자, 그가 말했다. "그럼 내가 하나?" 난 못 들은 체하고는 뒤돌아섰지만, 속에서 욕지거리가 나오는 걸 막을 순 없었다. 그 사람의 머릿속에는, 모든 사람이 돈과 사회적 지위를 기준으로 서열화되어 있고, 높은 서열에 있는 자가 더 낮은 서열에 있는 사람에게 각종 '갑질'을 하는 것은 당연하다는 생각이 뿌리 깊게 박혀 있는 게 분명했다. 또한 당구장 주인이 자신보다 낮은 위치에 있다고 확신하는 게 분명했다. 한 마디로 개새끼인 것이다. 그럼 그런 개새끼류의 언행과 맞부딪칠 때 우리는 어떻게 해야 하는가? 얽혀 있는 이해관계 때문에 싸우는 게 어렵다면 피하는 게 상책이지만, 그것도 계속해서 피하기만 할 수도 없고, 참 난감한 일이다. 그나저나 왜 이 사람은 당구와 당구장을 그리고 당구장을 하는 나를 우습게 본 것일까?

당구장에 들어선 후, 쭉 돌아보며, 매번 똑같이 한 마디씩 하는 사람들이 있다. 그 한 마디는 대략 이렇다. "칠 곳이 없네?" 혹은 "칠 사람이 없네?" "나 시간 없는데." "빨리 가 봐야 하는데." "왜 부르고 난리야." 등등. 모두 자신이 얼마나 중요한 인물인지를 은연중에 드러내는 말들이다. 심한 경우는, 마치 임금이 암행을 나온 듯, 못 올 곳을 온 것인 양, 고귀한 신분인 자신이 천한 것들이나 다니는 '당구장'이란 곳을 시찰하러 온 듯한 태도를 드러낼 때도 있다. 그럴 때면 재빨리 카운터에서 뛰쳐나가서 허리를 완전히 접고, 이런 누추한 곳까지 왕림하신 그 손님 분을 접대해야 마땅하지만, 손님은 진짜 왕이 아니기에('손님은 왕이다'라는 말을 처음으로 발설했다고 미루어 짐작되는 리츠칼튼호텔의 창시자의 손님들은 진짜 왕이거나 귀족이었다고 한다.) 그 손님에 걸맞는 과잉행동반응욕구를 참아 내고 냉랭하게 한마디 한다. "칠 분도 많고 빈 테이블도 많아요."

그런데 이상한 점은, 이 고귀하신 손님분들이 오히려 쪼잔하게 구는 경우가 많다는 점이다. 이것도 못 올 곳에 온 것 같은 태도로 설명이 된다. 사백 원짜리 일회용 라이터를 살 때면 매번 아까운 생각이 드는 것처럼, 아무리 작은 금액이라도 쓰지 않아도 될 돈을 쓸 때면 아까운 법인데. 이런 손님들에겐 당구비가 이에 해당한다. 비록 당구를 치는 게 재밌지만 사회적으로 비춰지는 당구 치는 모습과 스스로를 합치시킬 수가 없다. 골프라면 모를까, 당구는 아니다. 그러니 굳이 누가 묻지도 않았는데, 당구장에 온 것은 자신의 의지가 아니라는 표시를 드러내고 마는 것이다. 그렇다면 이건 그냥 사회적 위선이다. 속물적 위선인 것이다. 골프 치러 가서도 그럴까?(요즘은 골프도 대중화돼서 그럴 수 있겠지만) 당구장에 가는 만큼은 아닐 것이다. 골프 치러 가면 당구를 치는 것보다 비용은 훨씬 더 들겠지만, 골프는 당구와 다르게 스스로에게 부여하는 의미와 행위의 괴리가 발생하지 않기 때문에 비용은 많아도 그리 아깝지는 않을 것이다. 한 마디로 당구를 '알로 보는' 것이다.

하긴 그간 우리 사회에서 당구에 대한 인식이 어떠했는지 고려하면 이해할 만도 하다. 당구를 좋아하는데도 불구하고 당구를 '알로 보는데' 당구를 잘 모르는 사람들의 눈엔 어떻게 보이겠는가? 남자친구나 남편이 당구장에 다니는 걸 좋아하는 여성들이 있는가? 거의 없을 것이다. 남편이 헬스장 간다고 해도 이럴까 하는 생각이 절로 든다. 당구는 헬스만큼 좋은 운동이다. 하지만 이런 사실을 사회에 알릴 방도는 없다. 최소한 단시간에 그럴 방법은 없다.(마음 같아서는 한 분, 한 분 모셔와 당구장 분위기가 이렇게 바뀌었다는 걸 보여 주고 싶다.) 오랜 세월 누적된 세간의 인식을 하루아침에 바꿀 재간은 없고, 사실 그 인식이 전혀 근거 없는 것도 아니었다. 불과 십 년 전까지만 해도, 당구장에서 줄담배 피우고 노름하고 술 마셔 가면서 떠들고 욕을 곁들어 히히덕거리며 당구를 쳤다. 스포츠라기보다는 유흥이었다. 그것도 남자들만의 유흥. 개발도상국 시기 당구 문화는 흥청망청 부어라 마셔라 하는 분위기의 한복판 바로 옆에 자리 잡고 있었다. 그때 당구는 취미나 스포츠가 아니라 사회적 관계를 위한 윤활유이자 규모가 작은 도박이었다. 그때는 몰랐다. 문화였으니까. 모든 문화는 그 안에 있는 사람들에겐 자연스럽고 당연한 것이다. 그때 우리에겐 그런 당구 문화가 당연한 것이었다. 하지만 시대는 변했고 '거품은 꺼졌다'.

"인간은 스스로 선택한 환경하에서가 아니라 과거로부터 곧바로 맞닥뜨리게 되거나 그로부터 조건 지워지고, 넘겨받은 환경하에서 역사를 만들어 가는 것이다."[38] 거창하게 역사 얘기해서 미안하지만, 당구가 만들어야 할 역사도 마찬가지라는 생각에서 인용했다. 아직도 당구는 유흥과 스포츠가 혼재해 있다. 가끔 오랜만에 당구 친다고 하면서, 예전 당구장 문화에서 통용됐던 행태를 그대로 하려는 손님들이 들어온다. 그 사람들이 개인적으로는 절대 점잖지 못한 사람들이 아닌데도 불구하고 그 손님들은 바뀐 '시대적 분위기'에 뒤처졌기 때문에 눈총을 받고, 주의를 받고, 핀잔을 들으며, 더하면 쫓겨나기까지 한다.

다시, 역사적 결정체들은 어느 한 사회의 특정 시기에 주도적인 것, 잔여적인 것, 맹아적인 것으로 자신을 드러낸다.[39] 유흥으

38 『프랑스혁명사 3부작』, 카를 마르크스 지음, 임지현, 이종훈 옮김, 소나무, 2017
39 『문화와 사회』, 레이몬드 윌리엄스 지음, 이화여자대학교출판부, 1988

로서의 당구는 잔여적인 것이다. 그리고 아직 스포츠로서의 당구는 주도적인 것으로 자리 잡지 못했다.(PBA 출범은 이런 시기에 아주 중요한 변곡점 중 하나다.) 이제는 주도적인 것으로 자리 잡아야 한다. 당구가 품고 있는 스포츠로서의 뛰어난 '역량'을 사회에 알리고(이번 아시안 게임을 보는데, e스포츠 경기가 있더라. 난 의아했다. e스포츠가 포함된 게 의아한 게 아니라 당구가, 그게 캐롬이든, 스누커든, 포켓볼이든, 포함되지 않은 게 의아한 것이다. 아직도 무르익지 않았단 말인가?) 나아가 '건강한 생활 스포츠'로서의 가능성을 크게 확대해 나아가야 할 때가 왔다. 스포츠로서의 당구 효과를 생각하면 정부와 각 지자체는 나이든 사람들의 치매 예방 및 건강 증진을 위해 지금보다 최소 1,000배 정도 증액해서 예산을 책정해야 한다.(이 말이 헛소리가 되는 지점은 정확히 어디인가?) 빠른 시기에 이런 희망이 이루어질 리는 만무하지만 이런 노력, '역사적 짐'을 지고 있는 당구의 사회적 인식 변화를 위한 노력이 지속적으로 이루어져야 내가 '사회적 위선'이라고 개인을 탓하는 일, 그 사람 입장에서 조금은 억울한 일이 벌어지지 않는다.

69 자존감

쇼펜하우어가 말한다. “자긍심은 어떤 점에서 자신이 압도적인 가치를 지녔다는 것에 관한 확고한 확신임에 반해, 허영심은 이러한 확신을 타인의 마음속에서 일으키려는 소망이다.”

요즘은 예전에 주로 썼던 자존심이라는 말 대신에 자존감이란 말을 많이 쓴다. 자존심보다는 자존감에 좀 더 ‘긍정적인 의미’가 깃들어 있다는 듯이. 그 둘을 굳이 구분하자면, 타자의 시선과 관련해서 자존심은 그것에 ‘너무 많이’ 신경을 쓰는 허영심이 깃들어 있다고 한다면 자존감은 그것과 ‘별 상관없이’ 스스로의 시선이 자신에 대해 긍정적일 때 쓰는 표현이라고 할 수 있겠다. 하지만 유심히 들여다보면, 자존심이든 자존감이든 자기기만의 영역 안에서 움직인다는 것이 금방 드러난다. 뇌과학에서는, 내측전두엽이라는 곳에서 긍정적인 환상과 높은 자존감이 촉발된다고 한다. 곧 나의 수많은 모습들 중에 특정 모습만 선별되고 괜찮다는 ‘환상’이 가미돼서 ‘지 맘대로’ 평가를 내리고 평안해하는 상태가 자존감이 높은 상태라고 할 수 있다. 그건 스스로에 대한 과대평가가 상시적으로 이루어지는 ‘긍정적인 자기기만’ 상태다. 이게 ‘긍정적인’ 이유는 스스로도 잘 알지 못하는 자기기만의 효율적인 메커니즘에 의해 당사자 본인의 심신이 안정되기 때문이다. 즉, 당사자에게만 긍정적이다.

그렇게 자존감이 높은 상태는 스스로에 대한 통제력의 과신을 불러온다. 반대로 자존감이 낮은 상태는, 통제력에 대한 긍정적 환상이 모자라서 무기력에 시달리는 마음을 다스리기가 어려운 상태라 할 수 있다. 이때 통제력과 관련된 환상이 자기 자신으로부터 자가 발전하여 생성된다면 자존감이 높은 상태가 되는 것이고, 다른 것, 예컨대 통제력이 강하다고 믿어지는 신 같은 것으로부터 온다면 신앙심이 깊은 상태가 되는 것이다. 우리는 때로 신에게 모든 것을 맡긴 이로부터 자유롭다는 말을 듣는다. 사실 이 말은 자존감이 '드높은' 사람이 자유롭다고 말하는 것과 같은 현상이다. 다 통제력에 대한 착각에서 이루어진다. 문제는, 언제나 그렇듯이, 이러한 착각들이 믿음을 생성해 내고, 그 믿음이 효과를 만들어 낸다는 것이다. 하지만 또 다른 문제는, 다시 당사자들에게만 효력이 있다는 점이다. 그 효력을 증거로, 많은 '신실한 자들'은 외부의 문제를 내부의 문제로 치환해서 해석하는 어리석음을 저지른다. 자기중심성을 벗어나지 못한다. 과도한 '확신'이나 어처구니없는 '맹신'으로 사회적인 해악을 끼치면서도 그걸 전혀 인식하지 못하는 상태가 되기도 하는 것이다. ("미신이 쾌락을 발생시키는 반면 신앙은 자긍심을 발생시킨다." 해서 무당을 찾아가는 사람들은 떳떳하게 말을 하지 못하지만, 교회에 가는 이들은 떳떳하게 말을 한다. 떳떳하게 쾌락을 얻는다.)

대니얼 커너먼이 말한다. "어떤 사람이 높은 자신감을 공개적으로 드러낸다면 그것은 대개 그 사람이 자기 마음속에 하나의 일관된 스토리를 만들었다는 뜻이지, 그 스토리가 꼭 진실이라는 뜻은 아니다." 그 스토리가 진실하려면, 아니 진실에 근접해 가려면, '공통감각'을 갖춰야 한다. 곧, '드높은 믿음'은 적절한 '공통감각'에 의해 제어될 필요가 있다. 여기서 '공통감각'이란 타자 혹은 대타자의 시선을 내면화해서 '주제를 파악하고' 상황을 파악하는 능력을 뜻한다. 샤프츠베리가 말하길, "커먼센스란 공공의 복리와 공통의 이익에 대한 생각, 공동체나 사회에 대한 사랑, 인류 공통의 권리에 대한 정당한 감각에서 유래하는 태도"다. 너무 구시대적이고 '거창한가'? 좀 그런 감이 없진 않지만, 분명한 건 '나 홀로 자존감'은 '우리 모두의 공통감각'에 의해 콘텐츠를 제공받아야 한다는 점이다. 그렇지 않으면 '진심 어린 헛소리'를 남발하게 된다.

공통감각이 형편없는 '드높은 자존감'보다는 차라리 남의 시선을 의식하는 허영이 가미된 자존심이 더 낫다. 어떻게 말하면, 드높은 자존감은 일부러, 억지로 타자의 시선을 차단한 상태라고도 할 수 있다. 사실, "사회적 시선에 전혀 영향 받지 않는 자기 자신의 본래 모습이 있다는 생각, 달리 말하면 다른 사람에게 어떻게 보일지 전혀 신경 쓰지 않고 어떤 평판도 자만심도 갖지 않고 사회에 존재할 수 있다는 생각은, 자신의 이미지가 타인의 관찰을 통해서만 형성된다는 사실을 단순히 받아들이는 것보다 훨씬 더 오만하고 이기적인 태도"다.[40] 우리 인간은 진화 과정을 통해 남들이 보는 나의 모습에 지나칠 정도로, 하지만 너무도 당연해서 무의식적으로 신경 쓰도록 만들어져 있다.(그러니 '난 너무 남의 시선을 의식하는 것 같아요, 바보같이.' 라는 말이 나오는 건 정상이니까, 별로 신경 쓰지 말고 진짜로 남들에게 신경 쓰지 말라.) 맞다. 다시 말하지만 자존감이든 자존심이든 허영심이든, 아니 허영심은 빼고, 내 안에 스스로에 대한 긍정적인 심상을 가지는 건 나를 위해서도 남을 위해서도 필수적이다. 하지만 간수를 잘해야 하고 위치를 잘 잡아야 한다. '자뻑'으로 쭉쭉 나아가면 곤란하다.

당구는 '아곤'인지라 쉽사리 자존심 경쟁으로 돌아설 여지가 다분하다. 이기면 자존심이 올라가고 지면 자존심이 손상된다. 이해는 한다. 우리의 마음은 그렇게 세팅되어 있으니까. 하지만 심하면 안 된다. 당구만이 아니라 다른 행위를 할 때도 자존심을 섣불리 걸면 안 된다. 그러면 이겨도 손해다. '상처뿐인 영광'이다. 그리고 그 영광도 자신만의 착각일 뿐이다. 자존심은 막 그렇게 밖으로 내돌리는 물건이 되면 안 된다. 방 안에 있어야 할 화장대

---

40 『프로필 사회』, 한스 케오로크 묄러, 폴 J. 담브로시오 지음, 김한슬기 옮김, 생각이음, 2022

가 길거리에 나와 있으면 얼마나 뜨악한가! 누군가는 버린 건 줄 오해한다. 자존심도 마찬가지다. 밖으로 나오는 순간 그건 허드레 취급을 받는다. 소중한 건 안에 둬야 한다. 훌륭한 플레이어는 이런 자존감을 잘 간수하는 사람이다. 또한 "상당한 침착성을 갖고서 놀이의 영역과 생활영역을 혼동하지 않는 자이다. 가령 진다고 하더라도, 자기에게 있어서 놀이는 놀이일 뿐이라는 태도를 보여 주는 자이다." 놀이와 생활세계의 경계가 무너질 때, 그걸 전문용어로 '개판'이라고 한다.

70 훈장질

한번은 카운터에 앉아 졸고 있는데, 갑자기 연세 지긋한 두 분이 투닥거리는 소리가 들렸다. 당구장 안에는 그 두 분밖에 없었다. 뭔 일인가 싶어 후속 발언을 듣기 위해 귀를 쫑긋 세워 봤다. "고수 치는 거 보고, 좀." "고수는 무슨, 지도 못 치는 주제에, 배우긴 뭘 배워?" "아니, 내 말은……." 그 말을 듣고 파악이 완료됐다. 목소리를 높이신 사장님은 중대에서 치다가 대대로 넘어온 지 얼마 안 된 17점 '하수님'이었다. 그분은 보통 게임은 하지 않고 연습만 하다가 가곤 했는데, 그날은 우리 19점 오지랖 사장님께서 '뭔가를 좀 알려 주고 싶은 좋은 의도'로 한 게임을 청했고, 게임 후 40분 정도가 지나도록 매번 오지랖 사장님이 이거 쳐라, 저거 쳐라, 하고 가르치려 드니까 짜증을 참지 못하고 그 사달이 난 것이다. 아닌 게 아니라 우리 19점 오지랖 사장님은 실제로 17점 그 사장님보다 별로 나은 게 없다. 말만 고수인 것이다.

이렇게 실제 게임보다 훈수를 더 좋아하는 사람들이 있다. 이런 부류들의 공통점이 몇 가지 있다. 첫째, 이들은 자신의 '다마수'를 실제보다 더 높게 놓는다. 즉 고수이고 싶어 한다.(게임비 부담이 없는 정액제 구장일 때 그렇다.) 둘째, 자신보다 고수랑 게임 치는 걸 부담스러워한다. 즉 고수 체면을 중시한다. 혹시 자신이 이겨서 상대방 고수의 체면 손상을 염려하는 건가? 셋째, 과거 '알다마 시절'에 대해 뻥을 친다. 2달 만에 3백을 치고, 1년 만에 7백을 친다. 천재냐? 난 복수의 사람으로부터 똑같은 내용을 듣고 좀 놀랐다. 넷째, 게임 중 불리한 상황이 오면 훈장질이 시작된다. 즉 못 친 게 아니라 가르쳐 주느라고 일부러 안 친 것이다. 다섯째, 격차가 많은 하점자랑 칠 때 유독 잘 친다. 즉 자신의 진면목을 보여 주는 데 굶주린 상태다. 여섯째, 하점자를 가르쳐 주길 즐기는데, 큐는 자신이 들고 있다. 즉 본래 목적은 가르치는 게 아니라 자랑하기다. 일곱째, 이렇게 치면 그냥 맞아 있다고 허풍을 친다. 하지만 허풍에도 불구하고 잘 안 들어간다. 하지만 계속 치면 들어간다. 여덟째, 잘난 체를 위해서 시스템을 외운다. 듣다 보면 산수 시간 같다. 아홉째, 상대방이 훈수하는 걸 싫어한다는 걸 모른다. 고마워하는 줄 안다. 마지막 열째, 모르는 것이 없다. 상대방의 기분만 빼고 다 안다.

71 디펜스

한번은 이런 일이 있었다. 어느 프로 선수가(PBA 출범 전이었고, 특별히 내세울 만한 성적을 낸 적이 없는 프로 선수) 우리 당구장에 다녔을 때의 일이다. 그는 나름대로 당구장에 출입하는 동호인들에게 격의 없이 게임을 쳐 주며 잘 지내고 있었다. 그는 당시 35점을 놓고 쳤다. 한번은 24점 치는 P사장과 게임을 친 이후에, 카운터에 와서는 빈정이 상한 듯 말을 하기 시작했다. "솔직히 내가 이런 말은 안 하려고 했는데, 아까 게임 친 P사장 있잖아요. 쳐야 할 공을 안 치고 눈에 보이게 디펜스를 하려고 하는 거예요. 나랑 게임을 치면서 너무 노골적으로 승부욕을 드러내면 어떻게 하자는 건지, 막말로 내가 열 받아서 디펜스하면 어떻게 할 거예요? 아무래도 디펜스를 해도 내가 더 잘할 거고, 풀기도 내가 더 잘할 텐데, 그러니까 서로 디펜스 싸움이 되면, 하점자가 손해고 또 하점자는 그러면 안 되는 거죠. 공격적으로 쳐야 공도 늘고, 디펜스 생각하지 말고 어떻게든 쳐야지 하는 일념으로 공을 쳐야지. 그게 뭐하는 건지 기분이 좋지 않더라고요. 더 친하면 직접 몇 마디 해 줄 텐데. 아직 그럴 단계는 아닌 것 같아서 말은 안 했지만, P사장 공 그렇게 치면 안 돼요." 난 그 말에 동의했다. 맞다. 일부러 디펜스 생각하면서 공을 치면 안 된다. 매우 공격적으로 공을 쳐야 는다. 빨간 공은 쳐다도 보지 않으면서 공을 질질 굴리고 있으면, 게임 자체가 질질거려서 재미도 없어진다. 다 맞는 소리다. 그런데, P사장 말도 한번 들어 봐야 하지 않겠는가? 그래서 나중에 물어봤다. P사장이 하는 소리. "그래, 딱 두 번 그랬다. 내가 그 프로랑 저번까지 다섯 번을 쳤는데, 다 졌다. 뭐, 그 사람은 고수니까 배운다고 생각하고 질 수도 있다. 그런데 어제는 엇비슷하게 나가서 한 번 이겨 볼 수도 있겠다 싶었다. 그래서 이거 칠 거 안 치고 디펜스 좀 했다. 하수가 한 번 이겨 보겠다고 디펜스 한 번 한 거 가지고 그걸 못 참고 승질을 내면 그게 고수냐? 만약 그 사람이 이겼어도 그랬을까? 하수에 대한 아량을 좀 베풀고 귀엽게 봐줄 수도 있는 거 아니야?" 어? 그랬어?

간혹 이런 '고수'들도 있다. 점수 차가 많이 나는 하점자와 치면서, 거의 항상 공을 한쪽으로 모아 내리는 사람. 그는 물론 의도치 않은 '자연 디펜스'라고 말하겠지만, 그렇지 않은 경우가 더 많다. 그럼 하점자들은 지친다. 그걸 고약하게 즐기는 것이다. 요즘은 예전만큼 상대의 디펜스 전략에 대해 별로 왈가왈부하지 않는다. 공격적으로 공을 쳐서 득점할 확률을 어느 정도 포기하는 행위니 만큼 하나의 전략으로 인정해 준다. 하지만 그건 상대와의 실력이 엇비슷할 경우에 해당되는 이야기다. 동호인들끼리의 시합은 PBA 선수들이 하는 경기와는 다르다. 30점이 20점과 치면서 디펜스로 '괴롭히면' 어떡하자는 것인가? 차라리 열심히 쳐서 빨리 끝내는 것이 낫다. 승부보다 먼저 경기가 재밌어야 한다. 하긴 하점자는 이런저런 상황들과, 이런저런 사람들을 겪으면서 실력을 기르는 것 외에 다른 방도가 없다. 디펜스에 대한 하소연도 아무 소용없다. 오히려 상대의 디펜스에 대해 무감각해지도록 해야 한다. 디펜스를 할 테면 해라, 나에겐 '뽀로꾸'가 있다는 자세로, 심리적으로 넘어가지 않는 '무대뽀 정신'이 필요하다. 솔직히 고점자 입장에서 제일 무서운 하점자가 어떤 스타일인 줄 아는가? 고점자 눈치 안 보고, 갤러리 신경 안 쓰면서, '빽빽 조지며' 제 갈 길 가는 스타일이 제일 무섭다.

72 매너

지고 나서 상대방의 매너를 문제 삼는 사람은, 자신도 그런 똑같은 행태를 보이는 경우가 80퍼센트는 된다. 물론 매너 없는 '놈들' 많다. ('놈'이라는 표현에 양해를 구한다. 앞으론 '분'이라고 하겠다.) 당구 칠 때 상대 안 보는 분, 휴대폰 보는 분, 옆 테이블 치는 것 보는 분, 더구나 그거 참견하는 분, 고수라고 가르치려고 하는 분, 하순데도 불구하고 가르치려고 하는 분, 초크 찍찍 바르는 분, 상대가 치자마자 일어나는 분, 엄청 느린 분, 맞았는지 안 맞았는지 애매한데 그냥 또 치는 분, 알치기하는 놈 아니 분, '다마 수' 속이는 분, 상대가 친 게 안 맞았을 때 노골적으로 비웃는 분, 반대로 상대가 친 게 안 맞았을 때 너무 과도하게 유감을 표현하는 분, 안 맞는 거 뻔히 알면서 '헛 나이스' 남발하는 분, 자신이 친 게 안 맞았을 때 투덜대는 분, 투덜이 심화돼서 씨발 씨발 하는 분, 이게 도대체 왜 안 맞았는지 이해가 안 된다는 표정으로 퇴장하지 않고 가만히 멍하게 서 있는 분, 다이가 이상하다고 한 번 만져 보는 분, 20까지 쳤는데 20이 아닌가 하고 되새겨 보는 분, 장타 분위기에서 말 거는 분, 잘 치면서 '어벙까는 분', '뽀로꾸'를 쳐 놓고 봤다고 하는 분, 박박 우기는 분, 쉴 새 없이 떠드는 분, 상대가 멋진 샷을 해도 망부석처럼 있는 분, 빨리 치라고 닦달하는 분, 하수랑 치기 싫다는 분, 고수랑 치면 지니까 안 치겠다는 분, '연습 다마'만 주구장창 치는 분, '연습 다마' 치면서 빽빽 조지는 분, 연습하다가 수업 분위기 돌입해서 떠드는 분들, 그러다가 싸우기도 하는 분들, 그리고 이런 짓들을 여러 가지 동시에 하는 분들, 참 매너 없고 싸가지 없는 분들 많다. 매너가 좋은 건 별게 아니다. 위에 적시된 행위를 하지 않으면 된다. 매너와 비매너는 행복과 불행의 관계와 같다. 톨스토이의 『안나 카레니나』의 유명한 첫 대목. "행복한 가정은 서로 닮았지만 불행한 가정은 모두 저마다의 이유로 불행한" 것처럼 당구 칠 때 매너 좋은 것은 별 다른 것이 없지만 매너 나쁜 것은 가지가지로 나쁘다.

73 핑계

당구를 치다 보면 잘 맞을 때도 있고, 안 맞을 때도 있다. 물론 잘 안 맞을 때가 잘 맞을 때보다 더 자주 있다. 이때 사람들이 흔히 즐겨 오해하는 부분은, 다시 말하지만 잘 맞을 때가 자신의 진짜 실력이고, 잘 안 맞을 때는 갖가지 이유로 실력 발휘가 잘되지 않는 거라고 생각하는 것이다. 그 이유들은, 실로 다양하다. 집중력을 흩트리는 내, 외부의 모든 요소가 핑계거리가 될 수 있다. 그것들이 핑계인 이유는 실력이라는 것이 집중력과 따로 떼어내서 말을 할 수 있는 게 아니기 때문이다. 좋은 실력엔 강한 멘탈과 고도의 집중력이 포함되어 있다. 난 실력은 좋은데 집중력이 떨어져서 제 실력을 발휘하지 못한다는 말은, 우리 아인 머리는 좋은데 노력을 안 해서 공부를 못한다는 아이 엄마의 핑계와 동궤의 말이다.

비록 그 말을 입 밖으로 내지는 않지만, 태도를 보면 말만 안 했을 뿐이지 몸으로 그 표현을 그대로 하는 사람들이 있다. 예컨대, '깻잎'으로 빠지는 경우 어처구니없다는 듯한 표정에 이어 상대에게 동의를 구하는 듯한 헛웃음을 지은 후 이해가 안 간다는 듯 테이블을 노려보는 경우가 있다. 그 동작은, 난 틀림없이 그걸 맞추는 실력을 갖췄고 그 실력으로 틀림없이 맞췄는데, 이번 경우는 '이상한 이유'로 빠진 것이라는 항변, 아니 변명을 하고 있는 것이다. 그것도 한 번만 그러는 것이 아니다. 빠질 때마다 그런다. 맞히면 실력이고 못 맞히면 다 운이 나빠서 그런 것이니, 오늘은 '뒤지게 운이 나쁜 날'인가 보다. 어라? 그런데, 그다음 날도 그런다. 이 사람은 실력은 뛰어난데 당구 운이 너무 나빠 맨날 빠지고, 맨날 그 나쁜 운을 어찌하지 못하고 체념하는 듯한 헛웃음을 남발한다. 그렇다면 굿을 하든지, 교회에 다니든지 그 외 다른 방법이 없다. 우리 힘만으로는 안 된다. 종교적 힘을 빌려야 한다. 하지만 다시, 오만한 마음엔 종교적 힘이 '먹힐 수가 없다'. 신도 못 하는 건 못 한다.

주식을 하는 사람들 거의 대부분이, 이익이 나는 상승장일 때는 자신의 행위의 '올바름'을 가지고 설명하고, 손해가 나는 하락장일 때는 외부의 여러 가지 원인을 동원해 합리화한다. 주식만이 아니라 모든 일에 대해 그렇다. 그래야 편하기 때문이다. 당구도 잘 치면 내가 잘 친 것이요, 못 치면 상황이 그렇게 만든 것이다. 여기서 갖가지 핑계가 나온다. 말을 시켜서, 말을 하느라고('말하면서 칠 사이즈가 아냐'), 어제 잠을 못자서, 술을 먹어서, '다이가 짧아서', '다이가 안 굴러서', 비가 와서(습도 때문에), 전화 받느라고, 상대가 매너 없어서, 화장실이 급해서, 공이 붙어서, 공이 더러워서, '큐 걸이가 안 나와서' 등등. 문제는 핑계를 하는 사람들은 그걸 핑계로 생각하지 않는다는 점이다. 핑계가 아니라 너무도 합당한 이유다.

거짓말이 그렇듯이 핑계도 '한계'가 없다. 여러 가지 '인지부조화' 실험에서 드러나는 바, 사람들은 자신들의 '믿음'을 지켜 내기 위해서라면 정말 말도 안 되는 기상천외한 핑계들을 만들어 낼 수 있는 '능력'이 있다. 물적, 정신적 비용을 더 많이 치르고 고통을 더 많이 받을수록 그렇게 한다. 이미 들어간 고통과 비용을 실질적으로 되돌릴 방법이 없으니 사후 합리화용 핑계를 만들고 심리적으로나마 견딜 수 있도록 뇌가 시키는 것이다.(그래서 사이비 종교 집단에 '올인'한 사람들은 99프로 거기에서 나오지 못한다. '투자액'이 적어야 그나마 나올 수 있다.)

모든 게 핑계가 될 수 있다. 잘못된 일에 책임을 지기가 두려워서, 불안해서, 핑계 뒤로 몸을 숨기는 사람은, 당연한 말이지만 성장할 수 없다. 누구나 어린 시절에는 '약한 마음에' 잘못된 일에 대해 책임을 모면코자 핑계를 댄다. 핑계와 더불어 변명, 거짓말, 도둑질 등 나쁜 짓을 한 번씩 거쳐 가면서 성장한다. 하지만 그것들이 좋지 않다는 것을 받아들이면서 자신에 대한 개념을 만들 수 있어야 성장할 수 있는 것이다. 그런 좋지 않은 방법 뒤로 숨었는데, 그 효과를 계속해서 '성공적으로 학습하는 경우'에는 나중에 문제가 심각해질 수 있다. 정말 심각한 문제 중 하나는, 주위 환경이 그런 '나쁜 학습'을 강제하는 경우다.

74 인터벌 맨

실력에 비해서 승률이 매우 높은 사람이 있었다. 엄청나게 시간을 오래 끄는 사람, 소위 인터벌 맨. 이 사람과 관련해서 전해 내려오는 전설적인 얘기가 있다. 그 사람은 점수가 '무려' 27점이다. 2이닝 때 기본 '뒤돌려치기(우라)'가 떴다. 그런데, 도대체 뭘 생각하는지, 진짜로 30초를 그냥, 아무것도 안 하고, 유심히 보더니, 아마 다음 포지션을 위해서 이렇게 뜸을 들이나 하고 생각하는 순간, '한밭 레인보우큐'를 왼손가락에 걸고 엎드린 다음, '샤프질(예비샷)'을 한 열 번 하더니, 영 안 되겠다 싶은지 다시 일어나, 상대방 입에서 들릴 듯 말 듯한 한숨을 기어코 유발하고 말더니, 이젠 결심한 듯, 비장하게 엎드려 제1적구를 약간 얇게 끌어서 돌렸는데, 결국 '키스(쫑)'가 나고 말았다는, 상대방이 봐도 너무 안타깝고 기다린 시간이 허무한 이야기다. 이렇게 단 한 번의 신공으로 기선을 완전히 제압당한 상대방은, 그렇게 신중에 신중을 기해서 쳤는데도 불구하고 쫑이 났으니 그다음 번에는 얼마나 더 신중할까 하는 생각에 진이 빠져 맥 한 번 제대로 못 추고 인터벌 맨에게 승리를 헌납한 후 실제로 몸무게가 1킬로그램 줄었다는 가슴 아픈 이야기가 이어지고, 그 인터벌 맨이 다시 구장에 들어섰을 때 그와 대적할 최적의 상대를 고르다가 지쳐 할 수 없이 제일 튼튼하게 보이는 Y사장을 골라 매칭한 후 뒤돌아 남몰래 미안함의 눈물을 훔친 애절한 이야기가 뒤를 잇는다. 아, 그때는 아직 디지털 점수판이 없을 때였다. 지금은 점수판에서 40초 카운트를 해 주기 때문에, 예전만큼 인터벌 가지고 말을 많이 하진 않는다. '인터벌 맨들'도 40초 눈치를 좀 보고, 인터벌을 못 참는 '후딱 맨들'도 40초를 기준으로 약간 인내심이 길어졌기 때문이다. 그나저나 그 전설의 인터벌 맨은 지금 어떤 속도로 치는지 궁금하다.

한번은 인터벌이 비슷한 분들이 붙은 적이 있었다. A와 B사장, 중계방송 시작. A사장은 인터벌이 '장난 아닌' 사람이다. 40초를 넘기기는 다반사고, 어쩌다 빨리 치면 공이 서고 30초쯤 걸린다. 프랑스 선수 뷰리의 재림인지, 테이블을 이리 돌고 저리 돌면서 칸 수 세고 그리고 나서 한 번 더 보고 공을 친다. 그 사람과 공을 치려면, 그 인터벌 동안 딴 곳을 보고 있지 않을 수 없다. 답답하기 때문이다. 그 A사장이 B사장과 게임을 친다. B사장도 만만치 않은 사람이다. 테이블을 이리 돌고 저리 돌고 하지는 않지만 모든 동작이 무지 느리고 신중하고 공도 살살 굴린다. 그래도 이 사람은 40초를 거의 채워서 그렇지 그걸 자주 넘기진 않는다. 최소한 넘길 것 같으면 '죄송합니다'라고 한 마디는 한다. 반면 A사장은 '죄송합니다'라는 멘트를 날리지 않는다. 그러면 매 이닝 죄송

해야 하니까, 차라리 그런 멘트를 하지 않는 게 서로를 위해서도 더 낫다. 두 사람의 수지는 22점과 23점이다. 그 두 사람이 게임이 끝난 후 시간차를 두고 카운터에 들렀다. A사장이 먼저 들렀다. 들러서 하는 말, "B사장하고 답답해서 게임 못 치겠어. 인터벌이 얼마나 긴지, 그냥 게임 치면서 너무 이기려 드는 것 같아. 정식 게임도 아니고 정액제 구장에서 가볍게 치면 되는 걸 가지고." 아, 다른 사람이라면 몰라도 최소한 A사장이 이런 말을 하면 안 된다. 난 속으로 혀를 끌끌 찼다. 스스로에 대해 이렇게 몰라도 되나? 얼마 후 B사장이 카운터에 들렀다. 들러서 하는 말. "어휴, A사장하고 게임 못 치겠어. 인터벌이 얼마나 긴지. 매회 40초가 넘어. 그냥 맘 편하게 치면 되는 걸 가지고. 승부욕이 너무 센 것 같아. 피곤해." 아, 다른 사람이라면 몰라도 B사장도 이런 말을 하면 안 된다. 도낀개낀(표준어는 도긴개긴이라네!)이기 때문이다. 아, 나는 몰랐다. 난 이분들의 생체 시계가 느리게 돌아가서 다른 분의 인터벌도 쉽게 견딜 수 있는 줄 알았다. 하지만 아니었다. 난 지금 단순히 인터벌 긴 것 가지고 뭐라 그러는 거 아니다. 남의 티끌만 보고 내 들보는 보지 못하는 걸 지적하는 것이다. 나의 인터벌은 신중하고 집중하는 것이고 남의 인터벌은 너무 이기려 드는 욕심이라니.

75 양반

아주 점잖은 '양반'이 한 분 있었다. 갑자기 소나기를 만나도 절대 걸음을 빨리 하지 않는다는 '진짜 양반'. 이 '양반'은 당구장에 들어설 때부터 걸음걸이며 커피 타는 속도까지 모두 0.7배속으로 움직이는 것 같다. 여유 그 자체다. 한번은, 다른 손님과 매칭을 해 줬는데, 이 '양반'이 담배 한 대 피우고 오겠다며 흡연실에 들어가더니 나오질 않는 것이다. 보통 그런 경우 대부분의 사람들은 2, 3분 만에 후딱 피우고 돌아온다. 돌아와서, '아, 죄송합니다.'라는 형식적인 말을 하고, 상대도 '괜찮습니다.'라는 말을 한 후 게임을 시작한다. 그냥 그렇게 하면 된다. 하지만 그 양반은 거의 15분처럼 느껴지는 시간 동안(실제로 얼마의 시간이 흘렀는지는 정확히 모르겠지만 최소한 10분 이상은 되는 것 같고, 그걸 지켜보는 입장에서는 충분히 15분처럼 느껴지는 시간이었다.) 느긋하게, 핸드폰을 들여다보며 느긋하게 담배를 음미한 후 역시 절대 서두르는 기색 없는 걸음걸이로 나왔다. 그걸 계속 지켜보던 상대방, 결국 자리를 박차고 일어서더니 '아이, 씨발. 안 쳐.'라는 소리를 나지막하지만 강하게 외치고는, 다른 자리로 가버렸다. 상황이 이러한데도 그 양반이 진짜 '양반'인 게, 난처해하거나 당황하는 모습을 전혀 보이질 않고, 나에게 어떻게 된 거냐고 물어보지도 않고, 그냥 아무 일도 벌어지지 않은 것처럼 태연하게 연습구를 치는 것이었다. 유 윈.

그나마 다행인 건 이분의 인터벌이 너무 하염없이 길지는 않다는 점이다. 길 긴 긴데, 하염없지는 않다. 30초 이내에는 치는 것 같다. 사실 30초도 긴 거지만 이 양반의 평균 스피드에 비하면 길지 않은 것이다. 당구는 제법 친다. 24점 같은 25점이다. 하지만 25점에 상당하는 스트로크를 구사하지는 못한다. 이것도 '양반 근성' 때문이다. 배치와 상관없이 스트로크가 거의 일정하다. 일명 '느린 등속 샷'이다. 샷이 느리고 어느 정도 나가니까 그래도 24점 실력은 되는 것이다. 혹시 속도를 높여서 '촐싹맞게' 치는 쇼트성 샷은, 양반 체면에 구사하지 않는 게 아닐까? 생각해 보면 그럴 것도 같다. 체면이 먼저지, 이득이 먼저이겠는가!

어쩌다 행운의 샷, 일명 '뽀로꾸'가 들어갈 때도 이분의 반응은 남다르다. 보통 우리나라 사람들은 목례를 한다. 예전 세계대회를 보다 보면 유럽 선수들은 그런 행운의 샷이 들어갈 때 미안함의 표시로 그냥 한 손을 들어 올린다. 행운의 샷에 대한 서양 선수와 동양 선수의 반응 차이를 두고, 리스벳의 『생각의 지도』에서 말하는 개인주의 대 집단(맥락)주의를 가져와서 해설하는 소리도 들었다. 곧, 개인주의가 승한 서양인들에게 행운의 샷은 내가 '획득한 행운'이기에 솔직히 미안한 생각이 없다. 그저 상대방에게 '정치적인 유감'을 표시할 뿐이다. 손만 살짝 들고. 반면 집단 속에서 모나지 않게 보이는 것이 중요했던 동양인들에게 '뽀로꾸'는 내가 획득한 게 아니라 운 좋게 주어진 것이기 때문에 그 운을 재빨리 미안함으로 무마해야 한다. 크게 인사를 해서 타인보다 좋은 운을 씻어 내야 한다. 그래야 집단 속에서 두루두루 공평, 평안하게 지낼 수 있는 것이다. 그런데, 국내 프로리그 PBA에 참석한 서양 선수들은 이제 우리 문화에 익숙해진 탓에 행운의 샷 뒤에 손을 들어 올리면서도 목례를 하는 경우가 대폭 늘었다. 상황이 이럴진대, 우리의 '정통 양반'분은 행운의 '뽀로꾸'가 들어가면 동양의 양반 문화를 대표해서 커다랗게 절을 올려 예를 갖추는 게 아니라 너무도 서양식으로 가볍게 손을 들어 올리고 마는데, 그 모습은 멀리서 보면 뭐랄까, 유감을 표시한다기보다는 상대를 자제시키는 손동작에 가깝게 보인다. "워워. 흥분하지 말고, 참아." 이렇게. 물론 이 양반이 서양의 습속을 습득해서 따라하는 것은 아니다. 겉모양만 비슷할 뿐이다. 이 양반의 손동작은 그야말로 '양반의 손동작'으로 양반이 아닌 평민들에게 걸맞는 반응을 하는 것뿐이다!

하대. 맞다. 하대. 이 양반은 거의 모든 사람에게 하대한다. 예컨대, 이분이 당구장을 나서면서 나에게 하는 인사는 "수고해-요-오."다. 난 그 말이 "수고하게."로 들린다. 다른 사람들도 카운터에 와서 한 마디씩 한다. 그분과 함께 있으면 이상하게 기분이 나빠진다는 것이다. 이상하게 기분이 나빠지는 것은 그분의 언행이 상대방의 정신에 너와 나는 다르다는 신분 격차의 메시지를 자연스럽게 새기기 때문이다. 지위는 상대적이다. 상대가 지체 높은 양반의 행태를 보일 때 나도 같이 양반처럼 굴지 않으면 내 지위는 낮아진다. 그렇다고 같이 '양반 놀음'을 할 수는 없으니, 난처해지지 않을 수 없다. 내가 양반이 아닌데, 양반인 척할 수도 없고, 당신은 양반이 아니니까 양반인 척 그만하라고 할 수도 없고 말이다. 뭐, 이상하게 불쾌하게 만드는 거 외에 별 다른 피해를 끼치는 것은 아니니까, 그냥 그 양반의 '유사 양반 놀음'을 수용하는 도리밖에 없을 것 같긴 하다.

한번은 이런 일이 있었다. 연말이어서 내가 모든 손님에게 햄버거를 돌린 적이 있었다. 그런데 분명이 몇 개가 필요한지 카운트를 했는데, 배달이 오고 나서 다 돌려놓고 보니 그분 것이 빠졌다. 왜 이런 일이 일어났을까? 곰곰이 생각해 보니, 내 머릿속에서 그 '양반'이 햄버거를 먹는 모습(입을 크게 벌리고 쯔   거리며 흘러내리는 것을 주워 담아 가면서 먹는 모습)이 도무지 상상이 가질 않아 당연히 햄버거를 드시질 않을 것이라는 판단이 자동적으로 일어났던 것이다. 그래서 그분께 햄버거를 드실 요량이 있으시냐고 여쭙지도 못했던 것이고.

76 기거

그의 별명은 김체스다. 당구선수 다니엘 산체스의 이름에다가 성만 갈았다. 그가 그 별명을 얻은 이유는 산체스와 같은 헤어를 가지고 있기 때문이다. 참고로 산체스는 이마가 아주 넓다. 사실, 난 김체스를 보면 영화 〈it〉에 나오는 피에로 악마가 떠오른다. 생김새도 얼추 비슷할 뿐 아니라 그 웃음소리, 정말 듣기 싫은 그 웃음소리와 비슷한 웃음소리를 수시로 내기 때문이다. 영 기분이 좋지 않다. 물론 그의 생김새와 웃음소리가 내 신경을 긁는 주원인은 아니다. 그런 것들은 그의 행위가 불러일으키는 짜증과 혐오감에 부록처럼 딸려오는 것일 뿐이다. 만약 그의 행태가 깔끔하고 신사적이었다면, 음, 상상이 쉽지 않은 조합이긴 하지만, 하여간 그렇다면 그렇게 많은 양의 짜증을 불러오진 않을 것이다.

그는 돈 몇 푼을 위해선 언제나 안면의 근육 배치를 빠른 속도로 바꿀 수 있는 인간이다. 당연히 속은 좁쌀만 하다. 천 원 단위에도 벌벌 떤다. 그런 그가 주로 하는 일은 '죽빵'에서 하수 벗겨먹기다. 그것도 매우 기분 나쁘게 벗겨 먹는다. 물론 스케일에 걸맞게 커다란 액수는 아니다. 칩 하나에 천 원짜리 '죽빵'에서 이,

삼만 원 따 먹는 걸로 흡족해한다. 그런 그를 보고 있으면 그냥 기분이 나빠진다. 그냥 보고 있는 것만으로도 신경을 건드리는 사람이다. 그가 하도 쪼잔하게 구니 이상한 전도가 일어나는 일도 있다. 예컨대, 그는 아주 당연하게 지불해야 하는 요금을, 어떻게든 내지 않거나 덜 내려고 발버둥을 치다가, 어쩔 수 없이 낼 수밖에 없는 상황에 처해 요금을 내게 되면, 난 '스벌' 이상하게 미안해진다. 당연하게 받아야 할 돈을, 워낙 주길 싫어하니까, 받으면 이상하고 미안해지는 것이다. 그런 분이시다.

이런 행태를 보이니 그의 평판이 어떨지 짐작이 갈 것이다. 아무도 그를 좋아하지 않는다. 하지만 그는 별로 신경을 쓰지 않는 것 같다. 사회적 동물이 아닌 듯하다. 사회적 동물인 인간은 자신의 것을 내놓고 평판을 얻는다. 그것이 돈이든, 말이든, 힘이든 말이다. 그는 자신의 것은 아무것도 내놓지 않는다. 돈은 물론. 하다못해 빈말도 내놓지 않는다. 바보다. 돈 몇 푼 벌어 가기 위해 평판을 왕창 잃는데, 그게 남는 장사라고 생각하는 모지리다. 제 딴엔 농담이라고 하는 소리도 찬물을 끼얹어 입술을 얼어붙게 하는 수준이니, 어휴, 말을 말아야 한다. 주위에 이런 인간이 있으면 어떻게 해야 하는가? 그냥 없는 것처럼 대하는 수밖에 없다. 이유야 어찌됐든 노골적으로 '따를 당하는 모습'이 안쓰러워 초창기엔 내가 한두 차례 대화를 시도한 적도 있었다. 하지만 대화가 몇 차례 돌다 보면, 같이 죽빵 치는 사람들에 대한 욕을, 쌍욕을 곁들여 하는 통에 입을 닫을 수밖에 없었다. 아, 혹시 이 사람이 '따를 당하는 게 아니라 모두를 따 시키는 게' 아닐까? 도대체 어디서부터 잘못된 것인가. 다른 손님이 물었다. "김체스 안 자르세요? 돈 내고 연습다마 치라 하세요!" 그럼 내가 그런다. "그는 여기 거미와 모기처럼 그냥 기거하는 거야. 거미와 모기한테 돈 받을 수 없잖아."

77 궁합

모기와 거미보다 한 단계 진화한 경우가 있다. 단기적 이익에 '눈이 멀어' 장기적인 계획을 세우지 못하는 즉물적인 경우에서 수익 모델의 지속적이고 원활한 회전을 위해서 적당한 재투자를 하는 케이스다. 일명, '개평', '뽀찌'를 아끼지 않는 것이다. 수익도 올리고 평판도 챙기는 아주 '영리한' 방식이라 아니할 수 없다. 마르크스가 말하는, '화폐퇴장자(수전노)'에서 자본가로의 이행이라고나 할까. 이런 캐릭터는 보통 '죽방판'의 시장 지배자로서 독과점일 경우가 많다. 1위 업체와 2위 업체의 차이가 크다.

'운칠기삼'이라는 말이 있는데, 모든 게임에는 운이 작용하지만, 모두 비슷하게 작용하는 것은 아니다. 확률적으로 운이 약하게 작용하는 게임이 있고, 강하게 작용하는 게임이 있다. 바둑에서는 운이 작용할 확률은 매우 적다. 룰렛은 배분 방식을 고려하지 않는다면 거의 운이다. 당구는 운칠기삼이 아니라 운삼기칠 정도 될 것이다. 이것도 비슷한 실력을 가졌을 때 운이 작용할 확률을 대충 적어 본 것이다. 먼저 기술이 결과를 좌우한다. 당구는 기술이 뛰어난 고점자가 유리하게 짜인 게임이다.(이건 인정해줘야 한다. 고점자는 처음부터 고점자였던 게 아니기 때문이다.)

물론 유리하다고 해서 매번 게임을 이기는 건 아니다. 하지만 고점자와 하점자의 점수 차가 벌어지면 벌어질수록 고점자가 점점 더 유리하고 이길 확률도 올라간다. 이건 체급 게임과 비슷하다. 밴텀급은 페더급이나 잘하면 웰터급까지는 해 볼 만하다고 볼 수 있지만 미들급과는 게임이 안 된다. 게임을 하지 말아야 하는 것이다. 아니, 일반 게임은 일부러라도 자주 해야 좋지만, '칩 쌓기 죽빵 게임'은 하지 말아야 한다. 아무리 '잡아 줘도' 점수가 7점 이상 차이가 난다면, 곧 '가락 다 잡히는' 점수 이상으로 차이가 벌어지면 결과는 예상 밖으로 벗어나지 않는다. 미들급이 밴텀급과 경기하는 게 합당한가? 하지만 그 '합당치 못한' 모습은 밖에서 볼 때만 그렇다. '참가 선수'들은 그렇게 생각하지 않는다. 그리고 중요한 점은 1 대 1 게임이 아니라는 점이다. 미들급과 밴텀급 사이에 페더급도 들어오고 웰터급도 들어와서 '합당치 못한 모습'은 보다 둥글게 뭉개지며 순서 배치에 따라 운의 요소가 끼어들 여지가 늘어남으로써 그 모습을 좀 더 흐릿하게 만든다. 하지만 그럼에도 불구하고 체급이 올라갈수록 승률도 올라가는 뚜렷한 경향이 존재한다. 여기서 이런 장기간의 경향성을 가능하게 하는 존재들이 등장한다. 일명 '불나방'이다.

'불나방'들에게 있어서 돈 몇 푼 따고 잃는 건 중요한 문제가 아니다. 그들은 그런 '쪼잔한 문제'에 연연하지 않는다. 중요한 것은 '전능감'이다. 즉, 모든 '불나방'들은 정도의 차이는 있지만 '도박 중독' 경향을 보인다. 그나마 다행인 건, '칩 쌓기' 당구처럼 비용이 저렴하게 들어가는 도박은 많지 않다는 점이다. 그런 면에서는 매우 '건전한 도박'이다. 이런 '불나방'들은 순간적인 으쓱거림을 만끽하기 위해 나머지 대부분의 시간을 '호구짓'으로 보내는데, 호구들은 자신들이 호구인지 모르는 경우가 많지만, 그보다 더 중요한 건 내가 '호구'여도 괜찮다는 '호연지기'다. 남들이 '호구'라고 하면 어떤가, 나만 아니면 그만이다. '호구'는 결코 그의 진면목이 아니다. 결정적인 때가 분명히 오고, 그때가 올 때까지 온갖 핑계와 사정을 동원해 시간을 견디다 보면 온다. 그때가 오는 것이다. 따라서 '불나방'은 그냥 불나방이 아니다. 너무도 환하게 빛나는 '전능감'을 향해 자신이 타 죽는 것도 모르고 날아들지만, 아, 죽지 않는다. 이렇게 작은 '판때기'에서는 죽지 않는다. 다시 살아난다. 그들은 '불나방'이 아니라 '불사신'이었던 것이다. 이보다 더 좋은 궁합은 없다. '시장 지배자'와 '불사신'은 천생연분이라고 할 수 있다. 서로 윈윈하는 게임이다.

78 깐돌이

잠깐 강남역에서 당구장을 할 때였다. 그때 본 P사장, 딱 봐도 '깐돌이' 냄새가 난다. 자수성가한 아버지 덕에 회사를 이어받아 별 특별한 노력 없이 젊은 나이에 이미 사회적 성공을 이뤄 낸 경우다. 유심히 살펴본 결과, 그에겐 회사를 물려받지 않았다면 성공적으로 회사를 이끌 만한 개인적 능력이 없다. 없어 보인다. 사업적인 기획력, 결단력, 수행력 등은 내가 잘 몰라서 평가할 수 없지만, 최소한 '인격의 사이즈'로만 보면 분명 과한 사회적 보상을 받고 있는 것처럼 보인다. 하긴 이런 말을 하는 게 이상하긴 하다. 왜냐하면 부의 크기와 인격의 크기를 부지불식간에 어떤 연관이 있는 것처럼 상정했기 때문이다. 물론 어떤 연관이야 있겠지만 그건 훨씬 더 엄밀한 조사를 통해서 밝혀내야 하는 문제기에 단순화해서 말하기 어렵다. 일단 분명하게 말할 수 있는 건 둘 사이에 '양의 상관관계'는 없다는 점이다. 물론 음의 상관관계도 없다. 그럼에도 나는 지금 돈이 많고 사회적으로 성공했다고 P사장에게 높은 인격을 요구하고 있는 것처럼 보인다. 하지만 아니다. 높은 인격적 요구를 하는 게 아니라, 형편없는 인격적 요소가 저절로 그 자신의 사회적 배경을 도드라지게 만들고 그 부조화를 선명하게 만든다는 점을 지적하는 것일 뿐이다. 난 그 사람이 부자라고 해서 높은 인격적 요구를 하지 않는다. 그저 모든 사람들에게 기대하는 걸 그 사람에게도 할 뿐이다. 만약 그 사람이 돈 많은 티를 시시때때로 내지 않았다면 내가 그 사실을 알 수가 없었을 것이다. 난 명품을 보는 눈이 없어 잘 모르지만 모르는 내가 봐도 P사장의 몸에 걸친 것들은 하나같이 '명품'이다. 만약 P사장이 '돈 많은 티'를 내지 않았다면 난 그 사람의 인격적 '결함'에 그 사람의 부가 따라와서 '음의 상관관계'를 드러내며 도드라지는 모양을 내 머릿속에서 만들어 내지 않았을 것이다.

예전에 한번은 그 사장이 아들뻘 되는 학생과 게임을 친 적이 있다. 그런데, 게임 도중 그 학생이 '뽀로꾸'로 공을 맞췄는데, 이 사장이 '쓰리코'가 아니고 '투코'로 맞았다고 우기는 게 아닌가. 지켜보는 내가 '쪽팔려서 어찌할 줄 모르는' 순간이 아닐 수 없었다. 그 학생과 P사장 모두 22점이고, 그때까지 점수는 학생이 15 대 7로 앞서고 있었다. 학생은 그 일이 있은 후 흔한 말로 '맛이 가서' 테이블에 올라가서는 대충 휘두르고 나오는 것이었다. 결과는 22 대 19로 그 사장이 이겼다. 이기고야 말았다. 그다음 나에게 와서 넌지시 이 말만 던지지 않았더라도 솔직히 이 글은 쓰지 않았다. "막판에 디펜스까지 신경 써서 쳤더니 내가 뒤집었네요!"

79 허세

예전에 당구장을 할 때였다. 당구장 앞에 커다란 교회가 있었다. 일요일이면 그 교회에 다니는 젊은이 두 명이 우리 당구장에 들러 한두 게임 치고 가곤 했다. 그 외에 '교회 덕'을 본 건 거의 없었다. 한번은 토요일 이른 시간에 그 교회에 다닌다는 사람 세 명이 들어왔는데, 두 명은 게임을 치고 한 명은 구경을 하다가 카운터에 앉아 있는 나에게 와서 말을 걸었다. 아니, 말을 걸었다기보다는 일방적으로 말을 했다. "당구장에 왜 이리 사람이 없지요?" '아직 사람 있을 시간이 아니어서 그래요.'라는 대답을 하려는데, 그 사람이 먼저 당구 치고 있는 동료를 향해 큰 소리로 말했다. "야, 우리 교회에 다니는 애들 좀 풀어야겠어. 이렇게 한가해서야 되겠어? 내일서부터 여기로 오라고 해." 그 말에 동료들의 대답은 없었다. 난 그 말에 당황했다. 즉각적인 대응을 어렵게 만드는, 경험해 보지 않은 초식이었다. 고맙다는 말을 해야 하는지, 쓸데없는 말 하지 말라고 해야 하는지 분간이 되질 않았다. 당연히 난 아무 말도 못 하고 가만히 있었다. 그러자 그 사람이 혼잣말로 되뇜을 하다가 동료 있는 곳으로 옮겨 갔다. "뭐, 이렇게 서로서로 돕는 거지. 난 이런 모습을 보면 가만있질 못하겠어." 그 후에 그 사람을 본 적은 없다.

게임을 할 때 보통 '열심히 치겠습니다.'라는 멘트로 서로 인사하고 시작한다. 상대가 누구든 최선을 다하겠다는 의지의 표현이라고 할 수 있고, 항상 견지해야 하는 겸손한 자세를 드러내는 일이기도 하다. 하지만 보통 모르는 사람이 아니라 여러 번 쳐 봐서 잘 아는 사람끼리 게임을 할 경우엔, 심심찮게, 그리고 은근히 '허세'가 깃든 자신감을 표현하는 경우가 있다. 두 사람의 실력이 크게 벌어져 있을 때는 허세가 잘 나타나지 않는다.(시도 때도 없이 허세를 부리는 어릿광대도 가끔 있지만.) 대략 비슷한 실력을 가진 사람들 사이에서, 곧 상대방의 실력이 약간 부담으로 다가올 때 그 부담을 이겨 내기 위해 자신감을 다지고 상대의 기를 꺾기 위해 동원된다. 허세는 인간에게만이 아니라 동물들 세계에서도 자주 관찰된다. 이 말은 허세가 진화했다는 말이고 어느 정도 통했기에 선택된 특성이라는 말이다. 비슷한 실력이라면 자신감이 높을수록 이길 가능성이 커진다. 그 자신감에 더해 내가 당연히 이길 것이라는 '낙관적인 환상'은 그 가능성을 더 크게 만들 수 있다. 하지만 스스로에 대한 과신은 지식과 거의 무관한 경우가 많다. 분간을 못 해 자신감이 생길 수도 있다. 그래서 허세가 말로 그치고 실력으로 보여 주지 못한다면 기세는 도리어 상대방에게 넘어갈 수 있다. '짖는 개는 물지 않는다.' 상대방이 크게 '짖는 소리'에 주눅 들지 않고 자신감의 표현이 아닌 두려움의 표현임을 간파한다면 그 허세는 안 부린 것만도 못한 것이 된다. 고로 함부로 허세를 떨면 안 된다. 그냥 파이팅하면서 전의를 다지는 것만으로 충분하다.

"자, 이제 슬슬 쳐 볼까." "이제부터 잘 쳐도 되죠?" "몇 점은 잡아 주고 쳐야지, 처음부터 잘 치면 게임이 되나!" 등등. 생각해 보면, 거의 대부분 친한 친구들이랑 게임을 했던 '옛날'엔 훨씬 심한 허세와 '맹렬한 승부욕'을 적나라하게 드러냈었다. 그뿐인가. 갖가지 욕을, 그것도 큰 소리로 해 대면서 뭐가 그리 재밌는지 계속해서 낄낄대며 당구를 쳤었다. 사실, 그건 당구 게임이라기보다는 당구를 빌린 '농담 쌈치기 놀이'였다. 재밌긴 했었다. 요즘의 허세는 그때의 잔여물일 수도 있다. 이젠 '세월도 지났고 나이도 먹었으니' '신사적인 스포츠'에 걸맞는 태도로 전환해야 한다.

한번은, 일주일에 한두 번은 당구장에서 마주치기 때문에 얼굴은 잘 알지만 그리 친하지는 않은 두 사장님이 게임을 치는데, 첫 게임은 별 말 없이 치는가 싶더니, 두 번째 판부터는, 누가 먼저 시작했는지 모르지만, 복어 두 마리가 마주 보고 '볼따구'를 부풀리는 경쟁을 하듯이 그리 유쾌하지 않은 '허세 경쟁'을 하기 시작하는 것이 아닌가! 두 분의 점수가 같아서 경쟁의식이 발동한 것인지 모르지만 과히 좋은 마음으로 보게 되는 장면은 아니었다. 아니나 다를까, 그 두 분은 그 게임이 끝난 다음 날부터는 누가 먼저랄 것 없이 인사하던 사이에서 마주쳤을 때 할 수 없이 인사하는 사이가 되었다. 쯔즛. 그냥 한 분만이라도 가만히 계셨더라면.

사실 허세나 과시가 진화적으로 '선택'됐다고는 했지만 문화적으로 다 같은 양상으로 드러나는 것은 아니다. 연구에 따르면 사람들의 자아 구성방식이 독립적이든 집단적이든, 그러니까 미국이든 한국이든 상관없이 '수직구조'의 문화에서는 과시적인 소비 행태가 훨씬 더 많이 나타난단다. "덴마크에서는 광고가 개인의 정체성과 자기표현에 호소하는 반면에 수직 구조를 가진 또 다른 개인주의 사회인 미국에서는 광고가 지위와 명성을 강조할 확률이 더 높다."[41] 우리나라는 어떤가? '전통을 자랑하는' 집단주의 문화가 과시와 허세, 자랑질을 좀 완화시키는가? 아니면 과시와 허세, '족보 팔기'가 집단주의 형태로 나타나는가? "내가 사실 자랑하는 것 같아서 말을 안 하려고 했는데, 우리 큰애 요번에 삼성 들어갔잖아." 우리 사회에서 어떻게 이 말을 입 밖에 내지 않고 참을 수 있나? 못 참는다. '프랭카드' 안 내건 게 다행이다.

---

41 『우리는 모든 것의 주인이기를 원한다』, 브루스 후드 지음, 최호영 옮김, 알에이치코리아, 2023

80 소망적 보기

옛날 옛적에 우리나라 국가대표 A매치 축구 중계를 하는 걸 듣다 보면 '어림없는 볼'이란 말이 자주 나왔다. 그 '어림없는 볼'은 물론 상대팀이 날린 슛이다. 그러니까 우리가 날린 슛은 골대와 엄청난 차이가 나도 '아까운 볼'이고, 상대가 찬 슛은 골대를 살짝 빗나가도 '어림없는 볼'이 된다. 이런 '편파 중계'는, 아니 '우리 편 중심의 객관적 중계'는 '소망적 보기'라는 현상을 있는 그대로 보여 준다. 슛만이 아니라 터치라인 아웃에서부터 반칙에 이르기까지 '소망적 보기'는 축구 전체에 활짝 만개해 펴져 있다. 많은 남자들은 이러한 인지편향을 최대로 끌어올려서 TV 중계를 보며 핏대를 세우고 흥분해서 온갖 욕지거리를 해 댄 경험들이 있을 것이다. "너네 아빠 왜 저런다니?"라는 소리를 들으면서 말이다. 만약 우리 중계진이 이런 중계를 거부하고 정말로 객관적인 중계를 한다면, 결과는 퇴출임이 불 보듯 뻔하다. 축구만이 아니다. 야구의 스트라이크, 볼 판정, 배구, 농구, 테니스의 인, 아웃 판정 모두 그런 편향에서 자유롭지 않다. 그래서 요즘은 거의 대부분의 스포츠 경기에서 비디오 판독이 등장했다. 그럼 비디오 판독은 정확한가? 인, 아웃은 그럴지 몰라도, 여기서도 심판의 성향과 재량에 따라 얼마든지 달라질 수 있다. 홈, 어웨이 경기까지 고려하면, 인간 세상에서 편파는 정도 차이가 있을 뿐 상수라고 봐야 한다.

당구도 물론 예외가 아니다. 당구를 치다 보면, 공이 맞았네, 안 맞았네 하며 분쟁이 일어나는 경우가 있다. 당구장에서 이루어지는 게임에선 심판이 없는지라, 그런 일이 드물지 않게 일어난다. 물론 요즘은 예전 4구 치던 때와 달리 분쟁이 커지거나 오래가진 않는다. '확실하게 맞았다는 걸 보여 줄 의무'가 있다는 룰을 대부분 따르기 때문이다. 상대방이 인정하지 않으면 맞지 않았다고 보는 룰이다. 그런데, 할 수 없이 그 룰에 따라 자기 자리로 돌아가면서 '분명 맞았어' 하며 뒤끝을 한 번 작렬시키는 장면이 자주 나온다. 왜냐하면 본인이 맞은 걸 봤다고 확신하기 때문이다. '거짓말이 아니라 정말 맞았어.' 맞다. 그럴 수 있다. 하지만 정말 맞은 게 아니라 맞는 걸 봤을 뿐이다. 인지적 편향이 개입한 것이다. 다시 말하지만 인간의 눈은 객관적 사태를 관찰하는 중립적 도구가 아니다. 자신이 바라는 소망에 따라 약간의(앞으로 이야기하겠지만 사실 약간이 아니다. 믿기 힘들 정도로 엄청나다.) 왜곡과 변형을 일으키기 십상인 장치인 것이다. 너무 간절하면 맞지 않은 것도 맞은 것처럼 보인다! 맞고 안 맞고 문제를 자주 일으키는 사람이 있다. 대부분 소심, 쪼잔, 질질 굴리는 타입이다. 본인 눈에는 맞은 게 분명한데, 사람들이 맞지 않았다고 하니, 인지적 편향에 더해 약간의 피해의식까지 얻어 가는 상황이다. 그러다 보니 나중에 똑같은 문제를 일으킬 가능성도 높아지고.

여기까지는 안 맞은 걸 맞았다고 하는 게 일부러 하는 억지거나 거짓말이 아닌 경우다. 의식적인 속임수가 아니라 뇌의 기대로 인한 지각 오류의 한 종류일 뿐이다. 하지만 본인도 안 맞은 걸 알면서도 맞았다고 우긴다면? 더 나아가 자신이 고점자임을 내세우며 '투쿠'로 맞은 걸 '쓰리쿠'라고 우긴다면? 그렇다면 이건 완전 다른 얘기다. 그런데, 그렇게 우기는 사람이 정말로 '소망적 보기'로 인한 착각에서 그러는 것인지 아니면 맞지 않은 걸 다 알면서 그러는 것인지를 어떻게 구분할 수 있을까? 백 프로 완벽하게 구분할 수 없다. 다만 그 사람의 평상시 행동으로 쌓인 '신뢰도'가 그걸 구분하는 데 참조가 될 뿐이다. 앞서 말한 바대로 그런 문제를 자주 일으키는 사람은 다른 사람에게 '저 새끼 또 그런다'라는 반응을 일으킬 것이다. 그리고 그런 사람일수록 '소망적 보기'에 휘둘릴 가능성이 더 많아서 '허벌나게' 빗나간 공도 맞았다는 논란에 포함시킬 확률이 높아진다. 그러니 공 하나에 너무 연연하지 않는 의연함, '그런 것이 필요하다'. 그 의연함이 계속 쌓이면 나중에 안 맞은 공도 맞았다고 봐줄지도 모른다. 반대로, 옛날 어느 사람이 길을 가다가 죽었다는 소문이 돌던 사람을 마주치고 깜짝 놀라서 물었다. "아니, 자네 죽은 거 아니었나?" 그러자 그 사람이 기분이 상해 말했다. "이렇게 보고도 모르겠나? 그나저나 왜 그런 소리를 믿은 건가?" 그러자 그 사람이 말했다. "그 사람은 자네보다 훨씬 더 믿을 만한 사람이었네."[42] 이렇게 사람들에게 신뢰를 쌓아 놓지 않으면 죽지 않고도 죽을 수 있다.

---

42 『웃음의 철학』, 만프레드 가이어 지음, 이재성 옮김, 글항아리, 2018

V 게임

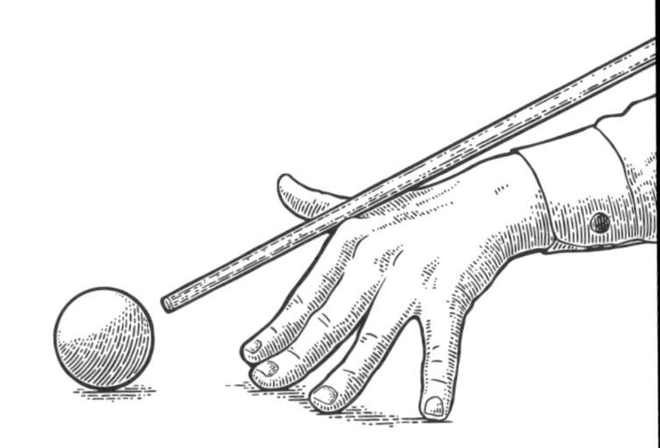

81 크라잉게임

닐 조던의 명작 〈크라잉게임〉에서 IRA(아일랜드공화국군)의 포로로 잡힌 조디(포레스트 휘테커)가 자신을 감시하는 퍼거스(스티브 레아)에게 예전부터 이어져 내려온 유명한 개구리와 전갈 얘기를 한다. "어느 날 수영을 할 수 없는 전갈이 강을 건너려고 개구리에게 태워 달라고 부탁을 했어. 개구리는 독침이 무서워서 안 된다고 했지. 그러자 전갈이 그러면 둘 다 죽는데 내가 그럴 리가 있겠느냐고 설득했지. 그 말에 개구리가 전갈을 등에 태우고 강을 건너기 시작했어. 그런데 강 중간 급류가 일자 전갈이 깜짝 놀라 개구리를 찌르고 말았어. 개구리가 어처구니없어하면서 물었지, '왜 그랬어?' 그러자 전갈이 말했어. '일부러 그런 게 아니야. 어쩔 수 없었어. 이게 나의 천성인걸.'" 이 말. '이게 내 천성이야.'라는 말은 뒤에 다시 나온다. 자신의 죄를 뒤집어쓰고 교도소에 갇힌 퍼거스에게 '왜 그랬느냐'는 딜의 질문에 간단하게 그렇게 대답한다. '난 그렇게 생겨 먹었다고.' 천성, 본성, 자질, 내추럴, 재능, 능력, 특성 등등. 주어지고 부여받아 바뀌지 않는 부분이다. 퍼거스는 자신의 이 부분을 잘 몰라서 IRA 군인이 됐고 나중엔 그 부분을 인정하면서 트렌스젠더인 딜의 사랑을 받아들인다.

퍼거스만이 아니라 대부분의 사람은 자신의 본성을 모른다. 모르면서 본성대로 행동한다. 여기서 말하는 본성이란, 단순히 물려받은 유전자를 말하는 게 아니다. 요즘 새롭게 드러나는 후성유전학에서 말하는 바대로 유전자는 결정적인 게 아니다. 맥락과 상황에 맞아야만 결정적이다. 본성이란 이렇게 맥락과 상통해서 얻어진다. '인간은 양육되는 본성'을 가졌다. 재능과 노력이 잘못된 대립물이듯이 본성과 양육도 서로 대립하는 게 아니다. 다른 동물에선 찾아볼 수 없는 유난히 길고 긴 유아기를 통과하며 인간은, 자신의 의지와 아무런 관련 없는 유전자를 가지고 태어나는 것과 마찬가지로 자신의 의지와 상관없는 양육 과정을 통해 자신의 성격, 믿음체계, 그리고 취향까지 '결정 당한다'. 스피노자가 말한다. "뭔가에 대한 우리의 취향은 자유롭지 못하며, 다만 엄격하게 결정된 원인에서 비롯된다. 우리는 그 원인의 결과만 볼 수 있을 뿐, 그 원인이 존재하기까지의 메커니즘은 알 수 없다. 그래서 우리는 알려진 이유 없이 사랑하고 욕망하고 증오한다."[43] 이게 본성이다. 거의 변하지 않는 본성, 여기서 '거의'라는 말을 쓴 이유는 조금 변할 수 있는 추진력을 갖춘 성격 요소가 있기 때문이다. 하지만 그것도 본성을 바꾼다기보다는 본성을 알아 가는 과정이라고 하는 게 더 어울린다. 나머지는 이 본성과

---

43 『철학적으로 널 사랑해』 올리비아 가잘레 지음, 김주경 옮김, 레디셋고, 2013

특정 상황이 빚어내는 이야기다. 그런데 왜 주어진 본성이 결정적이라는 말을 하면 왜 사람들은 저항하는가? 믿음은 그렇다 쳐도 최소한 취향은 자신의 결정이라고 생각하는가? 이 말은 난 자유로운 선택으로 내 종교를 결정했다는 말처럼 본말이 전도된 것이다. 이런 생각들은 모두 다 자신은 좀 더 나아지는 방향으로 변할 수 있다는 착각 때문이다. 이 착각을 공급하는 기제, 이게 자아다. 그 자아가 말한다. 사람은 변하지 않는다고, 사람 고쳐서 쓰는 게 아니라고. 나만 빼고 말이다. "인간은 자기기만이라는 선물 덕택에 자기 본성을 모른 채 번성한다."[44]

---

44 『하찮은 인간, 호모 라피엔스』, 존 그레이 지음, 김승진 옮김, 이후, 2011

82 굿 윌 헌팅

다시, 죽은 로빈 윌리엄스와 맷 데이먼이 나온 유명한 영화 〈굿 윌 헌팅〉이다. 영화의 하이라이트 부분에서 로빈 윌리엄스가 맷 데이먼에게 말한다. "네 잘못이 아니야." "네 잘못이 아니야." "네 잘못이 아니야." "네 잘못이 아니야." "네 잘못이 아니야." "네 잘못이 아니야." 그리고 또 "네 잘못이 아니야". 이렇게 '네 잘못이 아니야.'라는 말이 일곱 번 나온다. 그래, 맞다. 헌팅 잘못이 아니다. 잘못한 거 하나도 없는데 이 세상은 반복적으로 '네 잘못'이라고 새겨 넣는다. 결국 그 사람은 잘못된 존재가 되고 이제 실제로 잘못을 저지른다. 악의 연쇄반응 속으로 꾸겨져 들어간다. 그렇다면 주인공의 이 모든 잘못이 학대한 계부의 잘못 때문인가? 계부의 잘못은 명백하지만 온전히 그의 책임이라고 할 수 있는가? 그도 연쇄적으로 일어나는 악의 한 고리에 불과하지 않은가? 계부의 학대가 오로지 그의 악마 같은 내면에서 비롯됐다고 여기지 않는다면 말이다. 계부도 마찬가지 아니었겠는가? 잘못한 게 없는데, 사회에 의해 잘못된 존재로 낙인찍히고 잘못된 존재를 보상받고자 더 약한 대상에게 폭력을 휘두르게 된 것이 아니겠는가? 좋다. 그의 이야기는 정확히 모르니까 섣불리 사회구조의 책임으로 돌리지 말자. 하지만 지속적인 폭력 앞에서 괴물로 변하지 않기는 어렵다. 그런데 어디까지가 지속적이고 구조적인 폭력이고 어디까지가 극복할 수 있고 타개할 수 있는 난관과 역경일까? 그리고 난관과 역경을 극복한 상태는 어떤 상태인가?

따지고 보면 헌팅의 수학에 대한 천재성도 '네 잘못이 아니야'의 반대, '네가 잘해서가 아니야'다. 그냥 타고난 것이다. 그 타고난 천재성을 '들키지 않았으면' 그는 친구 벤 애플렉과 같이 '노가다'하면서 생활했을 것이고 로빈 윌리엄스도 만나지 못했을 것이다. 드러내지 않을 수 없는 '천재성'과 환경이 만들어 낸 '동물적 방어기제'로 적지 않은 갈등을 끊임없이 만들어 내면서 말이다. 만약 헌팅이 그 상태로 계속 살다 부모가 됐다고 가정하면, 자신을 학대한 계부의 모습을 보일 공산이 크다. 그의 천재성은 자신의 방어기제를 더욱 철저하고 치밀하게 만들 뿐 그걸 해체시키지 못했을 것이기 때문이다. 오히려 수학천재 폭탄 테러범 '유나바머'가 됐을 수도 있다. 요컨대, 지속적이고 구조적인 폭력 안에서 그걸 극복할 수 있고 타개할 수 있었던 것은, '타고난 자질'로 인해 가능했던 '운 좋은 만남'에서 비롯된 것이다. 본인의 불굴의 의지력과 각고의 노력을 통해 역경을 극복하는 게 아니란 말이다. 정확히 말하면 불굴의 의지와 노력도 타고난 자질이나 '운 좋은 양육과정'의 소산이다. 운이 좋아 자질을 타고났고, 운이 좋아 성실성이라는 성격적 특성이 주어졌다. 헌팅의 경우에는 '운 나쁜 양육과정'을 고칠 수 있는 '운 좋은 만남'이 주어진 것이다. 뭐라고? 이 모든 게 운이라고? 그렇다. 단지 그 운을 자기보존을 위한 뇌가 운으로 해석하지 않을 뿐이다.

83 스튜어트

〈스튜어트〉라는 영화가 있다. 베네딕트 컴버베치와 톰 하디가 각각 작가와 노숙자로 나와 인터뷰를 통해 서로를 이해해 가는 영화다. 작가가 스튜어트에게 묻는다. "혹시 인생에서 한 가지만 바꿀 수 있다면 뭐야?" 그 질문에 대답하길, "내가 폭력을 발견한 날. 어렸을 때 매일 일과처럼 집단 괴롭힘을 당했을 때, 나를 괴롭히러 온 친구를 형의 부추김에 용기를 얻어, 박치기로 그 친구를 때려눕혔을 때, 난 천국을 봤고, 그때 알아 버렸어. 폭력의 쾌감을. 그렇게 괴롭힘 당하고 궁지에 몰리고 장애자라고 놀림 당하면, 폭력, 폭력에 대한 두려움, 광기를 알게 되는데, 그게 사람들을 무섭게 하거든. 멈출 수가 없었어. 내가 악마의 자식이라는 생각이 들어. 들어오게끔 내버려뒀는데, 이젠 내보낼 수가 없는 거야." 그 일이 있은 후 스튜어트는 어려움을 타개하는 방법으로 '악마적' 폭력을 택하고, 폭력의 쾌감을 부추기는 내면의 악마적인 목소리에 저항하기 위해 자해라는 폭력으로 대응하는, 그야말로 폭력으로 점철된 삶을 산다. 물론 오로지 그 일 때문에 그가 그렇게 살게 된 건 아니다. 그 일이 아니라도 그는 폭력으로 얼룩진 삶을 살았을 가능성이 크다. 이미 그는 '나약한 병신'으로 폭력의 대상이었기 때문이다. 그냥 폭력에 무방비로 당하기만 했다면 아마 그는 외상성 스트레스 장애로 병원 신세를 졌을 것이다. 그가 속한 세계는 이미 폭력의 자장 속에 있었다. 자, 어떻게 해야 하는가? 세상엔 폭력이 존재하고 어떤 세계엔 특히 심한 폭력이 존재한다. 폭력에 대응하는 가장 현명한 방법은 가능한 한 멀리 폭력의 자장으로부터 벗어나는 일이다. 하지만 상황은 언제나 그 현명한 방법을 써 볼 겨를도 없이 사람들을 폭력의 제물로 만들어 버린다. 바보나 괴물로. 보통 '너의 이웃이 너의 본성을 결정하고', '피클 통에 들어가 있으면 피클이 되지 않을 수가 없다'. 폭력이 난무하는 상황 속에서 바보나 괴물이 되지 않으려면, 좀 다른 '특별한' 본성이 갖춰져 있어야 한다. 하지만 다시 그 특별함은 '신의 은총'으로 받는 것이지 내가 마련하는 게 아니다. 내가 할 수 있는 건 폭력에 대한 대응으로 어쩔 수 없이 다른 힘을 빌리는 것뿐이다. 스튜어트에게 그 힘은 악마의 힘이다. 물론 악마는 없다. 이 악마는 폭력적 상황에 대한 통제력을 완전히 상실한 스튜어트의 뇌가 상황을 통제하기 위해서 불러낸 망상이다. 그 망상은 스튜어트의 말대로 한번 들어오면 잘 나가지 않는다.

84 끝내주는 괴물들

우리 내면에 '착한 천사'가 있든 '못된 악마'가 있든, 아무튼 두 경향이 서로 길항하는 게 대부분의 사람의 '본성'이다. 알베르토 망겔의 책을 보면, 손주가 할아버지에게 이렇게 묻는 대목이 나온다. "할아버지, 악마와 천사가 싸우면 누가 이겨요?" 이 질문에 대한 기막힌 대답, "네가 먹이를 주는 놈이 이긴단다". 그래, 누구에게 먹이를 줄 것인가? 그런데 정확히 따져 보면, 이 대답은 틀렸다. 난 천사에게는 먹이를 줄 수 있어도 악마에게는 줄 수 없다. 악마는 다름 아닌 나를 먹이로 해서 나타나는 것이기 때문이다. 스튜어트는 악마에게 먹이를 준 게 아니다. 악마에게 자신의 자리를 내준 것이다. 왜? 자신은 상황을 통제하고 지배할 수 없으니까. 라캉이 말한다. "우리가 증상이라고 하는 것을 환자 본인은 구원이라고 부른다." 미국 심리학자 마틴 셀리그먼에 따르면 "운동 명령과 시각, 운동감각 피드백 사이에 거의 완벽한 상관관계가 존재하는 '물체object'는 자아가 되고, 그렇지 않은 '물체'는 세계world가 된다."[45] 당구를 칠 때도, 패턴화된 공을 연습을 통해 '내

45 『우리는 모든 것의 주인이기를 원한다』, 브루스 후드 지음, 최호영 옮김, 알에이치코리아, 2023

공으로 만들라'는 표현을 한다. 즉, 완벽하게 통제할 수 있도록 '내 것'으로 만들라는 말이다. 통제. 통제력. 맞다. 뇌의 존재 이유는 뭔가를 통제하는 일이다. 그 뭔가가 사물이든 사람이든 세상이든 자연이든 말이다. 통제가 뇌의 궁극적인 사명이다. 잘 되고 안 되고를 떠나서. 물론 맘대로 되지 않는다. 사람이든 사물이든 제대로 통제가 될 리 만무하다. 그럼 통제를 포기하느냐? 아니다. 통제가 됐다는 합리화를 한다. 즉 통제에 대한 환상을 만들어 낸다.

85 적응

"놀이적 환각은 잘 의도된 망상이며, 완전한 의식 상태에서 자기 자신을 의식하지 않는 척 연기하는 비수면 상태의 꿈이다."[46] 앞서 놀이는 무의미함과 황홀감의 두 기둥으로 움직인다는 말을 인용했다. 여기서 무의미함이란 밖에서 볼 때 그렇다는 것이다. 안에서 볼 때는 엄청난 적응이다. 놀이의 무의미함은 사실 통제력을 기르는 연습이자 훈련이기 때문이다. 통제와 우발성 사이에서 우발성을 통제함으로써 얻는 쾌락이 다름 아닌 황홀감이다.

요즘 뇌과학에 대한 연구가 많이 진행되면서 수면과 꿈에 대한 이론도 날로 새로워지고 있는데, 거기에 따르면 꿈의 기능 중 하나는 '약한 연결 트레이닝'이다. 하지만 꿈은 내가 일부러 만들 수 없는 데 반해 놀이는 내가 '조작할 수 있다'. 이 '조작', 스스로 조작한다는 것을 알지만 짐짓 모르는 척하면서 진행되는 조작을 통해 놀이하는 인간은 뇌를 새롭게 조직한다. 주로 어릴 때 놀이를 왕성하게 하는 것은 이 때문이다. 어릴 땐 흡수해야 할 세상이 많기 때문이다. 하지만 어느 시점이 되면 관계가 역전된다. 뇌를 중심

---

46 『철학자 사용법』, 라파엘 앙토방 지음, 임상훈 옮김, 함께읽는책, 2016

으로 내부와 외부가 뒤바뀐다. 내부 구조를 어느 정도 형성한 뇌가 이젠 세상을 흡수하는 게 아니라 세상을 평가한다. 세상을 뇌로 재단한다. 이 시기가 대략 놀이를 그만두는 시기다. 그리고 유달리 긴 유년기를 통과하며 습득한 것들을 기반으로 자아라는 것이 단단해지는 시기이기도 하다. 연구에 따르면, 반사회적 사이코패스 범죄자들의 '특별한 요소' 중 하나는 어린 시절에 놀이가 극단적으로 부족했고 놀이라고 해 봐야 약한 대상을 일방적으로 괴롭히는 비정상적인 가학적 행위가 대부분이었다. 여기에 지능까지 더해지면 상황은 심각해진다. 또한 범죄자까지는 아니지만 이런 반사회적 사이코패스들이 사람을 물건 취급하는 인식을 바탕으로 사회의 상층부에 매우 많이 포진되어 있다는 것도 잘 드러나진 않지만 심각한 건 마찬가지인 사회 현상이다. 자본주의 사회가 그런 인간형들에게 많은 보상을 해 주는 건 분명하므로 이런 사이코패스들의 득세가 진화적 적응 현상이라고 해야 마땅한 게 아닐까 하는 생각이 들 정도다. 하여간, 인간의 놀이 기간은 길면 길수록 좋고 우리 뇌는 열어 놓으면 놓을수록 좋다. 상황에 의해 '할 수 없이' 조숙해지는 건 슬픈 일이다.

86 증상

다시, 뇌의 임무는 통제하는 것이다. 정확히 통제했다는 환상을 만들어 내는 것이다. 그리고 이 조작을 하는 방식이 이야기고, 이 이야기의 화자가 바로 자아다. 아주 옛날에 신화가 발생하는 과정도 이와 똑같다. 무질서하고 불가해한 자연의 이러저러한 재앙에 마주쳐서 인간은 반복적이고 상징적인 원형의 도식을 만들어, 즉 의례를 통해 재앙의 원인을 신으로 통합시킨다. 원인이 정확하게 지적되자마자 인간은 자연이 일으키는 재앙에 견딜 수 있게 되며 자연에 대한 상징화를 갖게 된다.[47] 고통은 이제 '(환상적인) 의미와 원인을 갖게 되고, 체계적인 설명이 가능한 상징적인 '이야기'로 재탄생해서 여기저기로 퍼진다. 마찬가지로 제의의 잔여물인 놀이도 통제력에 대한 환상을 제공하는 장치고, 그걸 제대로 제공받았을 때 자아는 무난하게 이야기를 만들어 내며 만족감을 느낀다. 자아란 이렇듯 그럴듯한 이야기, 픽션을 가지고 스스로의 통제능력에 대한 환상을 만들어 냄으로써 자기보존을 원활하게 만드는 기제의 사령탑이다. 자신의 삶을 통제하고 있음을 느끼게 하는 게 자아다. 자아, '서사 중력의 중심.' 중력

47 『라캉과 정치』, 야니 스타브라카키스 지음, 이병주 옮김, 은행나무, 2006

이라는 말에서 강조하듯이, 우리 뇌는 모든 것을 이야기로 만들고 그 이야기에 일희일비한다. 여기서 말하는 이야기는, 어떤 픽션 작품을 말하는 게 아니다. 우린 세상 자체를 이야기를 통해 파악한다는 말이다. '우리의 상상력은 사건의 패턴을 이야기로 인식한다.' 이야기가 말이 되고 그럴 듯하면 우린 본인과 바깥 세계 모두를 잘 통제하고 있다고 느낀다. 반대로 도저히 통제할 수 없을 정도로 이야기가 엉망이면 자아도 무너져 내린다. 스튜어트처럼. 스튜어트처럼 '도저히' 통제할 수 없을 정도가 아니면 자아는 꿋꿋하고도 치밀하게 쓸데없는 것은 걸어 내고 사소한 것일지라도 거기에 왕창 의미부여를 하면서 '나'를 스스로 긍정할 수 있도록 끝까지 조작한다. 심신이 건강하다면, 사람들은 자신의 외모, 도덕성, 지식 등 모든 부분에 대해 관대하고 후한 점수를 준다.(보통 사람들이 '얼결에' 찍힌 사진을 보고 '실제 생김새'보다 못 나왔다고 여기는 건 그 사진에 '자아 보정'이 이루어지지 않았기 때문이다. 반면 샤워 후 거울을 보면 대부분 자신을 '잘났다고' 여기는데, 이건 뇌가 부지불식간에 이리저리 얼굴을 돌려가며 기어코 '얼짱 각도'를 만들고야 말기 때문이다.)

사실 앞서 말한 커너먼의 시스템1을 통한 패턴화 인식도 단순화를 통해 예측 가능성을 높이기 위한 '조작 방식'이다. '과거를 이해했다는 착각은 미래까지 예측하고 통제할 수 있다는 착각의 자양분이 된다.' 그리고 이 착각들은 불안을 줄임으로써 실제로 통제력을 높일 수 있다. 문제는 시스템 1의 직관은 '말이 되면 중단하는 규칙'을 따른다는 점이다.[48] 이야기가 그럴듯하면 생각할 필요가 없다.

물론 이건 이야기가 엉망이 되는 것보다는 훨씬 낫다. "우리가 이야기를 할 방법을 찾지 못하면 이야기가 우리에게 말한다. 이런 이야기를 꿈으로 꾸거나 증상이 나타나거나 우리 자신이 이해할 수 없는 방식으로 행동하게 되는 것이다."[49] 심리학자들은 요즘 우울증이 자신에 대한 이야기가 '부적절하고', '일관성이 없으며', 이리저리 '꼬여 버렸기' 때문에 생긴다고 말한다. 우울증 환자가 말한다. "아무도 내게 슬픔이 두려움과 비슷한 느낌이라고 말해 주지 않았다." 슬픔은 내 자아를 구성하고 있었던 뭔가를 상실했을 때 일어나는 내적 상태고, 그 뭔가가 빠져 구멍이 난 자아는 말과 사물이, 언어와 세상이 분리된 것처럼 느껴져 아무런 의미를 만들어 낼 수 없게 되며, 아무 의미 없는 세상에 홀로 버려진 채 위축되어 두려움을 품지 않을 수 없게 된다. 이러한 고통은 그저 심리적인 고통으로 끝나지 않는다. 의미의 연결망이 부서지고 이야기가 구멍 나면 우리 뇌는 그 충격을 몸으로도 보낸다. '상징계에서 배제된 것이 증상으로 되돌아오는 것'이다. 몸과 마음은 하나고 마음이 통제력을 잃으면 몸이 아프다. 그것도 많이

48 『세상은 이야기로 만들어졌다』, 자미라 엘 우아실, 프리데만 카릭 지음, 김현정 옮김, 윈더박스, 2023

49 『때로는 나도 미치고 싶다』, 스티븐 그로스 지음, 전행선 옮김, 나무의철학, 2013

아프다. 더 나아가, 통제력을 완전히 상실해 세상과의 단절이 일어나면 자아가 해체되면서 정신병적 상태가 되는데, 그렇게 되면 무언가에 사로잡힌 것 같고, 다른 '영혼'이 내 몸과 마음을 통제하는 것 같다고 하소연한다. '악마' 같은 타자가 나를 지배하고 있다는 망상이 생기는 것이다.

앞서 말했듯 통제하고 통제할 수 있는 '내 것'이 '자아'다. 그 '자아'는 세상을 보상을 가져다주는 '의미 있는 공간'으로 파악하며 의미 있는 보상을 향해 나아갈 수 있도록 욕망을 만들어 낸다. 그리고 그 욕망의 움직임을 드라마-이야기로 꾸미면서 항상성을 유지해 나간다. 이 작용은 가히 마술적이라고 할 만하다. 과거의 기억과 현재의 경험은 이 항상성에 의해 거의 날조 수준으로 편집되며 자아는 스스로를 비록 완벽하지는 않지만 '고귀함'을 잃지 않는 주인공으로 삼아 일평생, 그것도 끊임없이 '개인 신화'를 창작해 낸다. 우리는 자신의 인지 능력 대부분을 자신에 대한 일관된 이야기를 만들어 내는 데 소비한다. 영화 〈매트릭스〉는 단순한 비유가 아니다. 이 세상은 말로 구성되어 있고 그 말은 서로가 서로를 보증함으로써 '상징계'를 이루는데 이 상징계가 우리가 실질적으로 거주하는 현실이다. 이렇게 '왜곡된 현실이 우리가 아는 유일한 현실이다'. '나는 생각한다?' 생각이란 정보에 대해 덧붙여진 이야기를 해석한 내용이다. 이쯤 되면 〈매트릭스〉가 단순한 비유가 아니듯이 인생 자체가 연극이자 놀이고 우리는 상황과 장소에 따라 연기를 하는 배우라는 것도 단순히 자주 나오는 진부한 표현에 그치는 게 아니다. 단지 그 사실을 본인이 잘 모를 뿐이다. 그래서 의도치 않게 '리얼한' 메소드 연기를 펼치는 것이고.

87 자아

직접 보진 않았지만, 수지가 나오는 드라마 〈안나〉를 소개하는 자리에서, 사람은 아무도 보지 않고 혼자서만 보는 일기장에서도 거짓말을 한다는 말이 나온다. 이상하지 않은가, 아무도 보지 않지만 우리 인간은 본다고 느끼고 그렇게 전제한다. 즉 우리는 본인의 생각과는 별 관계없이 스스로의 자아를 자립적으로 구성하지 않는다. 항상 사회적으로 '구성된다'.

내가 매우 어렸을 때, 몇 번 데이트를 한 적이 있는 여자 친구가 있었다. 그 친구는 몸매가 아주 좋았다. 한번은 아주 짧은 청반바지를 입고 나왔는데, 난 그 다리를 보고 놀랐다. 너무 잘빠져서. 가리고 있을 때는 그렇게 잘빠진 줄 몰랐는데. 그걸 확인하자 내 머릿속에서 매우 '속물적인' 반응, '자랑하고 싶다'는 욕망이 내 의지와 상관없이 마구 분출했다. 그때는 옛날이라, 종로 뒷골목을 걷고 있었다. 매우 많은 사람들로 붐볐다. 그래서 우린 평소보다 더 밀착해서 걸었다. 난 길을 걸으면서 뭇사람들이 그녀의 몸매를 보고 '잘빠졌네'라는 감탄을 하리라는 생각에 잠겼다. 그녀의 몸매에 감탄하는 남자들이, 저 여자와 같이 가는 나를 부러워하며 한 번 힐끗 쳐다보는 것이라는 생각도 했다. 그럼, 잘빠진 여자와 같이 다니는 난, 능력남이 되는 건가? 이런 생각에 혼자서 씩 웃기도 했다. 하여간 그녀의 잘빠진 몸매는 나의 기분을 허영심으로 감싸 붕 뜨게 만들었다.

앞서 말했듯, 허영심이란 자신이 잘난 부분이라고 생각하는 부분을 남들이 제발 좀 알아봐 줬으면 좋겠다는 심리다. 난 스스로를 허영심이 많은 인간이라고 생각한 적이 없는데(물론 착각이다), 이런 식의 허영심은 부지불식간에 바람처럼 내 안으로 훅 들어오는 것 같다. 생각해 보면 얼마나 웃기는 감정인가. 누군지도 모르고, 다시 만날 일도 없는 사람들의 머릿속에, 그런 생각(잘빠진 여자와 같이 다니는 남자는 능력남이라는 생각)이 들 것이라고 전제하고 자신이 부러움의 대상이 된 듯 뿌듯해하다니. 고전적 표현으로 착각은 자유고 망상은 해수욕장이 아닌가! 그런데 이런 착각과 망상이 인간 사회에서는 매우 보편적이라는 데 재밌는 점이 있다. 만약 인간에게 이런 허영심이 없다면 자본주의는 제대로 돌아가지 않는다. 자본주의가 발달할수록 소비자의 상품 구매는 점점 더 '사용가치'로부터 멀어지고 자신의 자아 이미지를 구축하는 데 '필요'해서 구매된다. 명품을 구매하는 소비자의 마음속엔 자신이 부러운 대상이 되리라는 기대가 있다. 실제 만나는 사람이 부러움은 고사하고 '애쓴다'는 표정으로 혀를 끌끌 차더라도 기대가 누그러지진 않는다. 누군가 한 명은, 사회적 대타자를 대표하는 누군가 한 명은 부러움을 느끼게 되어 있다. 왜냐하면 그 사회적 대타자는 나의 부러움과 맞물려 있기 때문이다. 애초에 내가 그 명품에 대해 부러움을 느끼지 않았더라면, 난 그걸 사서 내 이미지를 구축하려 들지 않았을 것이다. 마찬가지로, 난 어느 잘빠진 여자의 뒤태를 보곤 그 여자의 남자친구를 부러워한 적이 있는 것이다. 그녀는 이렇게 내가 전혀 기대하지 않았던 허영심을 불어넣어 잠시 우쭐거리는 기분을 느끼게 만들었고, 나의 '속물적 자아'의 본모습을 드러내는 데 많은 공헌을 했다.

우리는 모두 타인의 의식이라는 무대에서 연기하는 사람이다. 타인이 먼저 있고, 그 후에 내가 온다. 생각해 보면 당연하다. 당구 칠 때 '시스템'이 샷을 괄호 속에 넣듯이, 인간의 자기 인식은 타인을 괄호 속에 넣고 벌어진다. 어떻게 우리가 우리 자신을 아는가? 기억력 좋은 사람은 자신의 유아기 때를 생각해 보라. 당연히 다른 사람과의 관계를 통해 되비쳐 주는 사건이라는 거울을 통해서 안다. 그 이외의 방법이 없다. 그리고 그 거울을 통해 비친 자기 자신은 보통의 경우, 매우 좋은 쪽으로 심하게 왜곡되어 있다. 다시, 인간은 스스로에게 잘 보이고 싶은 마음에 자신까지 속이는 존재이다. 긍정적인 자아 이미지를 보존하기 위해서라면 얼마든지 '올바른 사실'에 두 눈을 질끈 감을 수 있는 모순된 존재이기도 하고 그걸 기가 막히게 합리화할 수 있는 존재이기도 하다. 어느 심리학자의 말대로 자기 인식이라는 관념은 '광대극'이

자 '유쾌한 픽션'이다.[50] 상황이, 그리고 '문화가' 그 '유쾌한 픽션'을 계속 유지하도록 도와주면 그 사람은 행복한 사람이고, '팔자 좋은' 사람이다.

---

50 『스토리텔링 애니멀』, 조너선 갓셜 지음, 노승영 옮김, 민음사, 2014

88 어깨

'어떤 동물도 인간만큼 가축화되지는 않았다.' 그렇다. 우리 호모 사피엔스가 현재 지구 위에서 최상위 포식자로 '번창할 수 있었던' 수많은 요인 중 결정적인 한 가지만 꼽으라면 바로 이거다. 가축화. 서로 길들이기. 우리 인간은 이런 길들이기 과정을 통해 '뼛속까지 사회적인' 동물이 되었다. 물론 그렇게 되기까지는 몇 가지 전제 조건이 필요하다. 그중 가장 중요한 터닝 포인트 중 하나가 원거리 무기를 사용할 수 있는 어깨의 진화다. 어느 학자의 말대로 우린 '야구할 수 있는 동물'이다. 영화 〈혹성탈출〉을 보면 침팬지의 어깨는 인간의 어깨와는 비교할 수 없을 정도로 강하다. 하지만 야구를 할 정도로 정교하진 못하다. 그래서 '알파 수컷' 자리를 놓고 싸우는 침팬지들의 권력투쟁은 임산부나 심신 미약자는 두 눈 뜨고 볼 수 없을 정도로 살벌하고 참혹한 장면을 만들어 낸다. 몸이 다 뜯겨져 나간다. 반면 인간은 원거리 무기를 사용하게 됨으로써 그렇게 잔혹한 싸움을 치르지 않고도 더 쉽게 상대방을 죽일 수 있게 된다. 상대방을 쉽게 죽일 수 있다는 건 일단 지위를 놓고 벌이는 싸움에 있어서 완력보다는 지능이 더 중요해졌다는 걸 의미하고, 직접적 폭력보다는 '정치적 술수'

가 싸움의 승패를 좌우하게 된다는 말이다.[51] 그리고 또한 언제든 '알파 수컷'을 제거할 수 있는 가능성이 열림으로써 그 집단은 '어쩔 수 없이' '평등'을 향한 압력을 받게 된다. 우리 인간은, 다른 동물들이 그렇듯이, 희귀한 자원을 놓고 벌이는 (지위) 싸움을 통해 지배적인 위치에 올라서려 애를 쓰지만, 만약 지배할 수 없다면 차라리 동등한 것을 선택하도록 만들어졌다. 리처드 랭엄 교수가 말한다. "우리 종과 사회를 정말로 특이하게 만드는 것은 주도적 연합 공격이다. 바로 사형을 마음대로 할 수 있는 연합이다." 여기서 그의 책 제목『한없이 사악하고 더없이 관대한』처럼, 인간의 모순된 양면이 선택된다. '한없이 사악하고 더없이 관대한' 모습이. 더없이 평화롭게 공동체를 이루며 사는 모습은 한없이 사악한 살인을 통해 지탱된다. 인간은 서로 길들이기를 통해 직접적, 반응적 폭력은 현격하게 줄고 정치적, 계획적 폭력은 대폭적으로 늘어난 종이다.(필요 이상으로 잔인한 행위도 주도적 연합 공격의 부산물로 장기적인 계획의 일부일 수 있다. 영화 〈친구〉에서 유오성이 그런다. "다음에 이런 상황이 온다면, 그냥 용서해주거나 반병신을 만들어 놔야 한다. 그래야 다음에 또 해 보자고 덤비질 못한다.")

지금 우리가 다루는 중요하고도 심각한 문제 대부분은 '심원한

---

51 『권력의 심리학』 브라이언 클라스 지음, 서종민 옮김, 웅진지식하우스, 2022

인류의 과거를 참고하지 않고서는 적절히 말할 수 없다.'[52] 민족, 계급, 젠더 등등. 그리고 우리의 뇌는 심원한 인류의 과거를 통과하며 형성된 것이다. 인간은 남보다 올라서기 위해 노력하지만 그게 잘 안 되면 평등을 택한다. 이게 오랜 시간에 걸쳐 누적된 인간의 본성이다. 이 본성을 거스르면 아무리 훌륭한 사상이라도 정치적으로 실현될 수 없다. 다시 우리는 상반된 두 가지 욕망을 가지고 있다. 잘 어울리려는 욕망과 앞지르려는 욕망. 지위를 놓고 벌어지는 이 두 욕망의 길항이 인간이 만들어 내는 이야기의 뼈와 살이다.('아곤으로서의 놀이'를 담은 이야기는 그래서 항상 사람들의 관심을 끈다.) 그런데 집단의 규모가 커지고 위계화가 공고해지며 지배의 정당성을 '조작'해야 할 필요성이 커진 역사 시대 이후로는 앞지르려는 욕망이 어울리려는 욕망을 앞질러 전경화되는 경향을 보이지만, '심원한 인류의 과거사' 대부분은 어울리려는 욕망이 지배적이었다. 공동체가 그걸 강제했기 때문이다. 자연적 환경이 열악할수록 평등에 대한 욕망은 더 강해지며, '모난 돌'은 모욕과 추방, 그리고 죽음의 위협 앞에 순응할 수밖에 없었다. 집단에의 순응. 이것이 인간의 '원죄'라면 원죄고, 모든 인지적 편향의 주춧돌이다.

---

52 『우리 본성의 악한 천사』, 필립 드와이어, 마크 S. 마칼레 엮음, 김영서 옮김, 책과함께, 2023

89 내외집단편견

'우리는 부족의 이야기로 사고한다.' '사실', '진실' 그런 것은 전혀 중요하지 않다. 인간이 생각해 온 가장 어처구니없는 생각 중 하나는 최근까지 이어져 내려온 생각, 곧 뇌가 생각하도록 만들어졌다는 생각이었다. 뇌는 생존하도록 만들어졌다. 생존 차원에서 우리는 어딘가에 소속되기를 갈망하도록 진화해 왔고 그 갈망이 원활하게 작동하도록 하는 게 우리의 뇌다. 뇌는 사실과는 별 관계없이 우리가 집단에 대해 가지고 있는 '믿음'에 반응한다. 우리의 자부심은 집단의 칭찬을 상상하는 데서 비롯됐고 우리의 낙담도 마찬가지다. 최근의 심리학적 실험들은 자신의 소속 부족에게 순응하려는 경향이 '믿기지 않을 정도로 강력하다'는 걸 보여 준다. 집단에 순응할 때 인간은 확신과 보상에 관련된 뇌의 영역이 활성화되고, 더 나아가 뇌의 시각 시스템 자체가 물리적으로 변하기까지 한다. '소망적 보기' 정도가 아니다. '살기 위해' 환각을 보는 수준이다. 이렇게 소속 집단에 대한 인력이 강력한 것은 그 배후에 집단으로부터 쫓겨나는 것에 대한 공포가 자리하기 때문이다. '옳고 그름에 대한 우리의 도덕적 감수성은 혹시라도 옳지 않은 쪽에 서게 될 위험에 대한 진화적 반응'이다.

그런데 문제가 하나 더 있다. 그건 우리 부족만 있는 게 아니라는 점이다. 우리와 똑같은 방식으로 사는 다른 집단이 있다. 옳고 그름을 자신의 부족을 중심으로 생각하는 또 다른 집단. 우리 부족에 대한 순응과 다른 부족에 대한 배타성. 누군가의 말대로, 인간은 단순히 생각이 다르다는 이유로 전쟁을 벌일 수 있는 종이다. 하지만 그 생각은 단순한 생각이 아니다. 집단화된 신념이고 그 신념은 내 정체성의 중추다. 실생활에서도 우리는 정치적, 종교적 신념이 다른 사람을 만나면 불편해한다.(그래서 되도록 그런 말을 하지 않으려 한다.) 어쩔 수 없이 그런 상황이 되면, 우린 자신도 모르게 상대가 무식해 보이고, 한심해 보이고, 헛소리를 한다고 여기며 한 마디로 이해하기 힘들다. '도대체 생각이 있는 건지.' 그게 더 격화되면 악의적으로 거짓말을 일삼는 것처럼 보이며 상종 못 할 '개 같은 인간'으로까지 보인다. 심리학적 실험에서 드러나는 대로, 사람들은 반대 신념을 마주할 때 부패한 음식을 마주칠 때처럼 '혐오감'을 활성화한다. 왜 이런 현상이 일어나는가 하면, 우리의 '원죄'인 부족적 신념은, 우리의 자아와 세계관과 가치관, 그리고 거기에 기반한 '통제에 대한 환상'의 근간으로 나와 함께 같이 자란 또 다른 나이기 때문이다. 이 부족적 신념이 말한다. 우린 똑똑한데 저들은 미련하고, 우린 도덕적인데 저들은 사악하고, 우리는 공정한데 저들은 편견 덩어리고, 우린 논리적이고 합리적이고 '사실'에 근거한 말들을 하는데 저들은 근거 없이 우기기만 한다고. 고로 저들의 신념은 존중해 줄 가치가 전혀 없다고. 반면, 우리가 가장 즐거운 시간을 보낼 수 있는 경우 중 하나는, '정치적으로 비슷한' 친구나 동지끼리 모여서 '저들에' 대한 '뒷다마'를 하며 같은 생각을 나누는 연대 시간이다. 그리고 요즘은 나와 같은 '색깔'의 유튜브를 보면서 나의 '도덕성'을 확인하는 시간이다. 조지 오웰이 말한다. "우리 다 같이 모여 제대로 된 혐오를 해 보자."

근본적으로 이런 '진화적 본성'을 넘어선 세계는 인간에게 가능하지 않다. 물론 정도의 차이가 있고 그 정도의 차이는 매우 중요한데, '냉정하게 살피면' 현재의 북유럽 정도의 사회상태가 물적으로나 사상적으로 타 집단에 대한 배타성을 최대한 누그러뜨린 상태가 아닌가 한다. '문화적으로 성숙하면' 어느 정도는 '진화적 본성'을 제어할 수 있다. 문화 또한 '현실에 대한 환각을 구축하는 신경 기제의 일부를 형성하며 우리가 삶을 경험하는 렌즈를 왜곡하거나 좁히는 식으로 우리에게 강력한 영향을 미치기' 때문이다. 하지만 과연 '진화적 본성'을 '성숙한 문화'가 제어할 수 있을까? 상황이 좋으면 그럴 수 있다. 경제적 상황과 거기서 비롯되는 내면의 상황이 좋으면. 하지만 상황이 나빠지면 그 문화는 언제 그랬냐는 듯이 '성숙함'이라는 가면을 뒤로 감출 것이다. '문화적으로' 폭력이 분출할 것이다. 앞으로 그럴 것이다. 자본주의가 '쇠하면서' 각 사회가 물적으로 힘들어지고 거기에 따라 '자존심 상하는 일들'이 발생하기 시작하면, 타 집단에 대한 배타성을 필요 이상으로 드러내며 정치적 이득을 노리는 '극우적 또라이'가 정의라는 이름하에 옹립될 가능성이 높아진다. 어느 나라든, 선거가 끝나면 왜 사람들이 자신들의 계급적 이익에 반하는 투표를 하냐고 의아해하는데, 사실 의아해할 사안이 아니다. 사람들에게 중요한 것은 '계급적 이익'이 아니라 '손상된 도덕성 회복'이다. '불행한 일이지만' '사실상 많은 종속된 사람들이 자신에 관한 지배 집단의 틀에 박힌 관점을 채택한다.'[53] 그렇게 해야 자신의 '자아'가 회복될 수 있다고 착각하기 때문이다. '원죄'라고 할 수 있는 집단 순응 편향에 내외집단편견이 더해지고 그런 '본성'을 가속화시킬 조건이 '성숙하면' 결과는 명약관화하다.

53 『우리는 왜 자신을 속이도록 진화했을까?』, 로버트 트리버스 지음, 이한음 옮김, 살림, 2013

90 마법의 성

부족의 노인들, 해가 진 저녁, 마을 사람들을 모아 놓고 열심히 이야기를 한다. 무슨 이야기겠는가? 부족의 안녕을 이끄는 모험담들이었다. 그 모험담에 필요한 건 당연이 막강한 '빌런'들이고 그 '빌런'들을 이겨 내는 주인공들이다. '마법의 성' 그대로다. "믿을 수 있나요? 나의 꿈속에서 너는 마법에 빠진 공주란 걸." 그럼, 믿지 않을 수가 없다. 믿지 않고서는 살 수가 없다. 이 이야기의 내용은 '뻥'이고(스스로는 뻥이라는 걸 전혀 모르는 뻥), 자신의 이익을 부족의 이익에 복속시켜야 한다는 주제를 갖고 있으며, 이야기의 효과는 듣는 사람의 '도덕성 강화'다. 즉 '허구'를 통해 집단 내부의 질서를 잡고 대외적인 '경쟁력'을 높인다. 이렇게 이야기는 명백하게 진화적 적응이다. 이야기로 부족의 아이들을 키우고 이야기를 통해 생존에 필요한 모든 '덕목'을 가르친다. 일명 '허구를 통한 생존법'이고 이야기를 통한 성장이다.

부족 시대만이 아니다. 인간이란 '상징적 허구'들에 의해 지배받는 동물이다. 국가, 민족, 회사, 종교, 정당 등등 다 서로 같이 믿기로 한 상징적 허구들이다. 하지만 매우 현실적이고 구체적으로 우리의 삶을 만들어 내는 허구들이다. 우리의 실질적인 삶이 상징적 허구들에 의존해서 구조화되면 우리는 이것들의 '허구성'을 잘 인식하지 못한다. 너무도 자명해서 질문조차 하지 않는다. 왜냐하면 나의 '자아'가 그것들과 함께 자라고 성장했기 때문이다. 그래서 모든 이야기의 원형은 상징적 허구들인 공동체 안에서 나의 '자아'가 성장하는 구조로 되어 있다. '영웅'으로 성장하는 이야기.

영화를 보다 보면 대부분의 '빌런'들은 너무나 막강한 능력을 가지고 등장한다. 주인공이 도저히 대적할 수 없을 정도로 능력이 좋다. 하지만 결국 '우리의 주인공'이 이기는데, 그건 주인공은 성장하고 '빌런'들은 아무리 막강해도 성장하지 않기 때문이다. 그리고 이때의 성장은 단순히 능력만 올라가는 것을 의미하지 않는다. 결정적인 탈바꿈은 도덕적인 선택을 통해서 이루어진다.(영화 〈매트릭스〉에서 토마스 엔더슨이 '네오'로 바뀌는 순간은 그가 모피어스를 구하러 가겠다는 결심을 할 때다. 트레이닝은 이 선택을 위해 한다.) 물론 그 도덕성의 기준은 공동체의 안전과 번영이다. 그걸 위해서 주인공은 이기심에서 이타심으로, 소심함에서 용감함으로, '받는 사람에서 주는 사람으로', '눈 뜬 장님'에서 '견자見者'로, 혼란에서 질서로 나아간다. 다시 한번 강조하면, 주인공에게 가장 중요한 특성은 도덕적 탈바꿈이다. 정의를 향한 탈바꿈. "이야기의 주제를 하나만 꼽으라면 그것은 추상화된 정의다. 사람들은 도덕적 일탈과 정의 추구라는 도식적 구조의 이야기를 끝없이 갈망한다."[54]

그런데 이야기들은 이야기로 끝나지 않는다. 우리는 각자 자신의 삶에서 '영웅'이다. 영웅적인 생각을 한다. 우리를 둘러싼 혼란스럽고 어지러운 상황은 '빌런'들의 나쁜 '의도'로 인해 벌어진 것이라고 생각한다. 이 혼란스런 '상황'에서 나는 어떤 행동을 할 수밖에 없다. 즉, 남의 행동엔 어떤 의도가 있다고 생각하고, 나의 행동은 상황에 의해 불가피하다고 생각한다. 더 나아가 우리들은 무슨 사건이 일어나고 좋지 않은 문제가 발생하면 어떤 누군가의 고의적인 의도가 있다고 미리 판단한다. 우리 뇌는 거의 자동적으로 원인을 밝혀낸다. 거의 잘못된 원인을 밝혀서 문제지만, 그래야 설명할 수 있고 불확실함을 제거할 수 있기 때문이다. 또한 이렇게 책임이 있는 누군가를 특정해야 '도덕적인 내가' 일어설 수 있기 때문이다. 도덕적 우월감은 "유난히 강력하고 만연한 '긍정적인 자아 환상'의 한 형태"고 도덕성의 근원은 우리의 자율성이 아니라 취약성에 있고 자신과의 동일성이 아니라 타자에 대한 의존성에 있다.

실험을 해 보면, 많은 사람들은 자신의 선택은 가치에 따라 이루어지고 타인의 선택은 이익에 따라 행해진다고 믿는다. 예컨대 내가 사법고시나 언론고시를 치는 이유는 '공공선'을 위해서이

54 『이야기를 횡단하는 호모픽투스의 모험』, 조너선 갓셜 지음, 노승영 옮김, 위즈덤하우스, 2023

고 다른 사람이 그러는 것은 돈과 출세를 위한 것이다. 이런 '긍정적인 환상'이 집단적으로 일어나면 사태는 걷잡을 수 없이 심각해질 수도 있다. 소위 '가용성 폭포'라는 사회 현상이 일어난다. '50년의 역사를 자랑하는' 우리 사회에서의 부동산 문제는 조금 완화된 가용성 폭포다. 나는 절대 투기를 하지 않는 사람이지만 다른 사람들이 투기 목적으로 아파트를 사재기하면 더 오르기 전에 나도 그 대열에 참여하지 않을 수 없다. 그러지 않으면 실제로 손해를 보고, 시류를 읽지 못하는 멍청이가 된다. 이건 지젝이 예를 드는, 자신을 옥수수로 생각해서 닭들에게 쪼일까 무서워하는 신경쇠약자의 처지와 비슷하다. 의사와 오랜 시간 상담을 통해서 드디어 그 환자는 자신이 옥수수 알갱이가 아니라는 것을 받아들였다. 자신 있게 문을 나서는 환자를 본 후 털썩 의자에 몸을 기대 한숨을 돌리려는 순간 문이 살짝 열리더니 그 환자가 머리를 디밀고 말했다. "이젠 제가 옥수수가 아니라는 건 알겠어요, 근데 과연 닭들도 이걸 알까요?"(닭들은 모른다. 닭대가리들이니까. 그러니 계속 그렇게 살아라.) 이렇게 남들은 '닭대가리'라고 믿는 '불신'은 사회를 좀 더 나은 상황으로 변화시키는 걸 어렵게 만든다. 집단의 의사 결정권자들은 매번 이렇게 말한다. "나는 절대 그렇게 생각하지 않지만 사람들 수준이 그러니까 그 수준에 맞게 결정해야 해."

이런 '긍정적인 환상'의 부정적 발현은 여기서 그치지 않는다.

이 '환상'이 귀속집단 바깥으로 펼쳐져 다시 강력한 내외집단편견과 조우하면 안쪽은 정의, 바깥쪽은 폭력이 된다. 보통 폭력이 발생하는 일반적인 원인들로 네 가지를 꼽는다. 가학적인 성향, 탐욕스런 야망, 그리고 높은 자존감과 도덕적 이상주의다. 얼핏 가학증과 탐욕이 폭력적 악행의 주원인인 것 같지만 아니다. 심각한 것은 높은 자존감과 도덕적 이상주의다. 이것들은 수많은 역사적 예에서 보듯이, 다른 '부족'을 같은 인간으로 보지 못하게 한다. 다시 "만약 하나의 신만 존재한다면 이 신을 믿는 사람들은 그러한 확신을 결여하거나 거부하는 사람을 어떤 식으로 다루어도 좋다고 확신하게 된다."[55] 만약 지도자의 가학적이고 탐욕스런 야망이 대중의 도덕적 이상주의를 부추기고 자존감을 다시 세우라고 몰아가면, 결과는 히틀러가 보여 주듯이 대량 학살이다. 삶이 어렵고 힘들고 전망이 보이질 않을 때 누구나 위로받고 응원받아 자아를 회복할 '권리'가 있지만 그 방식이 '빌런'을 지목하고(이때 우린 음모론에 빠진다.) '희생양'을 찾아내는 원한(르상티망)에 의한 '반동적 방식'이면 안 된다. 자아는 양날의 칼이다. 우리의 자아는 대부분 매우 신뢰도가 낮은 이야기에 의해 구성될 때가 많다. 조심해야 한다.

이야기의 신뢰도를 높여야 한다. 그 방법은 다신론이다. 물론 진짜로 그리스의 여러 신들을 믿거나 옥황상제로부터 쭉 내려오

55 『끝내주는 괴물들』 알베르토 망겔 지음, 김지현 옮김, 현대문학, 2021

는 신과 령들을 믿어야 한다는 말은 아니다. 나의 정체성을 다양화해야 한다는 말이다.(내 세계가 단조로우면 '의처증에 빠지기 쉽다'.) 나의 자아가 지배적인, 특히 신성한 이야기에 지배받지 않아야 한다. 자아의 함정에 빠지지 않으려면 스스로에 대한 믿음을 다양화하고 '정체성의 복잡도'를 높여야 한다. 사실, 하나의 신만이 존재하는 세계나 그 신이 죽은 세계나 '허무주의적' 이라는 면에서는 마찬가지다. 도대체 허무주의란 게 뭔가? 앞선 표현으로 삶의 에로스를 차단하는 것 아닌가! 다시 허버트 드레이퍼스가 말한다. 이 세속적 허무주의 시대는 테크놀로지로 삶을 단조롭게 만드는 만큼 스스로에 대한 이해도 매우 단조롭게 만들며, 숙련된 기예를 통해 자신을 의미의 육성자로 만드는 고상한 관념마저 없앤다. 또한 이 시대를 잘 살아가려면 "열광하는 군중과 하나가 되어 일어나야 할 때가 언제이고, 발걸음을 돌려 그곳에서 재빨리 빠져나와야 할 때가 언제인지를 알아차리는 차원 높은 기술이 필요하다." 즉 사회적 집단적 분위기에 휩싸일 때와 거기서 빠져나와야 할 때를 깨닫는 것이 중요한데, 이를 그는 '메타포이에시스'라고 불렀다. 이런 식으로 메타 인식을 통해 자기를 함양하는 방법이 하나 있다. 별로 어렵지 않다. 과학책을 읽고 과학적 사고를 하는 걸 배우는 것이다. '진짜 현실은 우리가 더 이상 믿지 않아도 사라지지 않고 그 자리에 남아 있는 것이고', '과학은 실제로 우리 앞에 있는 것을 보도록 강제하는 유일한 수단이며 이야기가 우리 삶에서 마구잡이로 날뛰지 못하도록 막아 줄 가장 효과적인 방법'이기 때문이다.[56] 유명한 말이 있지 않은가. '자신만의 의견은 있지만 자신만의 사실은 없다고.'[57]

---

56 『이야기를 횡단하는 호모픽투스의 모험』, 조너선 갓셜 지음, 노승영 옮김, 위즈덤하우스, 2023

57 『포스트 트루스』, 리 매킨타이어 지음, 김재경 옮김, 두리반, 2019

91 지위

어느 날 말끔하게 정장을 입은 젊은 청년이 저녁 7시쯤 들어와서는, 혹시 한 시간쯤 뒤에 우리 전무님이 오실 건데, 당구 칠 수 있냐고 물었다. 당구 칠 수 있다고 대답했다. 보시다시피 손님이 많지 않으니 그냥 와서 치면 된다고. 그러자 그 청년이 말했다. 그래도 우리 전무님이 오셔서 혹시라도 기다리거나 하는 '불상사'가 생기지 않도록 미리 테이블 하나를 예약하면 안 되겠냐고. 그래서 알았다고 했다. 8시쯤 되자 그 청년과 다른 사원 한 명이 다시 와서 세팅을 했다. 당구장 세팅이야 뭐 별 거 있는가, 당구공만 갖다 놓으면 되는 것이지. 그리고 5분쯤 지나 전무님께서 다른 부하직원들 대여섯 명을 대동하고 등장하셨다. 그 후엔, '사단장 축구'가 당구대에서 벌어졌다. 전무님이 칠 때마다 '와', '워', '나이스', '아까비', '전무님 너무 잘 치시는데요', '전무님 올리셔야겠는데요', '전무님 이렇게 잘 치셔도 되는 거예요?', '전무님', '전무님', '전무님'. 그렇게 한 시간 정도 치고 전무님은 나가셨다. 그 후에 다시 청년이 카운터에 들러서는 말했다. "너무너무 고맙습니다. 전무님께서 너무 흡족해하셨습니다. 다음에도 부탁드립니다." 내가 말했다. "저한테 고마워할 건 전혀 없는 것 같습니다.

수고는 그쪽에서 다 했습니다. 그나마 전무님의 심기가 편하셨다니 다행일 뿐이지요."

"사랑해." 알러뷰. 이 말의 표면적 의미는 내가 너를 사랑한다는 말이지만 그 수행적 의미는 그러니 '너도 나를 사랑해 줘'다. 다시, '모든 말은 사랑의 요청이다.' '사랑해'라는 말도 나를 사랑해 달라는 말이다. '전무님, 너무 잘 치시는 거 아니에요'의 의미는 '전무님, 저도 한 번 봐주세요'고. '당신은 사랑받기 위해 태어난 사람이'고, '당신은 사랑받을 자격이 있는 사람'이라고 요즘 '말들이 많은데', 사실 그렇게 굳이 그런 말을 해 주지 않아도 본인이 그걸 너무도 맹렬하게 잘 알고 있다. 그걸 의식하지는 못하더라도 너무 잘 알고 있다. '심신이 건강하다면'(그래서 통제력에 대한 착각이 원활하게 진행된다면). 심신이 건강하다는 것과 나는 사랑받을 자격이 있다고 여기는 것은 같은 말이다. 반대로 사랑받을 자격이 없다고 여기는 것과 심신이 건강하지 못한 것도 같은 말이다. (그러면 '당신은 사랑받기 위해서 태어난 사람'이라고 다시 회복시켜 주는 일은 매우 소중한 일이다. '아무도 사랑해 주는 이 없어 예수님을 사랑한 어느 소녀 꼽추 이야기'처럼 예수님을 사랑하는 것도 예수님의 사랑을 받기 위해서이고 사랑받을 자격을 재구축하는 일이다.)

다시, 모든 사람은 자신이 사랑받을 자격이 있다고 여기고 그걸 바탕으로 모든 언행이 이루어진다. 즉 내가 하는 모든 언행은 이 자격을 충족시키기 위해 행해진다. 나의 언행은 가시적이든 은밀하게든 상대에게 어떤 영향력을 행사하기 위해서 행해지고 상대방의 생각과 행동을 내가 원하는 쪽으로 돌려놓기 위해서 행해진다. 우리의 평상시 소통은 이렇게 매우 사소하고 소소한 말을 이용해서 상대를 '구슬리고' 자신에게 좀 더 유리하게 세상을 바꾸려는 시도다.[58] 말을 통해 타인의 마음에 영향력을 행사하는 방식으로 세상에 대한 통제력을 높이려는 시도. 이 시도는 다시 말하지만 특별히 의식하지 않더라도 자동적으로 죽을 때까지 행해진다. 우리는 이 시도가 제대로 통하면 기분이 좋아지고, 통하지 않으면 기분이 나빠진다.('너는 나를 이해하는구나'라는 말은 내가 원하는 내 모습으로 나를 잘 오해해 준다는 뜻이며, '너는 나를 오해하는구나'라는 말은 내가 보여 주지 않고자 했던 내 속을 어떻게 그렇게 꿰뚫어 보았느냐 하는 것이다.)[59] 그리고 이런 시도가 원활하게 관철될 수 있는 조건, 이게 인간의 지위다. 내가 어떤 식으로든 '다른 사람에게 영향력을 행사하도록 허락해 주는 상태'.[60] 그래서 통제력에 대한 환상을 느낄 수 있는 상태. 이런 상태를 갈구하는 게 '인간의 생물학적 본성'이다.

앞서 말했듯, 인간의 행동은 '어울리면서도 앞서가는' 방식으

58 『이야기를 횡단하는 호모 픽투스의 모험』, 조너선 갓셜 지음, 노승영 옮김, 위즈덤하우스, 2023

59 『느낌의 공동체』, 신형철 지음, 문학동네, 2011

60 『지위게임』, 윌 스토 지음, 문희경 옮김, 흐름출판, 2023

로 진행된다. 귀속집단에 수용되면서도 그 안에서는 상승하려는 행위를 끊임없이 행한다. 이 행위의 성공과 좌절, 곧 지위를 향한 행위의 유동성이 인간이 만들어 내는 이야기의 중심 뼈대다. 먼저 '인간의 지위는 동물의 영역과 같다'는 말을 했다. 인간은 모여 살며 길들여진 동물로서, 수평적인 영역 대신 수직적인 지위를 만들어 통제력의 범위를 할당한다. 어린아이들은 이건 '내 것'(자아)('내 것' 하니까 갑자기 영화 〈니모를 찾아서〉에서 펠리컨들이 니모에게 몰려들며 내 것, 내 것, 내 것, 내 것 하는 장면이 떠오른다.)이라는 소유권을 행사하는 데 있어서, 처음엔 힘으로 그다음엔 협력으로 그다음엔 명성으로 자신의 지위를 확립하는 걸 배운다고 한다.[61] 그리고 그렇게 확립된 지위가 다시 자아를 재구성한다. 어린아이가 모방을 할 때 '본능적으로' 지위가 높은 협력자를 찾아내서 아첨-순응 회로를 돌리는 것도 모두 나름의 사회적 지위를 확보하기 위해서이고, 그건 통제력을 중심으로 한 자아를 구성해 나가는 과정이다. 그리고 이 과정은 어린아이 때만이 아니고 커서도 계속된다. '건강한' 모든 사람은 자신이 비록 지금은 '상황이 여의치 않아서' 낮은 지위에 처해 있지만 사실은 더 큰 지위에 오를만한 '자격'과 '실력'이 있다고 '믿는다.' 표현을 뒤집으면, 앞서 말했듯, 인간은 누구나 자신이 충분히 사랑받고 있다

61 『우리는 모든 것의 주인이기를 원한다』, 브루스 후드 지음, 최호영 옮김, 알에이치코리아, 2023

고 느끼지 못한다. 이 지위를 향한 게임은 '본능적이기에' 잠재의식 차원에서 끊임없이 행해지며 이 게임 내용이 의식의 차원으로 넘어와 이야기의 형식을 갖춘다. 그 이야기가 말한다. "저 사람은 좀 이상하지 않아? 도덕적으로 문제 있지 않아? 능력도 별로 없어 보이는 걸? 너무 노골적으로 아부하는 거 아냐? 나라면 그러지 않을걸?"

'자연계에서 유일하게 영장류만이 도덕적 동물이 되기에 충분할 만큼 불만으로 가득하다.' 우리 인간의 도덕적 근원은, '함께 어울리려는 측면에서는' 귀속집단으로부터의 배제, 혹시라도 틀릴지도 모른다는 공포로부터 발원된 것이고, '먼저 앞서가려는 측면에서는' 끊임없는 불만에서 비롯된 것이다. 따라서 '공공성'에 기대서 은근히 불만을 표출하는 '뒷다마'가 모든 도덕 표현의 원형이다. 그리고 '공공성'에 기댄 도덕적 각성을 통해 다시 태어나는 영웅적 개인 신화가(지위 상승을 위한 불만이라는 동력은 밑으로 감춰진 채) 자아가 만들어 내는 이야기의 원형이다. 자아는 다시, 지위를 중심에 놓고 끊임없이 자기중심적으로 왜곡된 이야기를 만들어 낸다. 그리고 그 이야기가 우리 언행의 토대가 되고 그 토대를 가지고 자신의 영향력을 높이기 위해 상징적 자원을 확보해 나간다. 물리적 힘, 돈, 권력, 외모, 신언서판身言書判 모두 이런 상징적 자원들이다. 인생이란 한 마디로 이런 상징적 자원들을 가지고 지위를 높이려는 게임이라고 할 수 있다. 버트,

하지만 이 게임은 근본적으로 환상에 의해 가동되는 게임이다. 통제력에 대한 환상. 지위는 영향력의 행사를 허락해 주는 상태지만, 영향력이라는 것은 내가 행사한다고 전달되는 게 아니다. 수용자가 허락해야 전달된다. 지위는 '내겐 너무 예쁜' 나의 몸매 좋은 여자 친구가 불러일으킨 딱 그 정도의 허영 섞인 만족감을 줄 뿐이다.

하지만 허영 섞인 만족감이라도 좋으니 그런 '환상' 한 번 가져 봤으면 좋겠다는 사람도 있을 것이다. 지위가 높은 사람의 '환상적인' 선순환만 있는 게 아니다. 지위가 낮은 사람의 '끔찍한' 악순환도 있다. 당해 보지 않으면 잘 모른다.(나도 잘 모른다. 지위가 높아서가 아니라 '당하는 성격'이 아니라서. 그래서 짐작만 할 뿐이다.) 앞서 말했듯 사람들은 '상징자본'의 후광 앞에서 '쩌는' 경향이 있다. 그런 경향이 강한 사람은 반대로 '상징 자본'이 빈약한 사람들을 무시하는 경향도 강하다.

무작위로 분류된 두 여성 그룹이 있다. 모든 게 같다. 여성의 기본 자본이라고 할 수 있는 외모 수준도 비슷하고 연령도 비슷하다. 한 가지만 달랐다. 한 그룹은 이혼한 사람들의 그룹이다. 물론 허위 정보다. 남성들을 들여보냈다. 자, 어떤 일이 벌어졌을까? 확실히 이혼한 그룹의 사람들에게 덜 사교적이고 더 적대적이고, 마치 자신에게 어떤 '무시해도 되는 권리'가 있는 것처럼 행동하는 경향이 목격되었다. 허위 정보 한 방울 똑 떨어뜨려 뇌로 퍼뜨린 선입관이 먼저 상대 여성에 대한 첫인상을 왜곡시켰고 그 인상은 무시해도 괜찮다는 언행을 만들어 냈으며 그 언행은 상대 여성으로 하여금 '싸가지 없는' 반응을 불러왔고 결국 남성의 초기 선입관은 확실한 근거를 얻어 굳건해졌다. 헌팅 수준의 악의 악순환까지는 아니지만 흔히 볼 수 있는 '불행의 악순환'은 만들어진 것이다. 이런 순환이 실험에서만 벌어지지 않는다는 것은 모두가 아는 사실이고, 그 강도는 훨씬 더 강력해서 사회적 지위가 낮은 우리 같은 대부분의 사람들이 마음고생을 한다는 사실도 알고 있다. 어느 일본학자는 이런 말을 한다. "학습능력을 중심으로 하는 지적능력이 떨어지는 사람은, 자칫 '인간으로서 부족하다'고까지 여겨진다. 이 격차에 대해서는 누구도 문제 삼지 않는다. 아무런 해결책이 없기 때문이다. 지적 장애인이라면 약자이자 피차별 후보자이기에 현대사회에서는 정중하게 보호 받는다. 그런데 단순히 학습능력이 부족한 사람은 아무런 보호도 받지 못한다. 이러한 부조리 앞에서 어쩔 수 없다며 포기하는 수밖에는 없다." 맞다. 해결하기엔 너무도 힘든 문제다. 할 수 있는 건 최대한 선입관을 깨뜨려보려 노력하고 조심하는 것밖에 없다.(아파트 평수로 차별하고 부모 직업으로 차별하는 사회에서 사회를 수직구조에서 수평구조로 바꿔야 한다는 말 같은 건 하지도 않겠다.)

다시, 기본적으로 통제력에 대한 착각에서 벗어날 순 없다. 그건 뇌의 사명이기 때문이다. 매우 열악한 환경에서 지위를 통해 생존에 필요한 자원을 확보해야 하는 과정이 장구한 세월 동안 이어지면서 뇌는 이걸 사명으로 삼았다. 하지만 지금은 그런 시대가 아니다. 그래서 약간 누그러뜨려야 하고 개인적으로(사회적 분위기에 저항하며) 누그러뜨릴 수 있다. 그 방법은 다시 교통이다. 운전하다 보면 대부분 '나보다 앞서가는 놈은 미친 놈, 나보다 뒤처지는 놈은 멍청한 놈'이라는 생각을 하는데, 눌러야 한다. 중요한 건 나의 교통 상황, 즉 소통이다. 사람들은 지위가 높아지면 보통 자신의 개인적 공간을 넓힌단다. 공간이 넓어지면 소통은 줄어들게 되어 있다.(그러면서 회의 시간에 자유롭게 의견을 개진하란다!) 지위가 아니라 상대방과 눈높이를 맞춘 소통. 송창식의 '담배 가게 아가씨'에서 화자가 그런다. 슬쩍 꽃을 건네고 그 아가씨 놀랄 적에 눈싸움 한판을 벌린다. '으자자자자자자자자자자' 그 아가씨 웃었다. 우리도 웃었다. 여기서 한번 추측해 보자. 그 아가씨가 무척이나 예쁘다는데 도대체 얼마나 예쁠까? 한지민 정도? 손예진 정도? '계급장 다 떼고' 보면 더 예쁠 수도 있겠으나 아마도 그 정도는 아닐 확률이 높다. 하지만 그 사람에겐 더 예뻐 보일 수 있다. 왜냐하면 자신에게 맞는 눈높이를 책정하고 기준을 낮췄기 때문이다. 기준을 낮춰 보상을 더 얻어 가는 방식을 택했기 때문이다. 현명한 방법이다. 눈높이를 낮춰야 한다. 그리고 다시 '우물 안 개구리'로 돌아가야 한다. 성취감은 상대성 원리를 따른다. 행복도 자존감도 다 비교의 문제고 이야기를 통해 자아를 구성하는 것도 다 마찬가지다. 시장이 강요하는 기준은 대부분의 사람들에게 너무 높다. '실현되기 힘든 희망을 계속 공급하는 시장'은 사람들을 희망고문 상태로 몰아넣고 그걸 벗어나려는 에너지로 팽창한다. 스스로를 '실현'하는 과정과 '착취'하는 지점을 현명하게 판단해야 한다. 그래서 내 지위가 낮아지면? 누가 지위를 이용해 나를 무시하려 들면? 그럼 어떡하는가? 어떡하긴, '계급장 다 떼고' 무시한 거 되돌려줘야지. 나는 '지위와 관계없이' 사랑받을 자격이 있다는 것을 알아야 한다. 거기에 근거해 행동하면 다음부턴 무시하는 양이 좀 줄어들 수 있다. 옛날 유재하가 '우울한 편지'에서 그랬다. "어리숙하다 해도 나약하다 해도 강인하다 해도 지혜롭다 해도 그대는 아는가요 아는가요 내겐 아무 관계없다는 것을." 이 말을 스스로에게 건네야 한다. 이건 또 다시 자신의 '다이몬'을 아는 문제다.

92 중독

한번은 오십 줄 넘은 두 사람이 들어와서는 왁자지껄 십만 원 빵을 하자고 떠들며 당구장 분위기를 흐려 놓기 시작했다. 이번이 두 번째다. 저번에도 똑같이 '십만 원 빵이다'란 소리를 되풀이하다가 이십 분 치고 갔었다. 딴 사람이 십만 원을 손에 쥐고 희희낙락하며 게임비 계산하고. 그때의 좋지 않은 인상으로 잠시 공을 줄까 말까 망설이다가 특별히 공을 주지 말아야 할 이유를 찾지 못해 그냥 공을 줬다. 이번에도 '십만 원 빵이다'란 말이 이어지다 한 오 분이나 됐을까, 맞았네 안 맞았네, 하며 싸우기를 십여 분. '정말 빙신들 지랄들하고 자빠졌네'라는 말이 머릿속을 돌아다니게 만들더니, 좀 기다려 보다 계속 싸우면 그냥 공을 걷어야겠다고 마음을 먹은 순간, 어느 한 사람이 "씨발, 내가 너랑 다시 상대하면 사람 새끼가 아니다" 하며 밖으로 나가고, 남은 한 사람은 쭈뼛쭈뼛 카운터로 오더니 얼마냐고 묻기에, 형식적인 미소도 아까워서 냉정한 기계음으로 됐다고, 그냥 가시라고 한 적이 있었다. 나가고 나니, 그 사람들에 대해 하나도 궁금하지 않은 궁금증이 이는 것이었다. 과연 사회에서 뭐 해먹고 사는 종자들인지. 둘 사이는 뭔지. 창피함이라는 걸 아는 인간들인지. 쯧쯧.

왜 난데없이 들어와서 불쾌함을 한 아름 선사하고 가는지. 그리고 도대체 10만 원 따서 뭐 할라고? '소고기 사 먹을라고?'

중독은 성적 충동과 비슷하다. 매우 보편적이면서 평범하지만 일단 발동이 되면 그 충동에 지배당할 확률이 높고(매우 남성적인 발언?), 사회마다 그 한계와 범위를 규정하는 정도가 각기 다르다. 즉 중독이라는 낙인과 변태라는 낙인은 사회마다 다르다. 거기에 대한 허용 범위가 넓을수록 좀 더 관용적이고 자유로운 사회라는 것은 쉽게 예상할 수 있다. 사실, 어떤 행위든 중독의 위험에서 완전히 자유로운 것은 없다. 그 행위가 쾌감을 주었다면. 보상받은 행동은 반복되고 학습된다. 강화학습이다. 예컨대 당구도, 중독될 수 있다. 중독돼야 열심히 연습할 수 있다. 무엇을 새로 배울 때와 기대감에 부풀 때, 뇌에서 방출되는 도파민의 세례를 맛본 경험은 언제든 중독의 위험이 있다. 인간의 뇌는 쾌감을 예감해서 욕망을 가동시키는 '종합 기제'를 갖고 있을 뿐, 추구 대상에 따라 각기 다른 기제를 가지고 있는 게 아니기 때문이다. 욕망하는 게 무엇이든, 즉 그것이 음식이든 사랑이든 지위든 다 같은 '회로'가 사용된다. 다시, 중독은 '뭘 가리지 않는다'. 일에도 중독되고, 운동에도 중독되고, 선행에도 중독된다. 여기까지 읽다 보면 중독이 뭐 그리 대순가, 하는 생각이 든다. '뭐가 문제라는 거야? 중독되면 어때. 쾌락만 얻으면 되는 거지.' 그렇다. 그러면 된다. 그게 안 되는 게 문제다.

왜 그런가 하면, '아이러니하게도' 쾌락을 발생시키는 이 '종합 회로'가 고통도 만들어 내기 때문이다. 뇌의 이 회로가 활성화되어 쾌락을 맛보면, 우리들은 당연히 그 회로가 활성화되도록 반복적인 행동을 추구하게 된다. 그래서 그 행동으로 계속 활성화시킬 수 있으면 좋은데, 이런저런 이유로 이런 활성화가 이루어지지 않는다면 뇌는 그 상태를 그냥 그런가 보다 하고 넘어가는 게 아니라 그걸 바로 고통으로 인식한다. "애초에 그녀를 봐 버린 게 문제다. 보지 못했으면 이런 고통을 당하지도 않았을 텐데." 라디오헤드가 〈크립〉에서 말하듯, "네가 존나게 특별한 것"은 괜찮다. 하지만 그 특별함은 나의 '빙신 같은', '쓰레기 같은' 모습을 강하게 부각시킨다. 쾌락을 포기할 수는 있다. 하지만 고통을 계속 견딜 수는 없다. 흔한 말로 '술 깨면 창피해서 또 술을 마시지 않을 수 없다.'

보통 도파민을 동기부여 호르몬이라고 한다. 즐길 때 나오는 게 아니라 뭔가를 기대할 때 방출된다. 도박하는 사람들의 머릿속에선 자신의 선택이 통제력 상실에서 통제력 회복으로 나간다는 확실한 기대와 그런 '거짓된 믿음'에서 흥분이 발생한다. 이 판만 이기면 통제력을 회복하고 '전능감'을 가질 수 있다.(알코올 중독자도 전능감을 느낀다. 만취하면 이 세상에 무서운 것이 아무것도 없어진다.) 이 강력한 '전능감'에 대한 기대 욕구, 이 욕구의 좌절이 고통을 만들어 낸다. 그리고 이 고통은 더한 기대를 생성하고. "도박과 성기는 만질수록 커진다"는 속된 말이 있다. 앞서 말했듯 지루함의 반대는 즐거움이 아니라 흥분이고, 흥분은 '신체의 부분적 변용'이다. 이 말을 과장하면, 도박을 하면 기대 욕구는 점점 원대해지고 자극엔 둔감해져서 뇌의 지형이 바뀐다. 여기서 문제가 심각해진다. 자극의 둔감함은 다시 회복될 수 있지만 전능감에 대한 기대체계는 다시 되돌리기가 힘들어 중독을 완전히 끊기가 어렵기 때문이다. 둔감함은 치유될 수 있지만 기대체계는 계속해서 파괴된 상태로 남아 있게 된다.[62] 그럼 다시 도박 이외에 나의 기대를 충족시킬 방법은 없다. 모든 게 시시하고 싱겁고 밋밋하고 재미없고 가치 없고 무의미하게 보인다. 그리고 사실 사회가 그런 감정을 조장하는 데 혁혁한 기여를 한다. 이럴 때 뇌가 슬쩍 귀에 대고 한 마디만 하면 중독은 금방 다시 일어난다. 망가진 기대체계로 인해서 힘든 상황을 쉽게 넘어서고자 하는 욕구가 이미 머리를 점령해 버렸기 때문이다. 인간의 기대체계는 크게 세 구역으로 나눌 수 있다. 습관화되어 편안한 안전지대와 도전과 배움으로 이루어진 학습지대, 그리고 두려움과 불안을 유발하는 공포지대가 그것이다.[63] 일단 학습지대도 안전지대 밖이다. 밖은 두려운 곳이다. 이 두려움을 장기간에 걸친 트레이닝으로 극복해 나가며 지대를 점점 넓히는 과정이 보통 말하

62 『행복의 공식』, 슈테판 클라인 지음, 김영옥 옮김, 이화북스, 2020
63 『어웨이크』, 피터 홀린스 지음, 공민희 옮김, 포레스트북스, 2019

는 '자기실현' 방식이다. 중독자는 이 학습지대가 고장 난 상태다. 그래서 안전지대에서 곧바로 공포지대로 이어진 롤러코스터를 타며 흥분을 갈구하게 되는 것이다.

물론 지금까지 기술한 것은 중독이 심각할 때다. 즐거울 수 있는 가능성을 점점 잃어버리고 흥분을 원하는 강도가 점점 세지는 상태, 그즈음 어디에 중독이 있다. 모든 놀이도 그 사이 어느 곳에 있다. 점점 중독으로 나아갈수록 그 뇌는 보다 빠른 시간 내에 보상이 주어지기를 갈망하고, 지금 당장 원하는 게 주어질 것 같은 조급함에 시달리게 된다. 전능감을 중심으로 중독이 심한 도박자는 매우 커다란 충만감과 도취감을 맛보지만, 그냥 놀이로 즐기는 도박자는 '불행히도' 그런 상태를 경험하지 못한다. 대신 다른 행복의 가능성이 있다. 그건 앞에서 말한 몸의 '전체적 변용'으로서의 트레이닝으로 학습지대를 넓혀 나가는 방식이다. 그런데 역설적으로 중독으로 난 도로를 오랜 시간 달린 결과 '런너스 하이'를 맛보는 경지도 있다. '바다 이야기' 앞에서 바다에 빠진 뇌가 말한다. 우리가 잠수를 하는 것은 전능성도 통제감도 놀이의 긴장과 승리감 때문도 아니다. 우리는 어떠한 자극이나 보상도 바라지 않는다. 그저 방해 없이 계속해서 이어지는 이 흐름에 나를 맡겨 나를 잊는 것. 우리가 바라는 것은 단 한 가지다. 그냥 이걸 계속하는 것. 아, 무아無我의 경지다.

93 주유

우리 딸내미들이 아직 어렸을 때(2010년인가 보다) 동계 올림픽에서 이상화 선수가 금메달을 따는 장면을 보다가 내가 이런 말을 한 적이 있다. "스포츠는 정직한 거야. 자기가 흘린 땀에 대한 보답을 아주 정당하고 정확하게 받거든. 열심히 흘린 땀에 대한 보상을 받을 때, 사람은 말할 수 없이 기쁨을 느끼게 되지." 정말 그런가? 뭘 정말 그런가! 이런 걸 교육적인 거짓말이라고 한다.('노력에 대한 배신'은 수시로 일어난다. 어쩌면 '노력에 대한 보상'보다 '배신'이 더 일반적이라고 말할 수 있다. 그래서 노력을 하지 말라고? 아니, 노력을 하지 않아 실패했다고 하지 말라고.) 여기서 그때 함께 출전한 이규혁의 인터뷰를 언급하지 않을 수 없다. "이룰 수 없다는 걸 알면서 도전하는 것이 슬펐다." 가슴을 때리는 말이다. 만약 여기서 이규혁의 도전이 메달이 걸린 상대와의 경쟁이 아니고(그것도 부담스런 국가대표로서) 오로지 스스로를 극복하는 도전이라면 얼마든지 즐거운 도전이 될 수 있고 그 도전에 대한 만족할 만한 보답을 받을 수도 있다. 하지만 경쟁이 빠진 도전은 충분히 벅찬 보답을 만들어 낼 수 없다. 그게 별 볼일 없다는 게 아니다. 지금까지 계속 말한 바, 그건 더없이 소중하다.(동메달을 딴 이들이 은메달을 딴 선수들보다 훨씬 많은 기쁨을 느낀다고 하지 않던가.) 그러나 그 자기 만족은 너무 '정직하다'. 그건 원리상 '벅찬 환희'를 만들어 낼 수 없다. 사실 그 '벅찬 환희' 즉 자기 만족을 넘어서 밀려드는, 감당할 수 없는 감동은 자신이 흘린 땀에 대한 결실로 주어지는 게 아니고 그것 위에 덧붙여진 잉여분에서 얻어진다. 여기서 잉여분이란 운運의 다른 이름이다. 이 말이 어떤 선수가 흔히 말하는 '재수가 좋아서' 금메달을 땄다는 소리가 아님은 물론이다.(재수가 좋아서 금메달을 따는 경우는 이런 경우다. 장거리 달리기에서 선수들이 바짝 붙어 달리다가 금메달을 다투는 선수 두 명이 서로 발이 걸려 넘어졌을 때.) 진인사대천명이라고, 여기서의 운은 노력 이후의, 그것을 넘어서 있는 '하늘의 뜻', 풀어 말하면 특정 시기의 관계망에서 도출되는 결과를 의미한다. 아무리 잘하는 선수라도, 더 잘하는 선수가 있으면 금메달을 따지 못한다. 천하의 주유라도, 제갈량이 있으면 가슴 벅찬 승리를 얻을 수가 없는 것이다. 이규혁의 말처럼, 주유가 했다는 말도 가슴을 친다. "하늘은 왜 이 주유를 내리시고, 왜 또 제갈량을 내리셨는가." 왜 하늘은 아사다 마오를 내리시고 도대체 왜 또 김연아를 내리셨는가 말이다.

94 행운

우리는 대부분 자신의 삶에 행운이 깃들기를 바란다. 한 번도 그런 바람을 가져 본 적이 없다면? 그럴 사람이 있겠냐 싶지만 만약 그렇다면 그 사람은 이미 받은 것이다. 이미 받고 그게 행운인지도 모르게 자기화된 것이다. 곧 그 행운을 바탕으로 자아가 구성된 것이다. 예를 들어 나는, 별로 가난하지 않은 나라에서 너무 가난하지 않고 튼튼하진 않지만 특별한 장애를 가진 것은 아니며, 여전히 강고한 남성중심 사회의 남성으로 평균 정도의 생김새와 그 정도의 뇌 상태를 가지고 태어났다. 이건 행운인가? 아닌가? 따지고 보면 엄청난 행운이지만 행운이라고 생각하지 않는다. 어느 책 소개 띠에 이런 말이 있었다. 로또 2등에 당첨됐다. 행운인가? 불운인가? 그렇다. 행운은 현상이 아니라 나의 해석이다. 그리고 그 해석은 당연히 비교의 문제다. 그리고 우리의 '자아'는 스스로를 높게 평가하는 경향이 있어서 나의 행운은 행운이 아니라 당연한 것이고 나의 불운은 말도 안 되는 부조리로 해석한다. 로또 2등은 불운이다. 1등을 했는데도 나눠 가지는 사람이 많으면 그것도 불운이다. '나는 그렇게 생각한다.' 여전히 '배가 고프므로'. 그래서 행운은 항상 모자라다. 많은 사람이 바라지만 정작 행운이 주어지면 행운이 아니라고 하니, 행운으로서는 좀 억울할 수도 있다. 베버가 말한다. "운이 좋은 사람은 운이 좋다는 사실에 만족하지 못하고, 자신이 그럴 자격이 있다는 걸 확인하려 한다." 내가 그럴 자격이 있는데, 어떻게 그게 운인가? 내가 성취한 것이지. 행운은 사후에 행해지는 확신편향과 연결되어 나의 성공은 그럴 수밖에 없었다는 '자백 이야기'로 이어지며 단단해진다.

그런데 이상한 점이 하나 있다. 그건 밖에서 봤을 때 별로 운이 좋아 보이지 않는 사람도 그다지 다르지 않은 '자백 이야기'를 만들어 낸다는 점이다.(물론 이건 다 심신이 건강할 때다. 보통 긍정편향과 부정편향이 3 대 1 정도 돼야 건강하단다. 부정편향이 그 비율을 넘어서면 '자백 이야기'를 쉽게 만들기가 어렵다.) 쉽게 운의 역할을 인정하지 않는다. 결정적인 실패가 확인되기 전에는 인정하지 않는다. 왜 그럴까? 성공한 사람이 성공의 여러 가지 원인 중에서 자신의 재능과 노력을 합리화하려고 하는 심리는 이해할 수 있다고 치자. 성공을 이룬 사람은 그것을 스스로 성취한 것으로 본다. 이런 믿음은 우리에게 세상에 대한 통제력 환상을 제공한다. 그 환상은 재능 있고 열심히 노력하면 그에 따른 보상이 적절하게 이루어질 거라는 생각으로 이어진다. 아주 '건강한 생각'이다. 만약 여기서 성공이 자신이 획득한 게 아니라 운이라는 게 밝혀지면, 나머지 환상들은 무너져 내린다. 운을 인정한다는 것은 자신이 별로 대단한 존재가 아니라는 것을 인정하는 것이고 지극히 불확실한 운에 자신을 맡긴다는 말이니까 말이다. 마찬가지로, 비록 아직 성공을 하진 못했지만 성공을 바라는 사람은 불확실한 운에 자신의 성공을 맡길 수가 없다. 논리적으로 행운의 역할을 부정하거나 축소하고 스스로의 재능과 노력에 대한 '과신'이 필수적으로 요구된다. 속마음으로는 행운을 바랄지는 몰라도 겉으로는 아니어야 한다. 만약 겉으로 그런 속내를 드러내면 어딘지 모르게 좀 비겁하게도 느껴진다. 이걸 성공 이데올로기라고 해야 하는지, 노력 이데올로기라고 해야 하는지 모르겠지만, 나의 '자아'와 이런 '이데올로기'가 주거니 받거니 성공에 대한 신념과 노력하는 행위를 점점 되먹임과정을 거치며 강화되는 통에 영 말리기가 쉽지 않다. 이런 순환이 바로 행운을 가로막는 줄 모르고 말이다.

지젝이 말한다. "대부분의 사람들이 자본주의를 받아들일 만하다고 여기는 가장 큰 이유는, 자본주의가 '공정하지' 못하다는 사실에 있다." 공정하지 못하고 불합리해야 나의 실패를 우연이나 불운으로 인한 것으로 돌리고 견딜 수 있기 때문이다. 아, 이제야 우연과 운의 역할을 대접해 주는 말이 나왔다. 역시 운은 실패를 해서 상황이 여의치 않을 때나 환영받는다. 하지만 이 대접도 반쪽짜리다. 여전히 '자백'의 자장 안에 있다. 훨씬 더 나가야 한다. 나의 삶 자체가 행운에 의해 좌우된다고. 다시 성공한 자아가 말한다. “그게 아니고, 내 재능과 노력으로 이겨 냈다고.” 그래. 삼신할머니가 돌린 뺑뺑이의 결과로 주어지고 부여받은 재능이 바탕이 됐다. 그 재능에 다시 양육 환경이라는 우연이 더해지고, 거기에 다시 특정 시기의 관계망에 의해 ‘선택되는’ 재능이 합쳐져서 당신의 성공을 이뤄 냈다.(예컨대, 마이클 조던의 재능은 시대와 장소가 달라지면 전혀 예상치 못한 방향으로 전개된다. 재능은 사회가 규정한다.) 사실 이것만이 아니다. 인간은 우연에 의해 배당되는 지적, 도덕적, 미적 행운에 의해 똑똑해지고 선한 행위를 하며 고급진 취향을 견지할 수 있는 것이다. 좀만 생각해 보면 우연에 의한 행운이 결정적인 역할을 한다는 건 금방 드러난다. 하지만 이 ‘사실’은 부정되어야 한다. ‘무차별한’ 행운이 우리 인생을 ‘결정한다’는 생각은 ‘허무주의적’으로 보이고 ‘주체’를 무력화하기 때문이다. 그걸 극복하려면 ‘눈먼’ 행운이 깃들어 있지 않다고 여겨지는(실제로는 아니지만) ‘나의’ 노력이 강조되어야 한다.

처음부터 재능과 노력은 대립하는 게 아니라고 말했지만, 재능에 맞서려는 노력의 노력이 가상해서 한 번 비교를 해 보더라도 노력은 재능을 도저히 따라잡지 못한다. 재능의 차이를 노력으로 극복할 수 없다. 똑같은 노력을 해도 재능은 노력의 질을 높이기 때문이다. 사회학자들이 제시하는 노력의 효과를 보면 너무 미미해서 의아할 정도다. 도저히 재능에 견줄 수가 없다.[64] 하지

---

64 『노력의 배신』 김영훈 지음, 북이십일, 2023

만 견줄 수 있다고 간주해야 한다. 왜냐하면 그래야 '피해자 탓하기', 아니 '실패자 탓하기'가 가능하기 때문이고 불평등이 정당화되기 때문이다. 다이어트의 실패는 노력이 부족해서가 아니다. 하지만 노력이 부족해서 다이어트에 실패한 것이 되어야 한다. 인서울에 합격하지 못하는 것은 노력이 부족해서가 아니다. 하지만 노력이 부족해서 인서울에 합격하지 못한 것으로 되어야 한다. 즉 그들은 날씬해지고 똑똑해지는 '성공의 길'을 선택할 수도 있었는데 그렇게 하지 않았다고 본다. 다 본인이 초래한 것이다. 그래야 '경제가 돌아간다'. 개인은 실패해도 시장이 실패하면 곤란하지 않겠는가. '문제를 만들어 내야 그 해법을 팔아먹을 수 있다.'[65] 하지만 실패한 것도 억울한데, 그게 내 노력부족 때문이라는 자괴감까지 얻어 가면, '때린 데 또 때리는' 비겁한 짓이지 않을까?

"비겁한 짓이긴 뭐가 비겁한 짓이냐. 그렇게 생각하는 네가 문제야. 문제는 바로 네 안에 있어. 그걸 똑바로 바라보지 않고서는 그 문제를 해결할 수 없어. 너 정말 네가 최선을 다했다고 생각해? 그렇게 약해빠져서 뭘 해 보겠다는 거야? 다시 한번 너 자신을 돌아봐. 넌 그렇게 약하지 않아. 너에겐 무한한 잠재력이 있다고. 네가 걔보다 못한 게 뭐야? 걔도 하는데 네가 못하는 게 말이 된다고 생각해? 아니야. 너는 성공할 자격이 있어. 한 번 실패

---

65 『과부하 인간』, 제이미 배런 지음, 박다솜 옮김, RHK, 2023

는 병가지상사야. 이 실패를 너 스스로 인정하는 게 정말 실패 아니겠어?" 아, 이게 악마의 속삭임인지, 천사가 '너는 사랑받을 자격이 있다'고 말해 주는 응원인지 헷갈린다. 시장은 상품을 팔기 위해 집요하게 당신의 '불만 지점'을 만들어 내고 파고 헤집으며 넓힌다. 그 지점을 넘어서기가 너무 힘들다. 차라리 노력 부족이라고 해 두는 게, 내 체질을 받아들이고 능력 부족이라고 하는 것보다는 낫다. 이걸 인정하면 더 나은 발전을 향한 도상으로 올라설 수 없다. 나의 '변하지 않는 본성'을 인정하는 것은 언제든지 더 '사랑받을 수 있고' 더 나은 지위에 대한 자격이 있다고 생각하는 '자아상'에 비춰 용납될 수 없다. 모든 매체를 열어 보라. 테크놀로지는 '실제 삶보다 더 큰 이야기를 우리 앞에 들이민다.' 내가 굳이 느끼지 않아도 될 부러움과 시기심과 열등감과 피해의식을 건드리며 가능성 희박한 희망에 매달리라고 끊임없이 '피싱'을 한다. 거기다가 승자가 독식하는 게 '문화'가 된 이곳에서는, 아주 사소한 행운이 커다란 결과의 차이를 발생시킨다. 그래서 더더욱 한 번도 삐끗하지 않도록 '정신을 바짝 차리고' 자신을 다그치도록 몰아붙인다. '나는 할 수 있다고.' 그 모습이 바로 '나'라고. 자아는 분열되지 않을 수 없다. 그 자아가 말한다. "문제는 나라고. 내가 문제라고."

하지만 아니다. "나는 스스로를 열등하게 느끼는 게 문화 때문이 아니라고 오해했다."[66] 능력 부족을 인정하고 재능 부족을 인정하고 변하지 않는 내 생김새를 인정하는 게 '들러리'로 살지 않고 '주체적'으로 사는 첫 번째 관문이다. 먼저 내가 만드는 '자뻑 이야기'가 정말로 내 진짜 이야기가 맞는지 확인해야 한다. 뼈 빠지게 올라가서 '이 산이 아닌가벼' 하고 다시 내려오지 않으려면 애초에 내가 오를 이 산이 내 몸 상태에 맞는 적당한 산인지 검토해야 한다. 백두산의 '장엄함'이나 히말라야의 '숭고함'은 맛보지 못하겠지만 아차산만 올라가도 충분히 훌가분하고 상쾌하다. 그 정도로는 만족할 수 없다고? 맞다. 다시 말하지만 어려운 문제다. 차라리 지금처럼 자신을 혹사시키다가 나중에 나자빠지는 것이 더 쉬울 수 있다. 적절한 선택은 오히려 초기 비용이 많이 든다. 그 비용이 아까워서 자신과 어울리지 않는 어리석은 선택을 계속 이어 간다. 달리는 호랑이 등에서 뛰어내리기가 어려운 것이다. 이건 사회적으로 강요되는 인지부조화 현상이다. 내가 어떤 대상을 획득하기 위해 어렸을 때부터 많은 노력과 비용을 들였다면 그 대상은 설령 생각만큼 가치가 없다고 하더라도 가치가 없으면 안 된다. 가치가 없다는 '느낌'이 들더라도 그 '느낌'을 오래 지속시키면 안 된다. 그러면 인지부조화가 자아부조화로 이어지기 때문이다. 까놓고 말해서 내가 그렇게 소중하게 생각하는 대상, 대부분 미끼다. 인지부조화를 밀어붙여 자아부조화까

---

66 『과부하 인간』, 제이미 배런 지음, 박다솜 옮김, RHK, 2023

지 나가야 한다. 문학적 클리셰로 '알을 깨는 아픔을' 경험하고 나의 별 볼 일 없는 모습과 대면해야 한다. 그리고 거기서부터 시작해야 나의 노력, 고통, 시련이 의미를 가질 수 있다. 니체는 그 사회가 고통을 얼마나 가치 있는 것으로 변화시키는 지에 따라 그 수준을 판단할 수 있다는 말을 했다. 우리 사회는 아직 불행하게도 개인의 고통을 가치로 변화시킬 줄 아는 시스템을 갖추지 못했다. 그걸 개인이 해야 한다. 왜 내가 사회가 주입하는 열등감과 피해의식으로 영혼을 도배해야 하나? 난 비록 별 볼 일 없지만 '문제가 있는 건' 아니니다. 난 머리말에서 정성을 쏟는 것만큼 소중한 일은 없다고 썼다. 노력은 정성과 다른가? 다르다. 정성은 다른 이에게 쏟는 거고, 노력은 '문제가 있는 나에게' 쏟는 것이다. 정성은 나의 평판을 높일지언정 지위를 높이진 않는다. 노력은 나의 지위를 높이기 위해서 행해진다. 노력하지 말고 '별 볼 일 없는' 나에게 정성을 쏟아야 한다. '자기를 배려해야 한다.'

95 단의斷疑

스피노자가 말한다. "만약 행운이 항상 그들의 편을 들어준다면, 사람들은 결코 미신의 희생물이 되지는 않을 것이다. 그러나 많은 경우 시급히 돌아가는 상황에 직면한 인간은 과도한 불안에 사로잡히게 되며, 희망과 두려움 사이에서 끊임없이 동요하게 된다. 이런 지경에 이르면 대부분 무엇이든 아주 쉽게 믿어 버리고 만다. 평소에는 자신감으로 으스대고 오만하게 굴다가도 일단 의심이 들기 시작해 희망과 두려움이 교차할 때는 아주 작은 자극에도 양극단을 오가게 된다." 그가 내 속을 들여다본 것 같다. 이런 불안과 동요, 의심과 두려움을 어떻게 처리해야 할까?『이야기와 주역』의 한 대목이다. "정이천은 점치는 것을 '단의斷疑'라고 말한다. 의심을 없애는 것이다. 불안과 의심을 해소하고 결단하여 생명력을 불어넣는 일이다. 영혼을 정화하는 일이라고 할 수 있다. 그것은 귀신鬼神을 다루는 일이다." 아, 점을 쳐 봐야겠다.

점을 치기 전에 한 가지 명확히 해야 할 것이 있다. 그건 미래를 정확하게 예측할 수 있는 것은 이 세상에 없다는 것이다. 아무것도 없다. 신이든, 용한 무당이든, 명리든, 새점이든, 타로든, 관상이든, 구글이든, 슈퍼컴퓨터든 말이다. 최대한 그것들을 존중해서 말해도, 미래에 대해선 그동안 축적된 통계를 바탕으로 '확률적으로'만 제시할 수 있을 뿐이다. 확률은 객관적 가능성들을 보여 준다. 로또에 맞을 확률이 아무리 희박해도 큰 수의 법칙에 의해 누군가는 당첨된다. 여기까지가 확률이다. 하지만 그 객관적 가능성이 나와 만나는 사건, 이 '놀라운 사건'은 전적으로 우연이다. 이 우연을 예측할 수 있는 건 없다. 우연의 이 기묘함, 예측 불가한 특성, 반복될 수 없는 일회성, 인과관계를 벗어난 전적인 무동기성은 신비롭지만, 그 신비로움을 분석해 봐야 아무것도 나오지 않는다. 우연은 '신의 침묵'이고 법칙의 바깥이다. 사람을 높은 곳에서 떨어뜨리는 중력은 사람을 죽거나 다치게 만들지만 공교롭게 1층에 쳐진 어닝에 떨어진 걸 설명할 수 있는 말은 단 하나다. 천운. 우연을 설명할 땐 돼지꿈 꿔서 로또에 맞았다는 사후 편향이 작동할 뿐이다.(난 돼지꿈을 열 번은 꿨다.) 미래를 보여 준다고 뻥 치는 게 '미신'이다. 반면 '건전한' 점은 '귀신을 다룬다'. 진짜 귀신이 아니라 우리의 마음과 정신 작용을 다룬다. "우린 미래를 모르기 때문에 미래를 알고 싶은 것이 아니다. 예감된 미래를 감당하지 못하는 무력감에 빠지기 때문에 예감된 미래를 불 속에 집어던지고 점집에 가서 다른 미래를 알려고 한다." 맞다. 문제는 무력감이지 미래가 아니다. 그리고 그 무력감은 수습되어야 한다.

다시 귀신이란 무엇인가? 사회적 억압으로 발생하는 불안과

의심이 실체화된 것이다. 막혀 버린 기, 막혀 버린 정신활동의 표상이다. 기가 움츠러들어 막힌 게 귀鬼고 기가 활짝 열려 펼쳐지는 게 신神이다. 점치는 행위는 막힌 기(귀)를 통하게(신) 도와주는 것이다. 무엇으로? 포러 효과로. 가요를 듣다 보면, '그 노래 내 얘기잖아'라는 말이 무척이나 많이 나온다. '포러 효과', '바넘 효과'다. 점도 마찬가지다. 점괘로 나오는 일반적인 얘기를 내 얘기로 삼는 것이다. 오해하는 것이다. 하지만 상관없다. 수습만 되면 된다. 모든 의례는 '심리적' 수준에서 작용하며, 이따금 심리적 현실은 실제 현실로 나타나기도 한다. 점도 마찬가지다. 귀신을 쫓고 자신감을 회복해서 자기 충족적 예언으로 나아가야 한다. 불행은 표현되면 완화된다. 모든 시와 가요의 70퍼센트는 다 '사랑을 잃고 나는 쓰네'다. 왜 쓰나? 쓰면 완화되기 때문이다. 괴테는 살고 베르테르가 죽는다. 하지만 불만은 표현되면 배가 된다. 불행은 나를 대면시키지만 불만은 나를 가리고 남을 확대해 보여주기 때문이다. 불만이 태도로 '승격'된 사람은 점을 봐도 아무 소용없다. 미신으로 사기나 당한다.

작가 박완서는, 자식을 잃은 '천형'을 받고 도저히 견딜 수 없는 고통을 겪을 때, 이 고통이 나만의 고통이 아니라 다른 사람도 비슷한 고통을 겪었다는 것을 알고 약간의 힘을 얻을 수 있었다는 말을 했다. 행운과 불행은 무차별이다. 허무함이 공평하게 배분되어 있듯이 불행도 공평하게 무차별이다. 행운의 여신 포르투

나는 두 눈이 가려져 있다. 다시 불행은, 그 불행이 나만의 불행이 아니고 아주 공평하게 배분된 일반적인 불행인 것이 밝혀지면 조금은 견디기 쉽고, 잘하면 '나'라는 것에 전혀 '특별함'이 없다는 '진실' 앞으로 데려다주기도 한다. '왜 다른 사람이 아닌 나에게 이런 시련과 고통이 주어지는가' 하는 의문이 '왜 당신에겐 그런 시련과 고통이 발생하면 안 된다고 생각하는가' 라는 대답으로 돌아온다. 부조리하지만 그 부조리는 수용하는 방법 이외에 없앨 수 있는 방법이 없다.

우연은 통제할 수 없고, 세상일은 많은 부분 우연으로 진행된다. 이런 우연에서 어떤 혜택을 얻으려면 "우리가 계획적인 삶을 살 수 있다는 사랑스런 착각과 결별해야 한다." 통제력에 대한 착각, 확실함에 대한 열망, 다시 말해 안전에의 열망, 다시 말해, 단단한 자아에의 욕망들이 자신의 계획에다가 과장해서 의미를 부여한다. 확실함에 대한 열망이 뻔한 습관으로, 안전함에 대한 열망이 지루하기 이를 데 없는 편안함으로, 단단한 자아의 욕망들이 몸과 마음을 무겁게 만드는 소유욕으로 귀결되지 않으려면 링위로 한번 올라가 봐야 한다. 인터넷을 보면 타이슨이 했다는 명언이 떠돈다. "누구나 근사한 계획 한 가지쯤은 가지고 있지. 처맞기 전까지는." 근사한 계획 하나쯤 있는 건 당연하다. 계획대로 되면 오죽 좋을까. 문제는 처 맞은 다음이다. 들리는 바에 의하면, 처 맞고 링 안에서 누워 있으면 그렇게 편할 수 없다고 한다.

갑자기 내린 소나기를 온몸으로 맞고 팬티까지 젖으면 그렇게 시원할 수가 없다. 일단 한번 속수무책에 나를 맡기면 온몸에 감기는 '배설의 쾌감'을 느낄 수 있다. 그런 다음, 알리처럼 로프를 등지고 맞는 모습이 '예술'이 될 수 있도록 트레이닝을 해야 한다. 몸을 통해 조금이라도 실질적인 통제력을 높이는 트레이닝. 점치는 행위도 이런 트레이닝의 하나다. 이건 포러 효과를 통한 마음의 예행연습이다.(물론 예행연습치곤 좀 약하다.) 다시 연습은 나의 부족함으로부터 시작된다. 나의 별 볼일 없는 모습을 구구절절 설명하지 않아도 된다. 그냥 솔직하게 보면 된다. 내가 훌륭하고 반듯하고 깔끔하면 우연과 혼란을 더 못 견딘다. 우연과 혼란을 감수하고 불확실함과 애매함을 견디는 능력, 자기모순을 받아들이고 두려움을 호기심으로 전환할 줄 아는 힘, 곧 도전하는 자세를 키우도록 해야 한다. 사실 별 볼 일 없는 인생에 소중한 게 뭐가 있는가? 도전하는 것 밖에 없다.(밖으로는 정성을, 안으로는 도전을.) "누가 승리를 말하는가? 도전이 전부인 것을."(말을 하다 보니 불현듯 클린트 이스트우드의 〈밀리언달러 베이비〉가 떠오른다. 너무 마음이 아파 제대로 보기 힘든.)

96 핵심정서

오스카 와일드가 말한다. "삶이란 잠을 이루지 못하게 방해하는 악몽이다." 이 말처럼 삶이라는 악몽이 없으면 우린 매우 잠을 잘 자서 건강한 생활을 누릴 것 같은데 불행히도 상황이 여의치 않다. 우리 사회는 그동안 눈부신 성장을 경험했다. 산재와 교통사고, 자살율의 눈부신 성장. 그리고 여전히 세계에서 제일 잠을 자지 않은 '깨어 있는 사회'를 유지하고 있다. 무슨 '해가 지지 않는 나라'도 아니고, 해는 졌는데 모두 하얗게 영혼을 불사르고 그대로 깨어나지 않는 잠을 자기로 작정이라도 한 듯이 도무지 잠을 자지 않는다. 아니, 잠을 이루지 못한다. 삶의 악몽 때문에. 하지만 요즘 잠에 대한 연구에서 속속 밝혀지고 있다시피, 정말로 낮에 제대로 '깨어 있으려면' 잠을 잘 자야 한다. '도대체 왜 잠을 자야 하는가?'라는 물음에 어느 학자는, 그건 마치 '도대체 우리는 왜 깨어 있는가'라고 묻는 것과 같다고 말한다.[67] 멍 때리고, 명상하고, '마음챙김'하고 힐링하고 치유하고, 이건 다 잠을 잘 잘 수만 있다면 굳이 안 해도 되는 행위들이다. 하지만 알다시피 잠을 잘 자는 건 보통 어려운 문제가 아니다. 우리 인간은 "깨어 있으

---

67 『라이프 타임』, 러셀 포스터 지음, 김성훈 옮김, 김영사, 2023

면서 새로운 정보를 받아들이는 데 두 시간이 걸린다면, 뇌가 모든 외부 입력을 차단하고 '이것이 모두 무슨 의미인지' 알아내는 데는 한 시간이 필요하다." 그러니 8시간 정도는 자야 한다.

잠은 한 마디로 정리, 정돈하는 시간이다. 신애라가 출연했던 '신박한 정리'에서 집 안을 정리하는 것과 꼭 같다. 신경생물학의 석학 다마지오가 말한다. "느낌은 몸 안에서 생명에 대한 지식을 우리에게 제공하면서 그 지식이 모두 의식되도록 만든다. 매우 핵심적인 과정이지만, 안타깝게도 우리는 이 과정을 거의 자각하지 못한다. 우리는 기억에 의한 다른 유형의 지식, 즉 시각, 청각, 몸 감각, 맛, 냄새 같은 감각적 지식에 압도당하기 때문이다." 우리가 깨어 있을 때 뇌로 쳐들어온 감각적 지식들은 그냥 정보의 더미들이다. 구슬이 서 말이어도 꿰어야 보밴데, 이 정보들은 (앞서 들뢰즈가 말했던 정보.) 아직 뇌라는 방 안에 헝클어져 널려 있다. 우울증 환자가 집 청소를 못 하는 것은 뇌 청소를 못하기 때문이다.(반대로 강박증 환자가 청소를 잘하고 수집을 잘하는 것은 과잉 의미부여를 하기 때문이고.) 널려 있는 정보에 감정을 이입하고 의미를 부여해서 기억이라는 서랍에 차곡차곡 정리해서 자아의 항상성을 유지하는 게 기본적으로 잠이 하는 일이다. 그런데 기억은 우리가 보통 떠올리는 기억만 있는 게 아니다. 그건 사실과 개념의 형식으로 저장되는 이야기 기억이고, 그것과 다른 '몸의 기억'이 또 하나 있다. 이것은 우리가 경험이라고 말하는 것에도 그대로 대응된다. 서파수면이라고 하는 숙면은 이야기 기억을 뇌의 관자 옆에 새기고, 렘수면이라고 하는 과정에서는 몸의 기억, 암묵적 기억이 소뇌에 고정된단다.[68](그래서 당구를 연습했으면 렘수면을 잘 이뤄야 한다.) 다시 그런데, 이런 핵심적인 과정을 우리는 자각하지 못하고 정보의 더미에 깔려서 헉헉대는 과정을 되풀이하고 있다. 자자, "자고 나면 (어느 정도) 해결된다."(아이유가 〈무릎〉에서 말하듯, "다 지나 버린 오늘을 보내지 못하고서 깨어 있는" 심리를 이해 못 하는 바는 아니지만. 그래도.)

하지만 많은 사람들이 제대로 '성공적인 수면'을 하지 못하므로, 깨어 있을 동안이라도 '멍 때리는 시간'을 되도록 많이 가져야 한다. 이 '멍 때리는 시간'은 뇌로 들어오는 감각 정보에 집중하지 않고 딴 생각을 하거나 몽상하는 시간이다. 그게 훈련되면 '명상'이다. 앞서 명상을 '현재의 순간으로 데려다주는 기운'이라고 했다. 현재로 데려다준다는 말은, 비유적으로 말해서 인간 이전의 상태, 성인 이전의 상태, '카르페 디엠'을 할 수 있는 동물이나 어린아이의 상태로, 좀 더 정확히 말해서 그런 '몸의 상태'로 재설정한다는 말이다. 이건 뇌를 '초기 상태'로 돌려놓는다는 말이기도 하다. 맞다. 초기값. 디폴트 모드다. 예전엔 우리가 외부 대상

---

68 『당신의 꿈은 우연이 아니다』, 안토니오 자드라, 로버트 스틱골드 지음, 장혜인 옮김, 청림출판, 2023

에 집중하지 않고 신경을 쓰지 않을 땐 뇌도 휴식을 취한다고 믿고 있었다. 하지만 연구 결과 뇌는 아무것도 하지 않을 때 아무것도 하지 않는 게 아니었고 뭘 하지 않을 때마다 일정하게 활성화되는 영역이 있다는 것을 알게 되었다. 그걸 '디폴트 모드 네트워크Default Mode Network' 줄여서 DMN이라고 한다. 그럼 DMN은 도대체 뭘 할까? "생각은 한데 모아진 몽상이며, 몽상은 느슨해진 생각이다."[69] 그건 더 주의, 집중해야 할 정신 과정을 찾아내고 그 과정을 완수할 방법을 상상해 낸다. 그건 잠을 자면서 꾸는 꿈의 기능과 유사하다.

거의 대부분의 사람들은 자면서 꿈을 꾸니까 꿈에서 어떤 일이 일어나는지 되돌려 보자. 보통 렘수면 단계에서 꿈을 꾸는데, 렘수면 동안에는 거의 모든 사람이 꿈의 내용과는 상관없이 발기가 지속된다고 한다.[70](여성도 그에 상당하는 현상이 지속된다.) 시도 때도 없이 발기하는 게 뭔 대순가 하겠지만, 그렇지 않다. 발기는 그리고 오르가슴은 내가 바로 몸이라는 걸 확실하게 보여준다. 난 의식이 없어도 발기한다. 즉 느낀다. 메를로퐁티가 말한다. "나에게 몸이 있는 게 아니라 내가 몸이다." 그리고 뇌도 몸이다. 나에게 몸이 있다는 '생각'은 뇌가 (생존이 아니라) 생각하기 위해 존재한다는 전도된 생각과 결을 같이한다. 내 뇌는 외부 지

---

69 『철학자 사용법』 라파엘 앙토방 지음, 임상훈 옮김, 함께읽는책, 2016
70 『라이프 타임』 러셀 포스터 지음, 김성훈 옮김, 김영사, 2023

각을 표상하기 이전에 내 몸을 표상한다. 느낌의 실제 대상은 우리 몸을 포함하고 몸에 대한 참조가 없으면 우린 느끼지 못하며 의식으로 나아갈 수도 없다. 시각이나 청각 대상은 그 자체로는 우리 몸과 소통하지 않는다. 깨어 있다는 것은 그 대상을 '관찰할 수 있는 상태'이지만 아직 그 관찰의 결과로 표상되는 이미지를 우리 것이라고 말해 주지 않는다. 그 이미지들이 내 의식 속에서 조합이 되려면 뇌에 표상되는 몸의 상태와 합쳐져야 한다.(좀 지저분한 예지만, 배탈이 나서 일분일초가 급한 상황에서는 아무리 아름다운 여인이 차창 밖으로 지나가도 난 그걸 눈여겨볼 수 없다.) 그러니까 사실상 뭔가를 안다는 것은 모두 몸으로 아는 것이다. 몸으로 통합되지 않으면 흩어지고 만다.

발기 이외에 렘수면 동안 벌어지는 또 다른 현상이 있다. 그건 노르아드레날린이라는 호르몬이 차단된다는 점이다. 노르아드레날린은 아드레날린의 뇌 버전이고 그 기능 중 하나는 바로 눈앞에 있는 어떤 대상에게 집중하는 것이라고 한다. 즉 깨어 있어 그 대상을 집중해서 관찰할 때 분비되는 것이다. 렘수면 동안 이 노르아드레날린이 차단되면 더 이상 외부에서 입력된 이미지들에 대한 집중은 사라지고,(트라우마로 고통 받는 사람은 노르아드레날린이 억제되지 않아서 렘수면을 방해받고 그 기억이 자꾸 재생된다.) 몸에 그 이미지들이 입혀지는 과정이 시작된다. 우리는 이미 렘수면 동안 뇌가 몸을 쓰지 못하게 신경을 차단한다는 것을 알고 있다. 그리고 바로 앞서서 렘수면 동안 '절차 기억', 곧 몸이 아는 암묵적 기억이 저장된다는 것을 지적했다. 이 말은 모두 렘수면에서의 꿈이 격렬한 몸의 참여를 일으킨다는 말에 다름 아니다. '렘수면에서는 거의 자기 표상이 일어난다.' 자기 표상은 몸의 표상이다. 우린 꿈속에서 결코 구경꾼이나 방관자가 아니다. 무슨 일이 일어나는지 볼 때도 항상 그 안에서 참여자로 본다. 비록 노르아드레날린의 차단으로 오랜 시간 꿈이 이어지지는 않지만 꿈은 대부분 '스펙터클'하며 역동적이다. 하지만 꿈이 오랫동안 이어지지 않는 것은 또 다른 기능 때문이기도 하다. 그것은 우리가 깨어 있을 때는 거의 의식하지 못하는 작은 기억들까지 끄집어내서 새로운 경험과 연결시키며 우리의 대응능력을 다듬는 것이다. 그래서 꿈이 그토록 이상하고 기괴하고 예측을 불허하는 것이다.[71]

많은 과학자들이 말한다. 뇌의 감각 표상에 관한 이미지가 사실은 은폐된 신체 표상의 한 형태라고. 다시 다마지오가 강조한다. "인간처럼 고상하고 마음이 있는 생명체들도 마음이 없는 지능의 혜택을 받고 있다는 점을 반드시 알아야 한다." 곧 우리의 앎은 '존재 차원'의 내부장기 이미지와 '느낌 차원'의 몸 이미지, 그리고 '지식 차원'의 외부 이미지가 섞여 통합된 것이다. 여기서

---

71 『당신의 꿈은 우연이 아니다』, 안토니오 자드라, 로버트 스틱골드 지음, 장혜인 옮김, 청림출판, 2023

기본이 되는 것은 지식 차원이 아니다. 존재와 느낌 차원이 기본 토대다. 그건 우리가 느끼는 마음의 내용물을 담는 그릇, 용기와 같다. 이 그릇의 모양과 상태가 어떠한가에 따라 마음의 내용물이 달라진다. 물의 모양은 그릇의 모양이다. 이 그릇을 지칭하는 말은 맥락에 따라 다양하다. 유전자와 양육과정을 통해 '결정된' 본성이라고도 하고, 프렉탈처럼 같은 양상으로 되풀이되는 통제 전략을 실행하는 기저 성격이라고도 하며, 그걸 통칭해서 기질이라고도 한다. 그리고 어느 학자는, 몸의 항상성과 외부 환경을 적절하게 조율하기 위해 몸 상태에 대한 정보를 계속 점검하며 활성화될 때의 반응을 일컬어 핵심정서라고 한다. 그리고 나는 이 핵심정서가 그 사람의 다이몬이라고 생각한다. 그러니까, '너 자신을 알라'는 말은 '너의 다이몬을 알라'는 말이고, 이 말은 다시 너의 핵심정서를 알라는 말이고 핵심정서를 알라는 말은 너의 몸에 대해서, 그 몸이 알려 주는 '비명시적 능력'을 알라는 말이고, 과도한 외부 감각 이미지에 휘둘려 조합되는 자아의 이야기에 속지 말라고 말하는 것이다.(맞다. 다이몬이란, 존재와 느낌 차원의 명시적이지 않은 능력의 바탕이 되는 '여성적인 우물'이다. 이건 프로이트의 '무의식'과 비슷해서 정확히 명명할 수 없다. 이름 붙일 수 없는 것은 잘 모른다는 것이고 잘 모른다는 것은 통제 영역 바깥에 있다는 것이고, 무엇이든 통제할 수 있다는 '망상적 확신'에서 배제되어야 하는 것이다. 다이몬은 이런 '망상적 확신'이 전

지구적으로 확산되기 이전의 존재 양식의 한 면을 가리키는 이름이었다. 그리고 이 이름의 불교식 표현이 '반야般若'다. '의식의 영역에서 무의식적으로 작용하는' 인간의 근본지혜로 '부동不動의 동자動者'다.)[72] 사실 집중과 몰입은 다르다. 집중은 외부 대상에 꽂히는 것이고 몰입은 외부 환경에 나를 포개는 것이다. 집중은 머리로만 하는 것이고 몰입은 몸으로 하는 것이다. 또한 집중은 어쩔 수 없이 집중하는 대상 이외의 대상을 배제하는 것이고 몰입은 배제 없이 전체가 흐르는 것이다. 그런데 그 둘은 다르지만 몰입을 위해선 집중을 거쳐야 한다. 이건 현실적 경험이 풍부해야 꿈이 풍성해지는 것과 같다. 문제는 지금 우리의 경험이 질적으로 풍부한 게 아니라 양적으로만 그렇다는 점이다. 쓸데없는 정보량이 너무 많아 모두 과부하가 걸린 상태다. 그래서 그 부하를 줄이기 위해서 최소한의 재부팅, 멍 때리기나 명상이 요구되는 것이다. 속도를 늦춰야 한다. 온갖 종류의 외부 정보를 처리하는, 즉 청소하고 정리하는 시간을 갖지 않으면 나를 배려하지 못하는 것은 기본이고 남을 배려하는 것은 기대조차 할 수 없기 때문이다.

---

72 『선과 정신분석』, 에리히 프롬 외 지음, 김혜원 옮김, 문사철, 2023

97 중생

사리불이 천녀에게 묻는다. "그대는 언제 깨달음(아뇩다라삼먁삼보리)을 얻게 됩니까?" 천녀가 말한다. "만약 사리불님께서 다시 태어나 범부로 되돌아간다면, 그때 얻게 될 것입니다." 사리불이 말한다. "내가 또다시 범부로 되돌아가는 일은 없을 것입니다." 다시 천녀가 말한다. "제가 깨달음 얻는 일도 있을 수가 없는 것이니, 왜냐하면 깨달음에는 머무를 곳이 없기 때문입니다. 그러므로 얻는다는 것도 없습니다." 이번엔, 문수사리가 유마힐에게 묻는다. "중생을 어떻게 봐야 합니까?" 유마힐이 말한다. "지혜로운 사람이 물에 비친 달그림자를 보는 것처럼, 거울 속의 자기 얼굴을 보는 것처럼." 그렇다. 범인, 범부, 중생, 대중은 모두 거울이다. 자신을 비추는 거울. 대중과 중생을 어떻게 보는지에 따라서 그 사람의 생김새가 나온다. 데이비드 윌리스가 말한다. "텔레비전이 저급인 것은 저속하거나 음란하거나 멍청해서가 아니다. 텔레비전은 종종 이 모두이지만, 이것은 청중을 끌어들이고 즐겁게 해야 할 필요성의 논리적 귀결이다. 그렇다고 해서 청중을 구성하는 사람들이 저속하고 멍청하기 때문에 텔레비전이 저속하고 멍청하다는 말도 아니다. 텔레비전이 저속하고 음란하고 멍청한 이유는 사람들이 저속하고 음란하고 멍청하다는 점에서는 천편일률적이면서도 세련되고 심미적이고 고상한 관심사의 측면에서는 천차만별이기 때문이다." 그렇다. 중생은 천편일률적이면서도 천차만별이다. 부처면서 '개, 돼지'다. 그래, 다시 물어보자. 대중이 어떻게 보이는가, 그건 자신의 모습을 되비쳐 주는 거울인데.

얼마 전 유명한 작곡가의 표절 문제가 터졌다. 짐작하는 그 사람이다. 그래, 한번 보자. 거울을 통해서. 맨 처음 표절 의혹이 제기되었을 때, 그 혹은 그 회사의 대응 과정을 보면 마치 선거가 끝난 후 유권자를 '개, 돼지'로 보고 무시하는 정상배의 행태를 보는 것 같아 일단 어리둥절하지 않을 수 없었다. 그는 대중 예술을 하는 사람이다. 그것도 스스로가 대중과 예술 중에 예술에 조금 더 방점을 찍어 작업을 한다는 사람이다. 이 말은 사실 대중을 존중한다는 말에 다름 아니다. 왜냐하면 대중이라고 무조건 '수준 낮은 사람들'이 아니기 때문이다. 곧 대중들은 개별적으로 얼마든지 수준 높은 예술 향유자이자 소비자가 될 수 있다. 그리고 그는 바로 그런 상대적으로 '수준 높은' 대중들을 상대로 예술을 한다고 스스로를 규정하는 사람이다. 그런데, 초기의 대응 과정을 보면 대중을 완전히 '개, 돼지'로 보는 시선이 드러난다. 완전 '니들이 뭘 알아?'라고 말하는 듯하다. 천편일률적인 대중은 그를 대중문화권력으로 받들어 줄지 모르지만 잘 드러나지 않는 '고급의'

대중은 그의 이름이 아닌 그의 음악을 평가 대상으로 삼는다. 그런데 그는 스스로 자리매김한 입지와 모순되게 대중을 싸잡아 저급한 집단으로 취급하고 어떠한 성의 있는 대답도 내놓지 않는다. 얼마나 대단한 권력이기에. 하지만 그는 그 권력이 얼마나 허약한 토대 위에 세워져 있는 것인지를 간과하고 말았다. 대중의 인기와 여론이라는 게 그 토대데, 그 토대는 역설적으로 손바닥 뒤집듯이 쉽게 '배신'을 일삼는 대중들의 '개, 돼지' 같은 속성으로 인해 급속하게 무너지게 되어 있기 때문이다. 이쯤 되면 천편일률적인 대중의 속성을 벗어난 '고급 소비자'가 다시 그리워질 법도 하다. 하지만 그는 대중에 대해서 박쥐처럼 양다리를 걸쳤고, 필요할 때만 취사선택하는 행태를 일삼아 왔기에 더 이상 매달릴 곳이 없다. 대중이라는 집단은 무정형이다. 거울과 같다고 하지 않던가. 거울을 보니 어떤가? 나를 '천재'라고 칭송해 주는 나르시스가 보이는가, 아니면 내가 힘겹게 일궈 낸 작업에 감응해 조용하게 박수쳐 주는 나와 닮은 '타자'들이 보이는가. 과연 그는 '천재'라는 소릴 들었을 때 속으로 어떤 생각을 했을까? 시대와의 불화를 전제하는 낭만주의적 천재 개념은 말을 꺼내기도 민망하니까 접어 두고, 도대체 어떤 천재가 대중의 반응에 그토록 휘둘리는가? 아마 그는 '천재'라는 말을 듣고 그가 존경해 마지않는 여러 '거장'들을 나르시스적 자아 이미지로 삼았을 것이다. 맞다. 그는 '거장'이 되고 싶었던 것이다. 그가 표절한 그 사람처럼. 그런데 '거장'이라는 것이 되고 싶다고 되는 것인가? 다시, 도대체 어느 거장이 자신은 거장이 되겠다고 다짐해서 거장이 되는가? 하, 자본주의하의 예술상품 제작 시스템에서 작정하고 짜고 만들면 거장을 만들어 낼 수는 있지만 말이다. 하지만 세상이 하 수상해도 가짜가 진짜가 되진 않는다. 흔한 말로, 거짓이 다수를 영원히 속일 수는 없다. 소수를 영원히, 그리고 다수를 잠깐 속일 순 있지만 말이다. 거장일 수가 없는데 거장을 꿈꾼 작곡가의 불행. 이 불행은 인간사에서 너무 흔하게 볼 수 있는 장면이다. 허락되지 않은 꿈을 욕망한 대가로 밑바닥으로 곤두박질치는 이야기. 여기서 우리는 연민을 느껴야 하나, 전율을 느껴야 하나, 아니면 통쾌함을 느껴야 하나, 잘 모르겠다. 혹시나 아직도 왜 나만 가지고 그러냐고, 난 그저 재수가 없을 뿐이라고 외치고 싶은가? 자신의 방식이 우리 사회의 '게임의 법칙'이었다고. 당신들은 안 한 게 아니라 못했을 뿐이라고. 정의로운 척하지 말라고. 그의 음악을 좋아했던 대중의 입장에서 바라건대, 그런 생각 하면 안 되고, 초심으로 다시 음악 해야 한다. 대중들을 바라보고. 반향과 상관없이. 사실 말은 이렇게 하지만 크게 기대하진 않는다. 왜냐하면 이런 비슷한 사건들에서 공통적으로 드러나는 바, '법칙'까지는 아니지만 매우 높은 '경향'이 하나 있는데, 그 경향은 이렇다. 이렇게 정식화할 수 있다. "제대로 반성할 수 있는 사람은 애초에 일을 저지르지도 않는다." 그래도 혹시나.

98 운명

누구나 그렇듯이, 나 또한 내가 특별하고 뛰어나며 다른 사람들과 다르다고 생각했다. 하지만 지금은 '누구나 그렇듯이'라는 말에서 드러나듯이 내가 특별하다고 생각하는 건 전혀 특별한 일이 아니라는 걸 알고 있다. 그게 다 자아의 꼬드김이었다는 걸. 물론 그 꼬드김이 불가피하다는 것도 알고 있다. 그 꼬드김이 말한다. "이렇게 된 건 어쩌면 운명이 아닐까?"

인간의 삶은 우연이 모여서 필연이 되는 과정이다. 즉 저마다의 특별한 우연이 각각의 개체를 만들었고 그 우연들은 하나둘 합쳐져 미리 정해진 목적지에 도달한다. 성장한다는 것은 가능성들을 배제하고 확정하는 과정이다. 폴 굿맨이 말한다. "이야기가 시작할 때는 무엇이든 가능하다. 중반 정도 되면 가능한 것들이 있다. 끝날 때는 모든 것이 필연이다." 당구 한 게임의 경과를 봐도, 인생의 경과와 마찬가지다. 나중에 모든 건 필연이 된다. 그때 이렇게 하지 않고 저렇게 했더라면, 달라졌을까? 당연히 달라졌다. 하지만 그건 당신이 생각하는 방향으로는 아니다. '당신이 지금의 모습처럼 되리라고 정해지지는 않았을 테지만, 당신은 결국 이런 모습일 수밖에 없을 것이다."[73] 시간을 거슬러 되새겨 보라. 수많은 우연들이 합쳐지며 지금의 나를 만들어 내는 과정이 미리 결정되어 있었던 것처럼 보인다. 보이지 않는 불가사의한 힘, 보통 운명이라고 하는 그 힘이 작용한 것이라고 믿고 싶을 정도로. 하지만 아니다. 운명도 아니고 결정론도 아니다. (운명과 결정론은 '사후 확신 편향'의 부산물이다.) 그냥 이야기의 작용일 뿐이다. 우연이라는 '불가해한' 사건은 해독이 끝나면 사라진다. 이야기의 필연적인 결말로 녹아드는 것이다.

예컨대 내가 결혼을 안 했다거나, 다른 사람이랑 했다거나 했으면 내 모습이 구체적으로 어떻게 달라졌을까 하고 묻는다면 아무런 대답을 할 수가 없다. 상상은 할 수 있지만 그것도 오래 할 수 없다. 곧 지금의 아내를 빼놓고는 지금의 내 모습에 관한 이야기는 시작조차 할 수 없다. 이 말은 지금의 내 모습에 관해 말할 때 아내와 맺은 관계를 배제한 어떠한 이야기도 할 수 없고, 아내만이 아니라 실제로 있었던 다른 만남과 사건으로 이어진 이야기만이 내가 할 수 있는 유일한 이야기라는 것이다. 개인사만이 아니다. 우주의 탄생부터, 인류의 진화까지 현존하는 모든 존재는 자신만의 유일한 이야기를 갖는다. "그것이 설사 믿을 수 없는 일련의 우연의 일치로 생겨난 것처럼 보인다 하더라도, 그것은 살아남지 못한 다른 수백만 가지의 길을 우리가 생각하지 않기 때

---

73 『철학자 사용법』, 라파엘 앙토방 지음, 임상훈 옮김, 함께읽는책, 2016

문에 그렇게 보이는 것입니다. 우리의 이야기는 우리가 재구성할 수 있는 유일한 이야기입니다. 그것이 아주 기이하고 특별한 이야기로 보이는 것은 바로 이 때문입니다."[74] 살아남지 못한 수백만 가지의 길은, 혹은 평행우주에서 벌어지는 또 다른 나의 이야기는 전달될 수가 없기에 우리의 이야기가 될 수 없다.(다시 한번, 가수 유재하가 젊은 나이에 불의의 사고를 당하지 않았다면 계속해서 우리에게 좋은 음악을 선사해 주었을 것이라고 자신 있게 말할 수 있으나, 그 음악이 도대체 어떤 곡일지는 전혀 가늠할 수 없다.)

---

74 『인간에 관한 가장 아름다운 이야기』, 도미니크 시모네 외 지음, 박단 옮김, 부키, 2007

99 무한게임

영화 〈서울의 봄〉에서 전두광이 쿠데타에 성공하고, 화장실에서 오줌을 갈기면서 웃는다. 그가 이겼다. 게임에서 이겼다. 그런데 정말 그가 이겼는가? 전두광의 실제 모델인 전두환은 '죽는 날까지 하늘을 우러러 한 점 부끄러움도 없는 듯' 한마디 사과도 없이 죽었다. 그는 자신의 이야기에서 딱히 잘못된 것이 없다고 믿는다. 그럴 수 있다. 하지만 '본인은 그렇게 믿는다'는 건 어떤 의미도 없다. 다른 사람이 그 사람에 대해 믿는 것이 그 사람이다. 한나 아렌트가 말한다. "다이몬은 모든 인간의 삶에 수반되며 뚜렷이 구분되는 정체성이지만 다른 사람들에게만 나타나 보일 뿐이다." 즉, 그 사람의 다이몬, 본성, 정체는 다른 사람들의 생각 속에서 실현될 때 비로소 드러난다. 그건 '본인'의 생각과는 전혀 무관하다. 아렌트는 여기서 더 나아가 '에우다이모니아'라는 말은 단순히 행복이나 번영이 아니라 죽음 이후에 그의 이야기를 통해 달성할 수 있는 완전함이라는 무서운 말을 한다.[75] '호랑이는 가죽을, 사람은 이름을 남긴다'는 말에 더해 '인간의 본질은 이야기

---

75 『세상은 이야기로 만들어졌다』, 자미라 엘 우아실, 프리데만 카릭 지음, 김현정 옮김, 원더박스, 2023

만을 남긴다'는 것이다. 그래, 전두환은 무슨 이야기를 남겼나?

"적어도 두 종류의 게임이 있다. 하나는 유한 게임, 다른 하나는 무한 게임이라 부를 수 있을 것이다." 『유한 게임과 무한 게임』의 첫 대목이다. 외적인 규칙을 따라서 벌이는 '유한 게임'과 '자기실현'이라는 내적인 논리를 창출하면서 이어지는 인생이라는 '무한 게임'. 이 게임은 지속적으로 수정되고 첨삭될 뿐 마지막까지 완결될 수 없기에 '무한 게임'이고 또한 자기실현이라는 게 근본적으로 거북이를 못 따라잡는 아킬레스와 같기에 '무한 게임'이다. 죽으면 '무한 게임'은 끝나는가? 내가 플레이어로서의 참여하는 게임은 끝나지만 이야기 대상으로서 계속 게임 안에 남아 있다. 더 이상 누구도 이야기를 하지 않을 때까지는. 루크레티우스가 말한다. "우리는 태어나기 전에 우주에 존재했던 그 모든 시간 동안 우리가 존재하지 않았다는 사실을 슬퍼하지 않는다. 우리가 죽고 난 뒤에 우리가 존재하지 않는다는 것도 이와 똑같이 바라볼 수 있어야 한다." 하지만 상황이 좀 다르다. 우리가 존재하기 전엔 이야기가 시작되기 전이었기 때문이다. 아예 이야기가 시작되지 않았으면 궁금할 일도 없다. 내가 '로또 복권'을 사지 않았으면 어떤 숫자가 나와도 상관없는 것처럼. 노래 〈레인보우 브릿지〉에서 가수 선민이 말한다. "여행이 끝날 때쯤에 집에 가기 싫은 것처럼." '연인들은 작별을 고할 때 서로를 가장 사랑하고, 태양은 땅으로 꺼져 갈 때 가장 빛나며, 최후의 순간이 되어서야 삶이 가장 아름다워진다.'[76] 맞다. 시간은 다 됐는데 끝은 나지 않았다. 그럼 미련이 남는다. 어느 의사가 말하길, "사람은 사는 데 이력이 붙은 나머지 죽을 마음이 들지 않는다". 하지만 미련이 남든 남지 않든, 죽을 마음이 들든 들지 않든 내 의지와 관계없이 게임은 오버되며. 그걸 마무리 짓는 건 '각각의 독자'들이다.

---

76 『오후 3시』, 라파엘 앙토방 지음, 권명희 옮김, 열림원, 2008

100 니르바나

유명한 농담 하나. 신부와 목사와 랍비가 자기가 죽어 관 속에 있을 때 무슨 말을 듣고 싶은지 서로 이야기했다. 먼저 신부가 "정의롭고 정직하고 자비로운 분이었다고 했으면 좋겠군요." 그 다음 목사는 "친절하고 공정하고 교구민에게 상냥한 분이었다고 했으면 합니다." 마지막으로 랍비가 말했다. "저는, 저것 좀 봐. 시체가 움직이고 있어."[77]

우린 젊어서 일찍 죽지 않는다면 늙어서 죽는다. "죽는 순간, 몸의 피가 극도의 산성이 되어 근육이 경련하고, 가쁜 숨을 몰아쉬며, 후두 근육이 팽팽해져서 기침이 나올 때도 있고 가슴과 어깨가 들썩이고 한두 번 짧게 경련하며, 눈알은 통통한 모양을 유지해 주던 피가 빠져나가 평평해진다." 이 말을 들으니 죽음을 앞두고 그동안 산 장면이 파노라마처럼 지나간다는 말은 죽음에 대한 두려움을 완화시키려는 낭만화 작업인 것 같다. 그 작업의 일환으로 영화 〈컨택트〉에서 조디 포스터는 찰나의 순간에 이런 파노라마에다가 자신의 소망까지 중첩된 '종교 체험'을 한다. 우주에서 보낸 설계도에 따라 만들어진 최첨단 시설은 사실 살면서

---

77 『우리는 언젠가 죽는다』, 데이비드 실즈 지음, 김명남 옮김, 문학동네, 2010

해소할 수 없었던 한 섞인 '영혼'(귀신)을 추출해 시간과 공간의 경계를 넘어, 곧 삶을 규정하는 죽음을 넘어 '만물의 원리가 적혀 있다는 신비로운 좁쌀' 안으로 데려가는 장치였기 때문이다. 물론 그 원리는 사랑이다. 에로스. 에로스의 통하는 힘이 종교적으로 극대화된 것이다.

이 체험의 좀 더 현실적 버전은 영화 〈포드 페라리〉에 나온다. 에로스가 질주를 멈추지 않을 때 모든 것이 무화되며 편안해지는 지점. 시공간의 한가운데로 펑 하고 들어가는 영원한 순간. 그 순간을 갈망하게 만드는 7000RPM 지점. 바로 이곳이 삶이 죽음으로 이어지는 통로다. 프로이트 식으로 말하면, 오로지 혼자서 세상의 유일한 '진리' 곧 무와 대면해야 하는 순간에 대한 갈망, 곧 죽음에의 욕망이 관철되는 순간이다. 맞다. '욕망의 끝은 죽음이었다.' 삶의 궁극적 목적이 제대로 된 죽음이라면 그 죽음을 향해 질주하는 에로스적 동력을 갖춰야 한다. 7000RPM을 향해 질주하지 않는 타나토스는 무기력일 뿐이고 심연을 모르는 에로스는 천박함을 벗어나지 못한다. 허무함을 관통해서 궁극적 허무함을 몸으로 체험하는 순간 끝나는 삶. 그런 삶이 가능하기 위해선 주인공 크리스찬 베일처럼 우선 뭔가를 미친 듯이 사랑해야 한다.(그가 죽은 후 동료가 말한다. "차에서 빠져나오지 못하는 사람도 있는 법이다.") 그 뭔가가 무엇인가? 그 뭔가가 무엇이든 나중에 그것은 하나가 된다. 바로 만물의 최종원리인 죽음이다. 아,

내가 사랑한 것은 죽음이었다.

이렇게 내가 사랑한 것이 죽음이었다는 것을 인정하면 편안하게 니르바나에 도달할 수 있다. 열반이란 무엇일까? 그건 '최후의 절망'이다. 아무것도 남아 있지 않는 아주 깨끗한 절망이고 나에게 벌어지는 모든 일들에 대한 완전한 수용이다. 아, 그러나 죽음을 사랑하든 그렇지 않든, 깨끗한 절망을 하든 그렇지 않든, 우린 모두 니르바나에 다다를 수 있다. 단언컨대 우리 모두. 사이코패스 연쇄 살인범부터 살아 있는 부처라는 소리를 듣는 어느 사람까지 모두. 사실 여기가 끝이다. 모두 죽고 모두 열반에 든다. 드골이 묘지를 돌아보며 그랬단다. "음, 있을 만한 사람들은 다 있군." 죽음의 문턱을 넘은 순간 이 세상에서 통용되던 모든 도덕은 해체되고 무화된다. 그 이후, 죽음 이후의 이야기들은 모두 무지를 이용한 도덕적 협박일 뿐이다. 그 다지 도덕적이진 않지만 이 세상에서는 불가피하고 불가결한 도덕. "일찍이 고대 로마의 신학자 테르툴리아누스는 천국의 주된 즐거움 중 하나는 저주받은 이들이 고문당하는 것을 구경하는 거라고 했다."[78] 이런 가학적 기쁨마저 없다면 천국이라는 것, 더 나아가 모든 형태의 유토피아는 지루해서 못 산다. 그것들은 모두 현세에서 받는 고통의 반동 형성일 뿐이다. 윤회, 환생이 어디 있고 지옥, 구원이 어디 있나. 없다. 죽음은 그냥 소멸일 뿐이다. 난 가끔 엉뚱한 상상을 한

---

78 『코끼리를 쏘다』, 조지 오웰 지음, 이재경 옮김, 반니, 2019

다. 정말 석가모니는 윤회를 믿었을까? 의심이 든다. 하지만 차마 혼자만 벗어날 순 없었기에 그렇게 믿고 발바닥이 터지도록 중생을 구제하러 다니신 것이다. 사랑 때문에 열반을 미룬 것이다.(다시, '받는 자에서 주는 자로의 전환'이 그와 그의 가르침을 실행하는 보살들의 위대함이다. 이런 위대함의 바탕에 그의 연민이 있다. "누군가가 아프면 나도 아프다." 이때의 연민은 단순한 동정이나 공감이 아니다. 일시적인 감정이나 욕망이 아닌 것이다. 그의 연민은 존재에 대한 근본적인 사유의 결과로서, 우주의 모든 생명들이 각각 떨어져 있는 독립된 존재들이 아니라 함께 묶여 있고 다른 존재도 나와 똑같은 대접을 받을 가치가 있다는 인식의 필연적 귀결이다.[79] 그래서 자아와 더불어 세상에 대한 모든 집착은 버렸지만 그 집착과 함께 고통 받는 중생에 대한 윤리적 소명까지 휩쓸려 버려지는 '허무주의적' 아포리아를 훌쩍 뛰어 넘어설 수 있었던 것이다. 하지만 이건 모두 현세에서 행해지는 것이다.) 죽음이라는 '진리'에 대항해서 다시 에로스를 끄집어내는 행위, 이게 종교다. 그 종교가 이야기한다. 몸을 초월하고 죽음을 초월하는 원리가 있다고, 그 원리가 사랑이라고. 하지만 아니다. 그딴 것은 없다. 에로스도 몸을 넘어서는 어떤 원리가 아니다. 몸의 기능이 멈추면 원리도 멈춘다. 누군가의 말대로 삶의 의미는 우연히 찾아온 향기와 같다. 그뿐이다.

---

79 『신 없는 세계에서 목적 찾기』, 랠프 루이스 지음, 류운 옮김, 바다출판사, 2022

비 오는 날 옥상 문 앞에서 고개를 살짝 내밀고 담배를 피우는데, 까치 한 마리가 비를 흠뻑 맞고 앞집 처마 밑으로 날아오더니, 몸을 후르르 터는 게 보인다. 난 비 오는데 고생하는구나, 생각하며 좀 쉬겠거니 했는데, 아니다. 금방 다시 빗속으로 날아가 버린다. 비 오는 것에 전혀 개의치 않는 것 같다. 비가 와서 좀 힘들긴 하겠지만 비가 온다고 원망 같은 걸 하는 것 같지는 않다. 비는 원망의 대상이 아니라는 걸 아는 눈치다. 혹시 비를 처음으로 맞은 날엔 원망했을까? 뭐, 까치는 비를 원망할 수 있는 두뇌를 가지지 못했다고?(정말인가? 확인해 봐야 한다. 프란스 드 발이 묻는다. "우리는 동물이 얼마나 똑똑한지 알아낼 수 있을 정도로 충분히 똑똑한가?" 이스라엘의 어느 생물학자가 박쥐의 대화를 해독하는 프로그램을 개발해서 그들의 대화를 들어 봤더니, '저리 가'나 '깨우지 마'처럼 대부분 옥신각신하는 내용이란다.)[80] 그렇다 치고 그럼 그런 두뇌를 가지지 못한 것은 행운인가, 불운인가? 나아가 그런 두뇌를 가졌다면 까치의 삶이 더 나아졌을까, 그러지 못했을까? 질문이 이상한가? 그럼, 사람은 까치와 어떤 다른 점이 있는가? 다 같다. 다른 점이 있다면, 아무 소용없는 원망을 하고 나서야 까치와 같이 수용한다는 점이다. 결국은 다 같다. 페소아가 말한다. "네가 머물렀던 장소는 이제 네 존재 없이 그대로 남아 있다. 네가 지나쳤던 거리는 널 볼 수 없는 채로 남

---

80 『세계 그 자체』, 울프 다니엘손 지음, 노승영 옮김, 동아시아, 2023

아 있으며, 네가 살았던 집에서 여전히 누군가가 살고 있다. 다만 네가 아닌 다른 누군가일 뿐이다. 그뿐이다."

나가며

사실 난 스스로에 대해서 글을 쓰는 사람이라는 생각을 한 번도 해 본 적이 없다. 나에겐 '작가'라는 자의식이 없다. 앞서 낸 책 『동물원을 걷다』의 책머리에도 밝혔다. 난 아마추어고 아마추어이고자 한다고. 바르트의 멋진 말대로, 난 '명인의 영역을 넘보든가 또는 경쟁의 정신 없이 회화, 음악, 스포츠, 학문에 참여하고 있는 자'이고, '나의 실천에는 보통 루바토rubato(속성 자체를 위해 대상을 훔치는 것)가 전혀 포함되어 있지 않다'. 생각해 보면, 경쟁의 정신 없이 학문에 참여하는 이런 태도를 '멋지다'고 보는 나의 태도 이면엔, '크라잉게임'의 '퍼거스' 같은 '약한' 내면이 자리 잡고 있는 것 같다. '이게 내 본성이다.' 난 치열하고 가열 차고, 그딴 거 별로 좋아하지 않는다. 그러면서도 바르트의 글과 같은 우아함은 좋아한다. 그 우아함이 치열함의 결과인 줄 뻔히 알면서도. "그 사람을 위해 글을 쓰지 않으며, 내가 쓰려고 하는 것이 결코 사랑하는 사람의 사랑을 받게 하지 않으며, 글쓰기는 그 어떤 것도 보상하거나 승화하지 않으며, 글쓰기는 당신이 없는 바로 그곳에 있다는 것을 아는 것, 이것이 곧 글쓰기의 시작이다." 『사랑의 단상』 중 한 대목이다. 난 이런 자족적인 글쓰기를 좋아하고, 그렇게 하고자 한다. 그럼 왜 발표를 하는가? 그건 '신탁을 받아서' 그렇다. 뭔 말인가?

난 두 차례 점집에 간 적이 있다. 앞서 말한 대로, 사람들이 점집에 가는 건, '미래를 알고 싶어서가 아니라 예감된 미래를 감당하지 못하는 무력감 때문에' 혹시라도 다른 미래가 있나 싶어 가는 것이다. 솔직히 말하면 난, 무력감을 무마시켜 줄 '좋은 소리'에 대한 기대 육, 전반적인 호기심 사의 비율로 혼합된 심정으로 그곳엘 갔다. '용하다고 해서.' 한 곳은 신점을 '전공'으로 하고 명리를 '부전공'으로 하는 곳이었고, 다른 한 곳은 반대였다. 처음 간 곳에서 그 '법사님'이 이것저것 묻고 나서 딸랑딸랑 방울 소리를 울려 대며 '공수'를 전했다. "아이고, 불쌍한 내 새끼, 당구장이 웬 말이냐. 서럽고 원통하다. 하지만 걱정 마라. 내가 다 알아서 해 줄 거다. 그래, 걱정하지 마라. 알아서 해 줄 거다." 여기서 내가 놀란 건 그 말의 내용이 아니라 그 '법사님'의 연기력이었다. 살아생전의 어머니 말투와 매우 흡사했다.(물론 내가 그런 느낌을 만들었을 수 있다.) 하여간 다 알아서 해 주신다니, 좀 막연하긴 하지만 그런 대로 원하는 말을 들은 것 같았다. 그 후 삼 년 쯤 지난 후 찾아간 곳의 '처사님'은 마흔 전후로 보이는 젊은 분이었다. 점집도 신식 오피스텔이었고. 재밌는 건 그 '처사님'은 나에 대한 말보다 자신에 대한 말을 더 많이 했다는 점이다. 자긴 원래 국문과를 나왔고 '이런 일'과는 관련이 없었는데 몸이 너무 아파 할 수 없이 이 일을 하게 됐단다. 알고 보니 이분도 명리가 부전공이었다. 그때가 허수경 시인이 작고한 2018년이었다. '독일에서 돌아와 암투병 하시며 고생하셨는데.' 그 '처사님'과는 '운명'에 관련된 말보다 '문화'에 관련된 말들을 더 많이 한 것 같다. 그런 와중에 문득 그 '처사님'이 자신의 본분을 깨닫고 나에게 물었다. 뭐, 특별한 문제가 있냐고. 내가 말했다. 특별한 문젠 없는데 좀 궁금하고 불안하다. '당구장을 한 번 더 해도 되는지 확신이 서질 않는다.' 그러자 그 '처사님'이 말했다. "당구장을 하든 안 하든, 중요한 건 선생님이 생각하시는 그대로, 자신을 믿고 하시면 된다고 하십니다. 글을 쓰세요. 글을 쓰는 게 선생님이 하고 싶은 거 아닙니까." 이렇게, 이 글은 무려 이 두 개의 '신탁'을 바탕으로 이뤄진 것이다. 그래서 이 책 처음에 '하늘에 계신 나의 영원한 다이몬, 영희님께 바칩니다.'라고 써서 부적처럼 붙였다. "걱정 마라. 내가 다 알아서 해 줄 거다."라는 말을 믿고. 그 '신탁들'이 맞을까?

'잘 아는 것을 써라.' 자주 들려오는 말이다. 곰곰이 생각해 본다. 내가 아는 게 뭔가? 아무리 생각해도 없다. 아는 게 좀 있긴 한 건 같은데, 딱 집어서 말할 수 없다. 좁혀지질 않는다. 그럼 잘 하는 것은 있나? 어, 이건 좀 좁혀질 것 같다. 있다. 당구다. 그런데 여기서의 '잘한다'는 의미는 능숙하고 뛰어나다는 말이 아니라 자주 한다는 의미다.(옛날, 나의 어머니께서는 당구 치는 나를 보고 '자알한다'는 말을 자주 하셨다. 난 그걸 곧이곧대로 알아들었다.) 일단 자주 해야 잘할 수도 있다. 또 한 가지 내가 자주 하는 게 있다. 독서다. '독서를 잘한다'는 말도 그냥 자주 한다는 말이다.(이때도 '나의 다이몬'께서는 '쓸데없는 책만 보는' 나를 향해 말씀하셨다. '자알한다'고. 이렇게 나의 어머니는 내가 뭘 해도 '잘한다'고 말씀해 주셨다.) 난 독서를 잘한다. 아주 잘한다. 아니 '소싯적엔' 아주 잘했다.(지금은 예전 같지 않다. 까다로워졌다.) 대학 2학년 때 인류학 수업을 들을 때였다. 그때 교수님이 말씀하시기를 "인문학을 공부한다는 건 다른 게 아니다. 그냥 모든 책, 아니 좋은 책 모두를 읽는다고 생각하면 된다." 그 말씀이 마음에 들었다. 무슨 영화인지는 잘 기억이 나지 않지만, 배우 명계남이 극 중에서 이런 말을 한 적이 있다. "모든 사람은 두 종류로 나뉘지. (야구선수) 박철순을 좋아하는 사람과 좋아하지 않는 사람으로." 이 말에 맞춰 젊은 사람들에게 한마디 전하고 싶다. 좀 건방지게 보여도 양해해 달라. "사람은 두 종류로 나뉜다. 독서를 하는 사람과 하지 않는 사람으로." 과장은 하지 않겠다. '책 한 권 읽는다고 세상이 달라지진 않는다.'(어렸을 때 그게 이상한 적도 있었다. 책 한 권을 읽고 머리가 달라져서 세상이 달리 보였는데, 세상은 여전히 똑같았다.) 하지만 젊었을 때 책을 읽을 수 있는 '기초 체력'을 다져 놓고 한 권, 두 권, 그렇게 계속 하다 보면, 세상은 여전히 달라지진 않지만, 그 여전한 세상에서 '즐거움'을 훔칠 수 있는 기회가 많아진다. 곧 독서가 눈에 보이는 사회적 지위를 높여 주진 못하겠지만 보이지 않는 내적 쾌감을 제공할 수는 있다는 말이다. 하지만 앞에서 누누이 말한 바대로 즐거움은 그냥 거기서 그치지 않는다. 그건 나를 강하게 만드는 물리적 힘이다. 곧, 독서는 즐거움을 통해 자존감의 토대를 강화한다. 해서 최대한 상황이 허락하는 상황을 만들어 내면서 독서를 해야 한다. '그게 가장 이문이 많이 남는 장사다.' 쇼펜하우어가 말한다. 말하는 사람이 쇼펜하우어라는 점을 좀 고려하고 들어 보라. "개성에 의해 인간이 누릴 수 있는 행복의 한도가 미리 정해져 있는 것이다. 특히 정신력의 한계에 따라 고상한 향유를 누릴 수 있는 그의 능력이 최종적으로 확정되는 것이다. 정신력의 한계가 협소하면 그의 행복을 위해 외부에서 아무리 노력해도 그는 평범하고 반쯤은 동물적인 행복과 즐거움 이상을 넘어서지 못할 것이다. 그는 언제까지나 관능적인 향유, 단란하고 명랑한 가정생활, 저급한 사교나 저속한 소일거리에 의존한다." 이 말의 전제가 되는 부분에는 동의하지 않지만, 사실 현상만 놓고 보면 다 맞는 말이다. 지금 우리를 둘러싸고 있는 매체 환경에서, 조금이라도 더 행복할 수 있는 능력을 배양하려면, 핸드폰을 내려놓고 책을 봐야 한다. 책을 보다 보면 점점 더 괜찮은 책을 볼 수 있는 기술도 습득할 수 있을 것이다. 사람들이 사는 세상에서 조금은 안타깝고 아이러니한 현상이 하나 있다. 정작 필요한 사람들은 외면하고 그리 필요치 않은 사람이 다가가는 현상. 독서가 그중 하나다. 독서를 외면하는 사람들에게 독서는 독서를 많이 하는 사람들에 비해 훨씬 중요하다. 말이 길어졌다. 여하튼 이 책은 내가 가장 자주 하는 두 가지 행위, 당구 치는 일과 책 읽는 일을 합쳐서 만들어졌다. 다시, 자주 한다고 무조건 잘하는 것은 아니기에 둘을 합쳐 만든 결과의 수준에 대해서는 장담 못 한다. 애를 많이 쓰긴 했지만 말이다.

마지막으로 이 지면을 빌어 그동안 당구 인연으로 즐거운 시간을 함께 나눴던 여러분들에게 인사를 전하고 싶다.(무슨 수상소감이냐?) 나는 대학 1학년 이후로 당구를 끊었었다. 오랜만에 친구들 만나서 1년에 한두 번 치는 정도가 고작이었다. 그런데 친구 사무실 근처에서 점심을 먹고 되돌아가다가 커다란 고층 건물 1층에 새로 생긴 당구장을 발견했다. 1층이어서 그랬을까? 그 당구장이 확 눈에 들어오면서 갑자기 옛날 향수를 불러일으키는 것이었다. 만약 그 당구장이 생기지 않았더라면 아마 다시 당구를 시작하진 않았을 것이고 당구장업도 하지 않았을 것이다. 그렇다. 우연이고 예측할 수 없었던 만남이었다. 이십여 년 만의 당구장 재진입. 그곳이 영등포 양평동에 있는 우림 당구장이었다. 그곳에서 삼 년 정도를 보낸 것 같다. 재밌었다. 나의 고향 같은 당구장. 당구 잘 치는 우림 사장님, 작은 체구로 구장을 휘젓고 다니던 사모님, 지금까지 나를 하수로 취급하는 우리 '싸가지' 최인종 대리(한번 대리면 영원한 대리다.), 당구장 옆에 있던 식당 '또오기' 사장님, 그리고 내 친구 관욱이.

그 후 이러저러한 이유로 손님이 아닌 주인이 되어서 다니게 된 곳이 성남의 신구 당구장이다. 성남은 당구장만이 아니라 지역 자체가 고향 같은 곳이다. 처음부터 그랬던 것은 아니지만. 당구장을 인수한 첫날, 내 눈치는 전혀 보지 않고 10시가 되자 카드를 치기 위해 모포를 깔던 기태의 모습이 선하다. 뭐든지 열심히 하는 기태. 그곳에서는 말 그대로 손님들과 동고동락했다. 명절 때는 합숙했다. 나이 들어 내 체질이 바뀌어서 그런지 이젠 그런 것들이 그립다. '드림' 이환주 선배님(맨날 사장님이라 불렀는데 처음 선배님이라고 부른다.), 맛있는 거 많이 사 줘서 고마웠어요. 없어서는 안 될 매개자 역할을 하던 서동수 부장님, 사람 좋은 인쇄소 사장님, 그리고 내가 좋다고 날 괴롭히던 '웬수 같은' 상계, '오늘만 살던' 학훈이는 여전한지 모르겠다. 그다음 '문제적 인물' 나의 매니저 정인하 사장님. 요즘 '신수가 좋아지고' 잘나간다니 흐뭇하다. 다행이다.

신구 당구장 다음은 천호동의 명문 당구장이다. 먼저 키아누 리브스처럼 잘생긴 우리 정원태 사장. 당구장은 잘하고 있겠지? 내가 일 시켜 놓고 돈도 채 못 준 정재현 사장, 항상 미안하게 생각하고 있어요. 내 일을 도와줬던 민석이, 술을 좋아하는 광석이, 패션 리더 부남용 사장. 유쾌했던 김조범 사장. 아, 그리고 아르

바이트를 했던 오진주 씨, 생각난다. 주말 알바 첫날, 녹초가 됐던 걸. 하지만 항상 밝은 에너지를 잃지 않던 모습을. 그 후 명문당구장은 아니지만 그 옆의 쉐빌로트 당구장에서 인연을 쌓은 박천수 사장님, 난 박천수 사장님이 은근히 '가오' 잡는 걸 좋아해요. 아, 부동산 홍 사장님도 생각나네. 가끔 한 번씩 '씨익' 웃던 백발의 박 회장님도 생각나고. 나의 스승 박영우 사장님을 만난 곳도 거기다. 건강하세요.

그다음은 현재진행형인 이곳이다. 현재 '지지고 볶는 일이' 진행 중이라는 말이다. 해서 아직 그 볶는 일들이 그리워지게 되는 거리가 확보되지 않았다. 하지만 그렇게 될 것이다. 그게 언젠지 정확히 알 순 없지만 그렇게 되리라는 건 확실하다. 앞서 기술했던 당구장들에서도 그랬으니까. 〈종로에서〉라는 노래의 노랫말 중 "내가 옆에 있어도 그립다고 말하는 그대에게"라는 대목이 나온다. 지금 옆에 있는 그분들에게 그립다는 말은 할 수 없지만 최소한 고맙다는 말은 전하고 싶다. 일일이 호명은 하지 않겠다. 너무 많고 혹시라도 모를 '차별'이 느껴질까 봐. 맨날 찌들어 있는 얼굴과 퉁명스런 태도를 보고 내 속마음도 그러겠거니 하는 생각이 들 수도 있겠지만, 아니다. 내 마음 깊은 곳에서 진정 고마워하고 있다. 그리고 어느 작가의 말마따나 '글 쓰는 사람들은 언제나 누군가를 팔아넘긴다'. 혹시 여기에 해당된다고 느끼신 분들이 있다면 양해를 부탁드린다. 마지막으로, 갑자기 심장마비로 세상을 떠나기 전날까지 세 곳의 당구장을 나와 함께했던 고 오승영 사장님의 명복을 빌며, 이런 말을 할 자격이 있는지 모르겠지만, 전국의 당구장 사장님들과 힘들게 당구 영상 만드는 유튜버님들에게 힘내시라는 응원의 말씀을 전한다.

인용 및 참고 문헌

『8초 인류』, 리사 이오따 지음, 이소영 옮김, 미래의 창, 2022

『감정의 뇌과학』, 레오나르드 믈로디노프 지음, 장혜인 옮김, 까치, 2022

『개념-뿌리들』, 이정우 지음, 그린비, 2012

『거의 떠나온 상태에서 떠나오기』, 데이비드 포스터 월리스 지음, 이다희 옮김, 바다출판사, 2020

『고대철학이란 무엇인가』, 피에르 아도 지음, 이세진 옮김, 열린책들, 2017

『고양이 철학』, 존 그레이 지음, 김희연 옮김, 이학사 2021

『공격성, 인간의 재능』, 앤서니 스토 지음, 이유진 옮김, 심심, 2018

『과부하 인간』, 제이미 배런 지음, 박다솜 옮김, RHK, 2023

『국가에 대항하는 사회』, 피에르 클라스트르 지음, 홍성흡 옮김, 이학사, 2005

『권력의 심리학』, 브라이언 클라스 지음, 서종민 옮김, 웅진지식하우스, 2022

『계몽의 변증법』, 테오도르 아도르노, 막스 호르크하이머 지음, 김유동 옮김, 문학과지성사, 2001

『기대의 발견』, 데이비드 롭슨 지음, 이한나 옮김, 까치, 2023

『기억의 뇌과학』, 리사 제노바 지음, 윤승희 옮김, 웅진지식하우스, 2022

『끈 이론』, 데이비드 포스터 월리스 지음, 노승영 옮김, 알마, 2019

『끝내주는 괴물들』, 알베르토 망겔 지음, 김지현 옮김, 현대문학, 2021
『나는 왜 생각이 많을까?』, 홋타 슈고 지음, 윤지나 옮김, 서사원, 2021
『나와 타자들』, 이졸데 카림 지음, 이승희 옮김, 민음사, 2019
『노력의 배신』, 김영훈 지음, 북이십일, 2023
『놀이와 인간』, 로제 카이와 지음, 이상률 옮김, 문예출판사, 2018
『놀이하는 인간』, 노르베르트 볼츠 지음, 윤종석, 나유신, 이진 옮김, 문예출판사, 2017
『뇌가 아니라 몸이다』, 사이먼 로버츠 지음, 조은경 옮김, 소소의책, 2022
『느끼고 아는 존재』, 안토니오 다마지오 지음, 고현석 옮김, 박문호 감수, 흐름출판, 2021
『느낌의 공동체』, 신형철 지음, 문학동네, 2011
『당신의 꿈은 우연이 아니다』, 안토니오 자드라, 로버트 스틱골드 지음, 장혜인 옮김, 청림출판, 2023
『당신의 징후를 즐겨라』, 슬라보예 지젝 지음, 주은우 옮김, 한나래, 1997
『대담 1972-1990』, 질 들뢰즈 지음, 김종오 편역, 솔출판사, 1994
『더 좋은 삶을 위한 철학』, 마이클 슈어 지음, 염지선 옮김, 김영사, 2023
『때로는 나도 미치고 싶다』, 스티븐 그로스 지음, 전행선 옮김, 나무의철학, 2013
『라이프 타임』, 러셀 포스터 지음, 김성훈 옮김, 김영사, 2023
『라마찬드란 박사의 두뇌실험실』, 빌라야누르 라마찬드란, 샌드라 블레이크스리 지음, 신상규 옮김, 바다출판사, 2015
『라캉과 정치』, 야니 스타브라카키스 지음, 이병주 옮김, 은행나무, 2006
『리추얼의 종말』, 한병철 지음, 전대호 옮김, 김영사, 2021

『막스 베버』, 마리안네 베버 지음, 조기준 옮김, 소이연, 2010
『메타인지의 힘』, 구본권 지음, 어크로스, 2023
『모든 것은 빛난다』, 허버트 드레이퍼스, 숀 도런스 켈리 지음, 김동규 옮김, 사월의책, 2023
『모든 삶은 빛난다』, 안드레아 콜라메디치, 마우라 간치타노 지음, 최보민 옮김, 시프, 2022
『몰입의 즐거움』, 미하이 칙센트미하이 지음, 이희재 옮김, 해냄, 2011
『문명 속의 불만』, 지크문트 프로이트 지음, 김석희 옮김, 열린책들, 2020
『문제는 리얼리즘이다』, 게오르크 루카치 외 지음, 홍승용 옮김, 실천문학사, 1987
『문학과 예술의 사회사』, 아르놀트 하우저 지음, 반성완, 백낙청, 염무웅 옮김, 창비, 2016
『문화와 사회』, 레이몬드 윌리엄스 지음, 이화여자대학교출판부, 1988
『매트릭스로 철학하기』, 슬라보예 지젝, 윌리엄 어윈 지음, 이운경 옮김, 한문화, 2003
『발터 벤야민의 문예이론』, 발터 벤야민 지음, 반성완 편역, 민음사, 1992
『베르낭의 그리스신화』, 장 피에르 베르낭 지음, 문신원 옮김, 성우, 2004
『부서지기 쉬운 삶들』, 토드 메이 지음, 변진경 옮김, 돌베개, 2018
『부테스』, 파스칼 키냐르 지음, 송의경 옮김, 문학과지성사, 2017
『불안의 서』, 페르난두 페소아 지음, 배수아 옮김, 봄날의책, 2014
『비트겐슈타인 평전』, 레이 몽크 지음, 남기창 옮김, 필로소픽, 2019
『선과 정신분석』, 에리히 프롬, 스즈키 다이쎄쓰, 리처드 드 마르티노 지음, 김혜원 옮김, 문사철, 2023

『성의 페르소나』, 캐밀 파야 지음, 이종인 옮김, 예경, 2003
『사랑의 단상』, 롤랑 바르트 지음, 김희영 옮김, 문학과지성사, 1991
『사랑할 때 우리가 속삭이는 말들』, 대리언 리더 지음, 구계원 옮김, 문학동네, 2016
『샘통의 심리학』, 리처드 H. 스미스 지음, 이영아 옮김, 현암사, 2015
『생각의 지도』, 리처드 니스벳 지음, 최인철 옮김, 김영사, 2004
『생각한다는 착각』, 닉 채터 지음, 김문주 옮김, whale books, 2021
『세계 그 자체』, 울프 다니엘손 지음, 노승영 옮김, 동아시아, 2023
『세상은 이야기로 만들어졌다』, 자미라 엘 우아실, 프리데만 카릭 지음, 김현정 옮김, 원더박스, 2023
『센티언스』, 니컬러스 험프리 지음, 박한선 옮김, 아르테, 2023
『셀피』, 윌 스토 지음, 이현경 옮김, 글항아리, 2021
『셰임 머신』, 캐시 오닐 지음, 김선영 옮김, 흐름출판, 2023
『소설의 이론』, 게오르크 루카치 지음, 김경식 옮김, 문예출판사, 2007
『소수 집단의 문학을 위하여』, 질 들뢰즈, 펠릭스 가타리 지음, 조한경 옮김, 문학과지성사, 1992
『스토리텔링 애니멀』, 조너선 갓셜 지음, 노승영 옮김, 민음사, 2014
『소크라테스 익스프레스』, 에릭 와이너 지음, 김하연 옮김, 어크로스, 2021
『스티그마』, 어빙 고프만 지음, 윤선길, 정기현 옮김, 한신대학교출판부, 2009
『스펙타클의 사회』, 기 드로브 지음, 유재홍 옮김, 울력, 2014
『신 없는 세계에서 목적 찾기』, 랠프 루이스 지음, 류운 옮김, 바다출판사, 2022

『실력과 노력으로 성공했다는 당신에게』, 로버트 H. 프랭크 지음, 정지은 옮김, 글항아리, 2018
『악, 자유의 드라마』, 뤼디거 자프란스키 지음, 곽정연 옮김, 문예출판사, 2002
『알키비아데스』, 플라톤 지음, 김주일, 정준영 옮김, 이제이북스, 2014
『어웨이크』, 피터 홀린스 지음, 공민희 옮김, 포레스트북스, 2019
『에 우니부스 플루람』, 데이비드 포스터 월리스 지음, 노승영 엮고 옮김, (주)알마, 2022
『엘러건트 유니버스』, 브라이언 그린 지음, 박병철 옮김, 승산, 2002
『연애의 불가능성에 대하여』, 오사와 마사치 지음, 송태욱 옮김, 그린비, 2005
『오스카리아나』, 오스카 와일드 지음, 박명숙 엮고 옮김, 민음사, 2016
『오후 3시』, 라파엘 앙토방 지음, 권명희 옮김, 열림원, 2008
『우리가 운명이라고 불렀던 것들』, 슈테판 클라인 지음, 유영미 옮김, 포레스트북스, 2023
『우리는 모두 조금은 이상한 것을 믿는다』, 한국스켑틱 편집부 엮음, 바다, 2022
『우리는 모든 것의 주인이기를 원한다』, 브루스 후드 지음, 최호영 옮김, 알에이치코리아, 2023
『우리는 언젠가 죽는다』, 데이비드 실즈 지음, 김명남 옮김, 문학동네, 2010
『우리는 왜 아플까』, 대리언 리더, 데이비드 코필드 지음, 배성민 옮김, 동녘사이언스, 2011

『우리는 왜 우울할까』, 대리언 리더 지음, 우달임 옮김, 동녘사이언스, 2011
『우리는 왜 자신을 속이도록 진화했을까?』, 로버트 트리버스 지음, 이한음 옮김, 살림, 2013
『우리 본성의 악한 천사』, 필립 드와이어, 마크 S. 마칼레 엮음, 김영서 옮김, 책과함께, 2023
『우리에게 귀신은 무엇인가?』, 이찬수 외 지음, 모시는사람들, 2010
『우리편 편향』, 키스 E. 스타노비치 지음, 김홍욱 옮김, 바다, 2022
『운동의 뇌과학』, 제니퍼 헤이스 지음, 이영래 옮김, 현대지성, 2023
『웃음』, 앙리 베르그송 지음, 김진성, 류지석 옮김, 파이돈, 2022
『웃음의 철학』, 만프레드 가이어 지음, 이재성 옮김, 글항아리, 2018
『위험한 철학』, 미하엘 슈미트잘로몬 지음, 안성철 옮김, 애플시드, 2022
『유머니즘』, 김찬호 지음, 문학과지성사, 2018
『유머로서의 유물론』, 가라타니 고진 지음, 이경훈 옮김, 문화과학사, 2002
『유한 게임과 무한 게임』, 제임스 P. 카스 지음, 노상미 옮김, 마인드빌딩, 2021
『이상한 성공』, 윤홍식 지음, 한겨레출판사, 2021
『이야기를 횡단하는 호모픽투스의 모험』, 조너선 갓셜 지음, 노승영 옮김, 위즈덤하우스, 2023
『이야기와 주역』, 심의용 지음, 글항아리, 2021
『이야기의 탄생』, 윌 스토 지음, 문희경 옮김, 흐름출판, 2020
『이타주의자의 은밀한 뇌구조』, 김학진 지음, 갈매나무, 2022

『이토록 뜻밖의 뇌과학』, 리사 펠트먼 배럿 지음, 변지영 옮김, 더퀘스트, 2021
『인간, 그 속기 쉬운 동물』, 토머스 길로비치 지음, 이양원, 장근영 옮김, 모멘토, 2008
『인간 안내서』, 스페판 게이츠 지음, 제효영 옮김, 풀빛, 2023
『인간에 관한 가장 아름다운 이야기』, 도미니크 시모네, 앙드레 랑가네, 장 길래느, 장 클로트 지음, 박단 옮김, 부키, 2007
『인간은 언제부터 지루해했을까』, 고쿠분 고이치로 지음, 최재혁 옮김, 한권의책, 2014
『인간적인 너무나 인간적인』, 프리드리히 니체 지음, 김미기 옮김, 책세상, 2001
『인류의 진화』, 이상희 지음, 동아시아, 2023
『자본주의 리얼리즘』, 마크 피셔 지음, 박진철 옮김, 리시올, 2018
『자아 친숙한 이방인』, 김석 지음, 은행나무, 2017
『자크 라캉의 세미나 읽기』, 강응섭 지음, 세창미디어, 2015
『장자』, 장자 지음, 오강남 엮고 옮김, 현암사, 1999
『장자에게 배우는 행복한 인생의 조건』, 이인호 지음, 새빛에듀넷, 2010
『재밌다고 하지만 나는 두 번 다시 하지 않을 일』, 데이비드 포스터 월리스 지음, 김명남 옮김, 바다출판사, 2018
『저주의 몫』, 조르주 바타유 지음, 최정우 옮김, 문학동네, 2022
『정의 중독』, 나카노 노부코 지음, 김현정 옮김, 시크릿하우스, 2021
『정의감 중독사회』, 안도 슌스케 지음, 송지현 옮김, 또다른우주, 2023
『정치적 부족주의』, 에이미 추아 지음, 김승진 옮김, 부키, 2020

『지금 당장 당신의 SNS 계정을 삭제해야 할 10가지 이유』, 재런 러니어 지음, 신동숙 옮김, 글항아리, 2019
『지위게임』, 윌 스토 지음, 문희경 옮김, 흐름출판, 2023
『진화하는 언어』, 모텐 H. 크리스티안센, 닉 채터 지음, 이혜경 옮김, 웨일북, 2023
『집단착각』, 토드 로즈 지음, 노정태 옮김, 21세기북스, 2023
『차라투스트라는 이렇게 말했다』, 프리드리히 니체 지음, 장희창 옮김, 민음사, 2004
『착각의 쓸모』, 샹커 베단텀, 빌 메슬러 지음, 이한이 옮김, 반니, 2021
『창의성을 타고나다』, 스콧 배리 카우프만, 캐롤린 그레고어 지음, 정미현 옮김, 클레마지크, 2017
『창조적 사고의 놀라운 역사』, 슈테판 클라인 지음, 유영미 옮김, 어크로스, 2022
『철학의 기원』, 가라타니 고진 지음, 조영일 옮김, 도서출판b, 2015
『철학자 사용법』, 라파엘 앙토방 지음, 임상훈 옮김, 함께읽는책, 2016
『철학자와 늑대』, 마크 롤랜즈 지음, 강수희 옮김, 추수밭, 2012
『철학자와 달리기』, 마크 롤랜즈 지음, 강수희 옮김, 유노책주, 2022
『철학적으로 널 사랑해』, 올리비아 가잘레 지음, 김주경 옮김, 레디셋고, 2013
『채터, 당신 안의 훼방꾼』, 이선 크로스 지음, 강주헌 옮김, 김영사, 2021
『취향 : 만들어진 끌림』, 심귀연 지음, 은행나무, 2021
『카메라 루시다』, 롤랑 바르트 지음, 조광희 옮김, 열화당, 1998
『카프카답지 않은 카프카』, 묘조 기요코 지음, 이민희 옮김, 교유서가, 2017

『카프카와 현대』, 발터 벤야민 지음, 최성만 옮김, 길, 2020
『코끼리를 쏘다』, 조지 오웰 지음, 이재경 옮김, 반니, 2019
『쾌락원칙을 넘어서』, 지크문트 프로이트 지음, 박찬부 옮김, 열린책들, 1997
『태어났음의 불편함』, 에밀 시오랑 지음, 김정란 옮김, 현암사, 2020
『토포스, 장소의 철학』, 나카무라 유지로 지음, 박철은 옮김, 그린비, 2012
『파라-독사의 사유』, 이정우 지음, 그린비, 2021
『포스트 트루스』, 리 매킨타이어 지음, 김재경 옮김, 두리반, 2019
『폭력이란 무엇인가』, 슬라보예 지젝 지음, 정일권, 김희진, 이현우 옮김, 난장이, 2011
『프랑스혁명사 3부작』, 카를 마르크스 지음, 임지현, 이종훈 옮김, 소나무, 2017
『프로필사회』, 한스 케오로크 묄러, 폴 J. 담브로시오 지음, 김한슬기 옮김, 생각이음, 2022
『하루 낮의 행복』, 파스칼 키냐르 지음, 송의경 옮김, 문학과지성사, 2021
『하우투리드 마르크스』, 피터 오스본 지음, 고병권, 조원광 옮김, 웅진지식하우스, 2007
『하찮은 인간, 호모 라피엔스』, 존 그레이 지음, 김승진 옮김, 이후, 2011
『한없이 사악하고 더없이 관대한』, 리처드 랭엄 지음, 이유 옮김, 을유문화사, 2021
『헤러웨이 선언문』, 도나 헤러웨이 지음, 황의선 옮김, 책세상, 2019
『해 뜨기 전이 가장 어둡다』, 에밀 시오랑 지음, 김정숙 옮김, 챕터하우스, 2013

『행복의 가설』, 조너선 헤이트 지음, 권오열 옮김, 물푸레, 2010
『행복의 공식』, 슈테판 클라인 지음, 김영옥 옮김, 이화북스, 2020
『행복의 지도』, 에릭 와이너 지음, 김승옥 옮김, 어크로스, 2021
『향연』, 플라톤 지음, 강철웅 옮김, 아카넷, 2020
『호모 루덴스』, 요한 하이징아 지음, 이종인 옮김, 연암서가, 2018